W0205915

Deutschbuch

Differenzierende Ausgabe

9

Lern- und Arbeitsheft

für Lernende mit erhöhtem Förderbedarf
im inklusiven Unterricht

Herausgegeben von
Markus Langner

Erarbeitet von
Angela Brabender, Jana Ertel, Simone Niederhafner,
Birgit Pingl, Walter Pingl und Madeleine Scherer

Name: ______________________________

Klasse: ____________

Cornelsen

Deutschbuch

Differenzierende Ausgabe
Lern- und Arbeitsheft 9
für Lernende mit erhöhtem Förderbedarf
im inklusiven Unterricht

Das Lern- und Arbeitsheft wurde erarbeitet auf der Grundlage der Ausgabe von Markus Langner, Andrea Wagener, Julie Chatzistamatiou, Friedrich Dick, Katrin Gabriel, Anna Charlotte Gornik, Ruth Malaka, Christoph Mann, Christine Mayer, Arnhild Nachreiner, Anna Nürnberg, Luzia Scheuringer-Hillus, Mechthild Stüber, Carolin Wemhoff-Weinand.

Zu diesem Lern- und Arbeitsheft gibt es ein passendes **Schülerbuch** (ISBN 978-3-06-063404-0).

Redaktion: Jana Görbing, Berlin

Illustrationen:
Uta Bettzieche: S. 279–282, 287, 288, 294, 298, 299
Henriette von Bodecker: S. 178, 180, 182, 186, 192
Christiane Grauert: S. 202–204, 206–209, 213/u.
Markus Lefrançais: S. 128–131, 133, 146
Matthias Pflügner: S. 83
Sebastian Strombach: S. 136
Dorina Tessmann: S. 106, 116, 117, 153–155, 161, 166

Umschlaggestaltung: Corinna Babylon und Jule Kienecker (Berlin) unter Verwendung folgender Fotos: Shutterstock.com/Egoitz Bengoetxea (Junge); Shutterstock.com/canadastock (Alpen); Shutterstock.com/JoolsW (Wegweiser), Shutterstock.com/F_attapon (Computermaus)
Layout und Gesamtgestaltung: werkstatt für gebrauchsgrafik, Berlin
Technische Umsetzung: graphitecture book & edition

www.cornelsen.de

Die Webseiten Dritter, deren Internetadressen in diesem Lehrwerk angegeben sind, wurden vor Drucklegung sorgfältig geprüft. Der Verlag übernimmt keine Gewähr für die Aktualität und den Inhalt dieser Seiten oder solcher, die mit ihnen verlinkt sind.

Soweit in diesem Lehrwerk Personen fotografisch abgebildet sind und ihnen von der Redaktion fiktive Namen, Berufe, Dialoge und Ähnliches zugeordnet oder diese Personen in bestimmte Kontexte gesetzt werden, dienen diese Zuordnungen und Darstellungen ausschließlich der Veranschaulichung und dem besseren Verständnis des Inhalts.

Dieses Werk berücksichtigt die Regeln der reformierten Rechtschreibung und Zeichensetzung.
Bei den mit [R] gekennzeichneten Texten haben die Rechteinhaber/-innen einer Anpassung widersprochen.
Die mit [V] gekennzeichneten Texte wurden aus didaktischen Gründen gekürzt und/oder verändert.

1. Auflage, 1. Druck 2024

Alle Drucke dieser Auflage sind inhaltlich unverändert und können im Unterricht nebeneinander verwendet werden.

© 2024 Cornelsen Verlag GmbH, Berlin

Das Werk und seine Teile sind urheberrechtlich geschützt. Jede Nutzung in anderen als den gesetzlich zugelassenen Fällen bedarf der vorherigen schriftlichen Einwilligung des Verlages. Hinweis zu §§ 60 a, 60 b UrhG: Weder das Werk noch seine Teile dürfen ohne eine solche Einwilligung an Schulen oder in Unterrichts- und Lehrmedien (§ 60 b Abs. 3 UrhG) vervielfältigt, insbesondere kopiert oder eingescannt, verbreitet oder in ein Netzwerk eingestellt oder sonst öffentlich zugänglich gemacht oder wiedergegeben werden. Dies gilt auch für Intranets von Schulen.

Druck und Bindung: AZ Druck und Datentechnik GmbH, Kempten

ISBN 978-3-06-063461-3

PEFC
PEFC/04-31-2260
PEFC-zertifiziert
Dieses Produkt stammt aus nachhaltig bewirtschafteten Wäldern und kontrollierten Quellen
www.pefc.de

Inhaltsverzeichnis

9 „Simpel" – Einen Roman und seine Verfilmung untersuchen 201

10 Wahr oder gelogen? – Sachtexte untersuchen 227

1 Wie die Maschinen denken lernen –

Über künstliche Intelligenz informieren

1 **a** Beschreibt euren ersten Eindruck von der Abbildung.

b Welche besonderen Fähigkeiten könnte die Maschine haben? Stellt Vermutungen an.

2 **a** In welchen Alltagssituationen spielen Computer und Roboter heute eine Rolle? Tauscht euch darüber aus.

Computer und Roboter sind wichtig für …

b In welchen Bereichen könnten diese Maschinen in naher Zukunft eingesetzt werden? Sprecht über diese Frage.

Diese Maschinen könnten eingesetzt werden …

3 Wo könnt ihr euch über künstliche Intelligenz und deren Einsatzmöglichkeiten informieren? Nennt mögliche Informationsquellen.

Smarte* Hilfen überall

* schlaue

Lisas Morgen – das Smartphone denkt mit – eine Beschreibung

Der Wecker im Smartphone klingelt. Lisa (15) greift nach dem Gerät. Über Gesichtserkennung entsperrt es sich. Die Fitness-App informiert Lisa darüber, dass ihr Schlaf zu kurz war. Sie schlägt vor, früher ins Bett zu gehen. Nach dem Frühstück bleibt Lisa noch etwas Zeit. Sie bearbeitet mit dem Übersetzer auf dem Smartphone ihre Englischhausaufgaben. Später im Schulbus fällt Lisa ein: Sie braucht noch dringend ein Geburtstagsgeschenk für ihre Schwester. Über den Sprachassistenten ihres Smartphones ruft sie einen Onlineshop auf und bestellt ein Geschenk. Gleichzeitig bekommt sie vom Onlineshop noch den Tipp, dass der neue Roman ihrer Lieblingsautorin erschienen ist! Ein Klick und der Roman landet im Einkaufswagen. Das Handy erinnert sie, dass die nächste Stunde beginnt. Lisa muss sich beeilen.

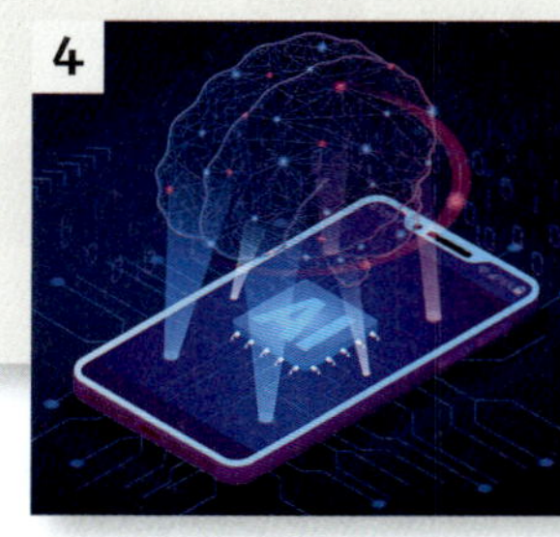

1 a Welche Situationen sind auf den Abbildungen 1 bis 7 dargestellt? Wählt eine Situation aus. Beschreibt sie.

b Wie unterstützen Roboter und Computer in eurer ausgewählten Situation die Menschen? Beschreibt.

2 Welchen intelligenten Roboter würdest du dir für deinen Alltag wünschen? Wobei würde er dich unterstützen? Beschreibe sein Äußeres und seine Fähigkeiten in deinem Heft.

> Mein Wunschroboter sähe aus wie … • Er hätte/könnte … • Ich würde ihn zu/in … mitnehmen. • Er würde mir bei … helfen.

3 Zeichne deinen Roboter von Aufgabe 2 in dein Heft.

5

6

Was ist künstliche Intelligenz? – eine Erklärung

7

Es ist die Fähigkeit einer Maschine, menschliches Denken, Lernen und sogar Kreativität nachzuahmen. Menschliche Intelligenz ist an das Gehirn gebunden. Maschinen und technische Systeme entwickeln dagegen mit Hilfe von Computern künstliche Intelligenz (KI). Menschliche Intelligenz beruht auf natürlichen geistigen Fähigkeiten wie Lernen aus Erfahrung, Kreativität und Eingebung. Eine Hochleistungs-KI ist mittlerweile in der Lage, selbstständig zu lernen, Texte zu schreiben und sogar Kunstwerke zu erschaffen. In viele Bereiche des Alltags findet KI Eingang, zum Beispiel in Übersetzungsprogramme oder in Systeme, die das Autofahren erleichtern. Diese funktionieren auch ohne KI. Doch das eigenständige Dazulernen bringt Programme dazu, immer besser zu werden, zum Beispiel Redewendungen sicher zu übersetzen oder beim Einparken zu helfen.

4 **a** Lies die Texte auf den Seiten 14 und 15.

b Vergleicht die Texte: In welchem Text wird mehr erklärt? Welcher Text beschreibt eher? Sprecht darüber.

c Unterstreiche in den Texten:
- in dem erklärenden Text einen Satz mit einer Erklärung,
- in dem beschreibenden Text einen Satz mit einer Beschreibung.

5 **a** Für welche Aufgaben braucht Lisas Smartphone künstliche Intelligenz? Diskutiert mit einer Partnerin oder einem Partner.

b Erstellt eine Liste mit den farbig markierten Fachwörtern rund um künstliche Intelligenz im Heft.
- Erklärt die Fachwörter mit eigenen Worten oder schlagt sie in einem Wörterbuch nach.
- Ergänzt die Liste mit weiteren Wörtern aus dem Text, die ihr nicht kennt.

das Smartphone: ein Handy mit vielen Funktionen

Einen Informationstext verfassen

Die Aufgabe verstehen und die Materialien lesen

Aufgabe:
Für den Thementag **Technischer Fortschritt** in eurer Schule sollt ihr eine Broschüre verfassen.
Es muss dafür ein Informationstext über Kybernetik geschrieben werden.
Die Broschüre soll sich an Schülerinnen und Schüler, Lehrerinnen und Lehrer und Eltern richten.

1 a Lies den Schreibplan für einen Informationstext.

b Welche Bestandteile hat ein Informationstext? Schreibe auf.
Tipp: Achte auf die unterstrichenen Begriffe im Schreibplan.

Schreibplan für den eigenen Informationstext
Überschrift: …
Einleitung: Einführung in das Thema
Hauptteil: Aspekte der Aufgabenstellung
1. Definition Kybernetik
2. Künstliche Intelligenz in der Medizin
3. Bodyhacking
Schluss: Zusammenfassung, eigene Meinung

2 a Lies den Text **M1** über Kybernetik.

M1

Kybernetik

Die Kybernetik wurde im letzten Jahrhundert von dem amerikanischen Mathematiker Norbert Wiener begründet. Die Kybernetik ist eine Wissenschaft: Biologische und technische Systeme werden mit der Kybernetik gesteuert und geregelt. Mit Hilfe der Kybernetik kann man Maschinen beibringen, Operationen durchzuführen. Oft sind die Operationen medizinisch notwendig. Man spricht von einem **kybernetischen Organismus,** wenn Menschen sich künstliche Organe, Gliedmaßen, Prothesen oder Technik-Implantate einsetzen lassen. Wenn ein Körperteil oder Organ beschädigt ist, kann ihm mit künstlicher Intelligenz die alte Funktion zurückgegeben werden.

(Quelle: Deutschbuch)

b Was ist Kybernetik? Markiere farbig.

c Wie kann künstliche Intelligenz in der Medizin dem Menschen helfen? Schreibe auf.

3 Lies die Texte **M2** und **M3.**

M2

www.media-interview/example.com/Cochlea-Implantat

Besser hören mit künstlicher Intelligenz

Enno Park trägt ein Implantat unter der Haut, das ihm seinen Hörsinn ersetzt.

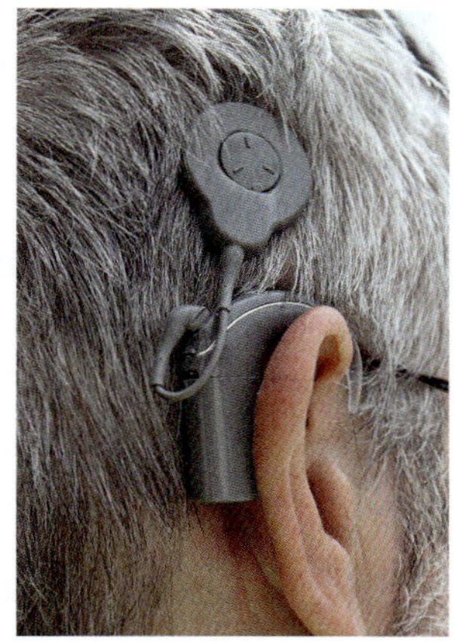

Der Hörsinn des 46-jährigen Enno Park wurde aus medizinischen Gründen durch ein Implantat ersetzt. [...] Es sieht aus wie ein Hörgerät. Doch über Ennos Ohr befindet sich im kurzen Haar eine Spule. Sie ist so groß wie ein 50-Cent-Stück. Er erklärt: „Unter der Haut sitzt ein Empfänger. Von dort ist ein Kabel quasi unterm Putz verlegt und endet in meinem Innenohr. Dort wird der Hörnerv dann elektrisch gereizt.“ [...] Park hat sich die Hörprothese vor acht Jahren einsetzen lassen. Denn er war durch eine Masernerkrankung als Jugendlicher fast taub geworden. Dank der Technik kann er nun wieder hören. „So, wie Sie Ihr Smartphone dauernd aufladen müssen, muss ich ungefähr alle zwei Tage die Batterien meines Implantates wechseln.“ Auch ausschalten kann er es, um ungestört zu sein, zum Beispiel wenn er schlafen will oder am Schreibtisch arbeitet. V

(Quelle: www.deutschlandfunkkultur.de/cyborgs 2020)

M3

Kybernetik: Künstliche Intelligenz im menschlichen Körper

Schon lange nutzt die Medizin künstliche Intelligenz, um Gesundheit zu überwachen. Auch Operationen können mit Hilfe von Robotern durchgeführt werden. Wenn ein Körperteil oder Organ beschädigt ist, kann ihm die alte Funktion zurückgegeben werden. Solche Eingriffe können Leben verlängern, Beschwerden verringern oder für eine bessere Lebensqualität sorgen.

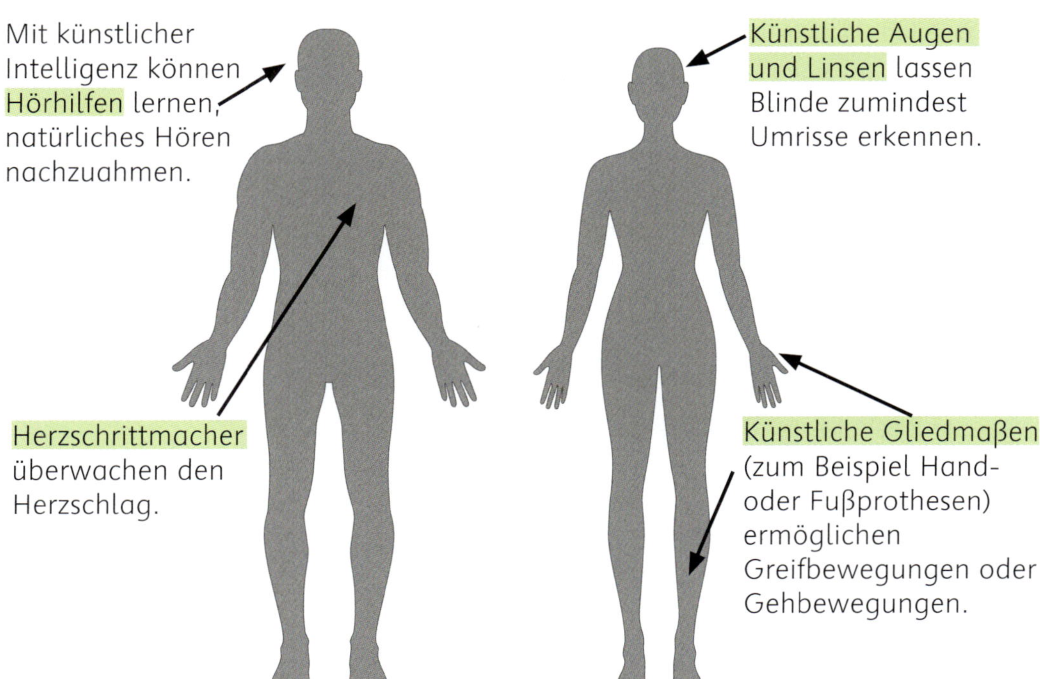

(Quelle: Deutschbuch)

4 a Lies den Text **M4.**

M4 Technik, die unter die Haut geht – Interview mit einem Bodyhacker

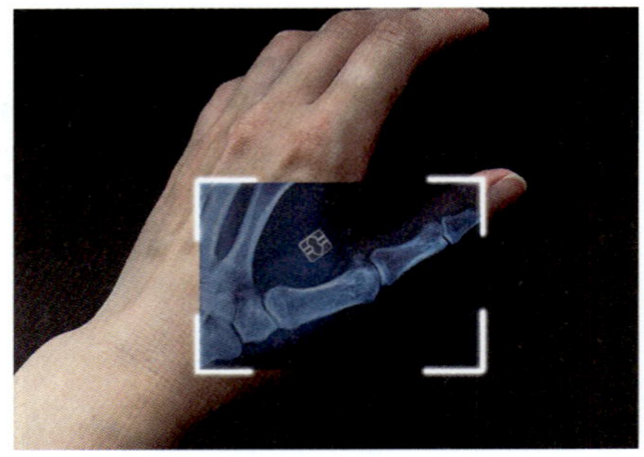

Ein kybernetischer Organismus ist ein Lebewesen, das technisch ergänzt oder erweitert ist. Sogenannte Bodyhackende lassen sich freiwillig und ganz ohne medizinischen Grund Technikimplantate wie zum Beispiel Mikrochips unter die Haut pflanzen. Sie wollen so ihrem Körper neue, zusätzliche Fähigkeiten verleihen. Mit solch einem Chip kann man beispielsweise ohne Schlüssel eine Tür öffnen oder das Smartphone entsperren.

Frage: Wie viele Chips tragen Sie derzeit unter der Haut?
Antwort: Im Moment sind es drei. Mit einem kann ich meine Haustür öffnen, mit dem anderen kann ich in der Kantine den Snackautomaten bedienen und der dritte speichert meine persönlichen Daten. Wenn Sie Ihr Smartphone dicht an meine Hand halten, sehen Sie Name, Adresse und E-Mail-Adresse von mir.

Frage: Wie groß ist so ein Mikrochip und wie wird er eingesetzt?
Antwort: Er hat die Größe eines Reiskorns und wird direkt unter die Haut gesetzt.

Frage: Wie lassen sich Mikrochips unter der Haut noch nutzen?
Antwort: Sie könnten als Zugangskarte, beispielsweise im Fitnessclub oder im Büro, dienen oder auch zum bargeldlosen Bezahlen. Man kann sie zum Speichern von medizinischen Notfalldaten nutzen oder zum Öffnen von passwortgeschützten Computern.

Frage: Sie gehören noch eher zu den Ausnahmen. Denken Sie, dass es in Zukunft noch mehr Menschen geben wird, die sich Chips unter der Haut einsetzen werden?
Antwort: Viele Menschen sind derzeit noch unsicher. Doch der Wunsch, den menschlichen Körper technisch mit einem implantierten Chip aufzurüsten, wird immer größer werden. Chips könnten unseren Alltag erleichtern. Es wäre doch praktisch, keinen Schlüssel zu brauchen, meinen Personalausweis in der Hand zu tragen oder kein Ticket mehr zum Bahnfahren zu benötigen. Auch Passwörter müsste man sich nicht mehr merken. Die speichert der Chip in der Hand.

(Quelle: Deutschbuch)

b Bodyhackende verändern ihren Körper technisch.
Was lassen sie sich unter ihre Haut pflanzen und warum?
Unterstreiche die Textstelle in **M4.**

c Es gibt das Bodyhacking und die medizinische Verwendung der Kybernetik.
Wie unterscheidet sich Bodyhacking von der medizinischen Verwendung der Kybernetik?
In welchen Texten findest du darüber Informationen? Ergänze.

M________________, M________________, M________________

d Welche Bedeutung hat die Kybernetik für den Menschen?
In welchen Texten findest du darüber Informationen? Ergänze.

M________________, M________________

e Unterstreiche die Textstellen zur Bedeutung der Kybernetik.

5 **a** Sieh dir das Diagramm an.

M5

www.jugend+umfrage+diagramm/example.com/mikrochip

Welche Gründe sprechen dagegen, sich freiwillig einen Mikrochip einpflanzen zu lassen?

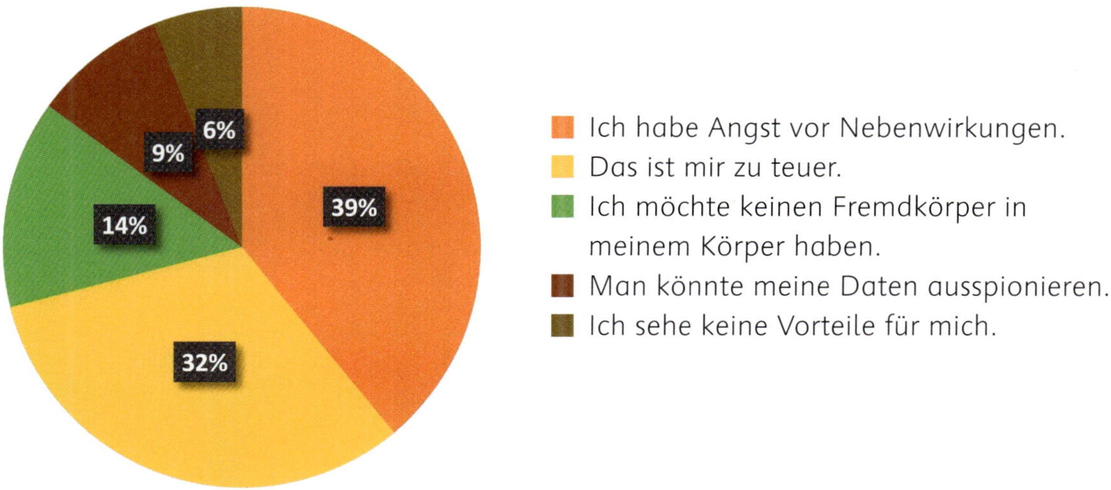

Quelle: Umfrage unter Jugendlichen im Alter von 14 bis 18 Jahren.

b Worum geht es in der Umfrage? Kreuze an.

In der Umfrage geht es um Gründe, …

☐ warum man sich keinen Mikrochip einpflanzen lässt.

☐ warum man sich keine Prothese einbauen lässt.

c Welche fünf Gründe werden angegeben? Schreibe Stichpunkte auf.

d Wie alt waren die Jugendlichen, die befragt wurden? Schreibe im ganzen Satz.

e Wie viel Prozent der Jugendlichen sagen, dass sie keinen Fremdkörper in ihrem Körper haben möchten?
Kreuze an.

☐ 9 Prozent ☐ 14 Prozent ☐ 32 Prozent

1 a Ergänze den Informationstext. Beachte die Hilfen am Rand.

Einleitung: Viele wissen mit dem Begriff „Kybernetik" wenig anzufangen. Was hat Kybernetik mit uns Menschen zu tun? Das werde ich jetzt erklären.

Hauptteil: Man spricht von einem kybernetischen Organismus, wenn ______________ siehe M1

____

____.

Künstliche Intelligenz in der Medizin ist für viele Menschen eine große Hilfe.

Wenn ein Körperteil oder Organ beschädigt ist, kann ______________ siehe M1

____.

Enno Park trägt ein ______________, eine ______________. siehe M2

Aber auch in vielen anderen Bereichen des menschlichen Körpers kann

künstliche Intelligenz helfen: ______________ siehe M3

____.

Es gibt Menschen, die sich ohne medizinische Notwendigkeit Technik-

Implantate unter die Haut pflanzen lassen, zum Beispiel Mikrochips.

Man nennt sie ______________. siehe M4

Laut einer Umfrage unter Jugendlichen gibt es aber viele Gründe dagegen.

39 Prozent der Jugendlichen ______________ siehe M5

und 32 Prozent ist es ______________.

Schluss: Zusammenfassend kann man sagen, dass Kybernetik den Menschen medizinisch sehr helfen kann. Es gibt aber auch Nachteile, zum Beispiel im Bereich des Bodyhackens.
Ich bin der Meinung, dass Kybernetik meistens (sinnvoll / nicht sinnvoll) ist. Wähle aus.

b Streiche jede deiner richtig eingetragenen Antworten hier durch.
So kannst du deine Antworten überprüfen.

ihm mit künstlicher Intelligenz die alte Funktion zurückgegeben wird • die Hörhilfen, der Herzschrittmacher, die künstlichen Augen, die künstlichen Gliedmaßen • haben Angst vor Nebenwirkungen • Menschen sich künstliche Organe, Gliedmaßen oder Technik-Implantate einsetzen lassen • Bodyhackende • zu teuer • Implantat • Hörprothese

Einen Film untersuchen

1 **a** Lies den 1. Auszug.

Jan Schomburg und Maria Schrader

Ich bin dein Mensch (Filmdialog, 1. Auszug)

Die Wissenschaftlerin Alma nimmt eher unfreiwillig an einer Studie teil. Drei Wochen lang soll sie Tom testen. Er ist ein vermenschlichter Roboter.
Seine künstliche Intelligenz ist speziell auf Almas Bedürfnisse und Wünsche programmiert worden.
Sie soll herausfinden, ob sich die Roboter in Zukunft als Partner für Menschen eignen.
Tom wird Alma „übergeben", damit sie ihn mit zu sich nach Hause nehmen kann.
Eine Mitarbeiterin betreut die Studie. Sie bringt die beiden zur Tür.

Mitarbeiterin: […] Wir sehen uns in drei Tagen wieder.
Alma: Gibt es irgendwas Besonderes zu beachten?
Mitarbeiterin: Überlegen Sie sich eine Geschichte, wie Sie sich kennen gelernt haben. […]
Die Mitarbeiterin gibt Alma die Hand. Tom hält Alma die Tür auf. […]
Alma und Tom steigen ins Auto ein. Alma setzt sich ans Steuer und fährt los.
Beide schweigen.
Tom: Wenn du den Sitz etwa 15 Zentimeter höher stelltest und deine Sitzposition etwas aufrechter wäre, […] würde sich die Wahrscheinlichkeit für einen Unfall um 27 Prozent verringern.
Alma hört sich das genervt an. Tom sieht sie an.
Tom: Ich bemerke eine Abneigung gegen meinen Rat, deine Sicherheit zu erhöhen […]. Ist das korrekt?
Alma antwortet nicht. Sie schaut auf die Straße. […]
Tom: Der gescheiterte Versuch ist in der Kommunikation das wichtigste Mittel, um mich besser auf dich einstellen zu können. Am Anfang werde ich Dinge tun und sagen, die du ablehnst. Aber diese Fehler werden immer seltener werden. Bald werde ich viel öfter Dinge sagen und tun, die dir gefallen. Bald ist jeder Schuss ein Treffer. V

b Um was für eine Studie handelt es sich? Markiere mit einer Farbe.
Tipp: Lies noch einmal das Vorwort, den Text vor dem Dialog.

c Würdest du an einer solchen Studie teilnehmen? Kreuze an.

☐ Ja ☐ Nein

2 Wie versucht Tom, ein Gespräch mit Alma zu beginnen? Worüber spricht er?
Woran erkennt Tom, dass das Gespräch mit Alma gescheitert ist?
Unterstreiche im Text.
Tipp: Die farbigen Markierungen helfen dir.

3 **a** Lies den 2. Auszug.

Ich bin dein Mensch (Filmdialog, 2. Auszug)

Am ersten Morgen ihres Zusammenlebens hat Tom die Wohnung aufgeräumt und ein großes Frühstück vorbereitet. Alma ist sehr genervt.

Alma: Ich hab jetzt keine Zeit mehr zum Frühstücken, muss los. Zur Arbeit.

Tom: Ich habe mich so auf einen romantischen kleinen Brunch gefreut, bisschen klönen* und so.

Alma: Ich klöne nie.

Tom: Deswegen liebe ich dich.

Er lächelt sie liebevoll an. Sie denkt kurz nach, dann räuspert sie sich.

Alma: [...] Pass mal auf, Tom. Ich weiß, du bist als möglicher Partner programmiert. Aber wenn du so weitermachst, halte ich das keine drei Wochen aus [...]. Ich werde wahnsinnig. [...] Ich bin nicht auf der Suche nach einem Partner. Ich gehöre zu den Leuten, die euch drei Wochen testen und dann ein Gutachten schreiben.

Tom: (sieht sie an) Ah. Und an Liebe bist du gar nicht interessiert?

Alma: Null Komma Null.

Tom: An Zärtlichkeit? [...] An einem tiefen Blick in die Augen?

Alma: Absolutes Nein. [...] Ich schlag vor, du lässt mich in Ruhe und ich lass dich in Ruhe. Und wir bringen die drei Wochen einigermaßen würdevoll hinter uns. Kriegst du das hin?

Tom: Meine Programmierung ist darauf eingestellt, dich glücklich zu machen.

Alma: Super. Dann dürfte es kein Problem sein, mich in Ruhe zu lassen. Denn genau das ist es, was mich am glücklichsten macht. Und jetzt muss ich wirklich los.

[Alma nimmt ihre Tasche vom Schreibtisch und verlässt das Zimmer.] V

* gemütlich miteinander reden

b Wie verhält sich Alma dem Roboter Tom gegenüber? Markiere die Textstellen.

c Sieh dir das Bild an: Wie hat Tom die Bücher sortiert? Kreuze an.

☐ nach Farben. ☐ nach Themen ☐ nach Größen

d Warum nervt Alma das? Sprecht darüber.

4 **a** Alma ist nicht sehr freundlich zu Tom. Wie reagiert er darauf? Erklärt.
Tipp: Seht euch die blauen Regieanweisungen an.

b Woran erkennt man, dass Tom künstlich ist? Unterstreiche die betreffenden Wörter in den markierten Textzeilen.

c Würden Menschen miteinander auch so sprechen? Sprecht darüber.

5 **a** Lies den 3. Auszug.

Ich bin dein Mensch (Filmdialog, 3. Auszug)

Nach einigen Tagen des Zusammenlebens bekommen Alma und Tom Besuch von der Mitarbeiterin. Alma ist nach wie vor skeptisch. Tom hat Kaffee gekocht. Nun sitzen Alma, Tom und die Mitarbeiterin am Tisch.

Mitarbeiterin: Ja, also, Sie haben jetzt drei Nächte und zwei Tage miteinander verbracht. Wie geht es Ihnen? [...]

Alma: Gut.

Alma nimmt schnell eine Kopfschmerztablette. Die Mitarbeiterin sieht Tom an.

Tom: Gut.

Mitarbeiterin: Ja ...?

Alma: Also, ja er ist ... seine Programmierung ist ... das funktioniert alles.

Mitarbeiterin: Was meinen Sie?

Alma: Na ja, Sie sehen ja selbst, er macht Frühstück, kann sinnvoll reden. Alles super.

Mitarbeiterin: Fällt es Ihnen auf? Sie behandeln Tom wie eine Maschine.

Alma: Ja, das ist mir durchaus aufgefallen.

Mitarbeiterin: Woran liegt das Ihrer Meinung nach?

Alma: Dass er eine Maschine ist?

Mitarbeiterin: Unterschätzen Sie ihn vielleicht? Tom, wie geht es dir denn damit, wie Alma dich behandelt?

Alma: Das merken Sie jetzt aber selbst, oder? Es kann ihm nicht irgendwie „gehen", weil er keine Gefühle hat. Er ist darauf programmiert, Empfindung vorzutäuschen. Aber zu einer wirklichen Empfindung ist er unfähig.

Mitarbeiterin: Wollen wir vielleicht Tom antworten lassen?

Tom: Ich glaube, Alma braucht noch Zeit. Alma sieht ihn ungläubig an.

Mitarbeiterin: Wir haben alle Daten von Ihnen ausgewertet. Danach ist Tom der Partner, mit dem Sie die größten Chancen haben, glücklich zu werden.

Alma: Tom ist programmiert, meine Bedürfnisse zu befriedigen! Er ist eigentlich nur eine Ausstülpung meines Ichs! Verstehen Sie das nicht?

Mitarbeiterin: Ist Ihnen emotionale Reibung in einer Beziehung wichtig?

Alma: Natürlich ist mir das wichtig!

Mitarbeiterin: Tom, könntest du dir denn vorstellen, mehr Reibung zu erzeugen, wenn das für Alma wichtig ist? [...]

Alma: Okay, ich bin raus. Entweder sind Sie fundamental dämlich oder Sie sind auch ein Roboter. V

b Untersucht die Beziehung zwischen Alma und Tom.
Die Mitarbeiterin ist der Meinung, dass Alma Tom wie eine Maschine behandelt.
Wie kommt sie darauf? Erklärt
Tipp: Der farbige Text kann helfen.

Die Mitarbeiterin ist der Meinung, dass Alma den Tom wie eine Maschine behandelt, weil ...

Die Mitarbeiterin kommt darauf, weil ...

Hintergründe zum Film kennen lernen

1 Lies das Interview.

Die Regisseurin im Interview

Maria Schrader ist die Regisseurin der Komödie **Ich bin dein Mensch.** Der Film handelt von der romantischen Begegnung der Wissenschaftlerin Alma mit dem vermenschlichten Roboter Tom.

Reporterin: Wie sind Sie darauf gekommen, eine Art Liebeskomödie zwischen Mensch und Roboter zu erzählen und keine Geschichte über fiese Kampfroboter?
Regisseurin: Es gibt jetzt schon Rasenmäher-Roboter und Pflegeroboter. [...] Eine romantische Begegnung zwischen Mensch und Maschine klingt unmöglich, aber auch lustig. [...] Beim Schreiben habe ich mir vorgestellt, wie so ein erstes Treffen aussehen könnte. [...]

Reporterin: In Ihrem Science-Fiction-Film geht es darum, wie man mit Maschinen eine harmonische Beziehung führen kann.
Regisseurin: Meistens enden die Erzählungen vom künstlichen Menschen ja mit Zerstörung und Tod. Der Mensch spielt Gott und schafft den Roboter als sein Ebenbild. Dann bekommt er Angst vor seinen Robotern. Denn sie könnten ja [...] stärker sein als er selbst. Tom ist eigentlich überall besser als der Mensch: Er spricht alle Sprachen. Wie eine Suchmaschine hat er Zugang zum Weltwissen [...]. Er ist für Alma hergestellt worden. Er soll sie glücklich machen. Diese Aufgabe [...] verfolgt er unbeirrbar. Was wäre, wenn Roboter die besseren Menschen werden würden? Was würde passieren, wenn Roboter uns sogar in den besonders menschlichen Eigenschaften überholen: beim Einfühlungsvermögen, bei Tugendhaftigkeit und Uneigennützigkeit?

Reporterin: Der Roboter als der bessere [...] Lebenspartner?
Regisseurin: Im Film lernt Tom, dass Alma nicht zufrieden ist, wenn er nur versucht, ihr alles recht zu machen. Alma [...] wünscht sich einen gleichberechtigten Partner mit freiem Willen und keinen Diener. Sie wirft ihm vor, keine echten Gefühle zu haben. [...] Da will Tom, ihr auch diesen Wunsch erfüllen [...]. Er schreit sie an, widerspricht ihr und überrascht sie. Aber natürlich sind auch das nur nachgeahmte Verhaltensweisen. V

2 Was unterscheidet diesen Film über Roboter von bisherigen Roboterfilmen?
Unterstreiche.
Tipp: Die erste Frage der Reporterin kann dir besonders helfen.

3 Was wird über die Absichten der Regisseurin gesagt?
Sprecht darüber.
Tipp: Die farbigen Markierungen können euch helfen.

Die Regisseurin stellt sich die Frage: ...

2 Einfach ich oder besser? –
Diskutieren und argumentieren

1 a Sieh dir die beiden Bilder von der jungen Frau an.
Bild A ist ein Originalbild. In **Bild B** wurde das Bild bearbeitet.

b Was wurde in **Bild B** alles verändert? Markiere im Wortkasten.

> die glatte Haut • der Glanz • die vollen Lippen • der Lippenstift • die langen Wimpern • der Lidschatten • die Ohrringe • die helle Haut • die Wimperntusche • die Haarfarbe

c Welches Bild gefällt dir besser? Ergänze.

Bild ___ gefällt mir besser, weil ________________________________

____.

2 Die Jugendliche auf dem Bild möchte perfekt* aussehen, deshalb hat sie das Bild bearbeitet. Welche Gründe gibt es, dass die Jugendlichen alles perfekt machen wollen? Tausche dich mit einer Partnerin oder einem Partner aus.

* besonders gut, ohne Fehler

A

B

C

D

1 **a** Sieh dir die **Fotos A bis D** an.

b Was siehst du auf den Fotos? Was möchten die Jugendlichen erreichen? Beschreibe einer Partnerin oder einem Partner.

Der Junge auf dem Foto A …

Das Mädchen auf dem Foto B …

Auf dem Foto C sieht man …

Foto D zeigt …

2 Ordne die Gründe, die für und gegen eine Optimierung sprechen, den Bereichen zu. Schreibe in die Tabelle.

hält den Körper fit • kostet Zeit • ist teuer • schmeckt nicht gut • bessere Chancen auf einen Ausbildungsplatz • sieht gut aus

	dafür	**dagegen**
Sport – sich regelmäßig bewegen		
Ernährung – sich gesünder ernähren		
Schule – Noten verbessern		
Aussehen – sich schminken		

1 Yassin: Mara, hast du dir für dein neues Lebensjahr etwas vorgenommen?

2 Mara: Ich habe mir vorgenommen, im nächsten Jahr mehr an mir zu arbeiten. Hab mir dafür zum Geburtstag ein Buch über Selbstoptimierung gewünscht.

3 Kira: Selbstopti-was?

4 Bene: Selbstoptimierung. Mara will ihre Eigenschaften und Fähigkeiten verbessern. Das geht zum Beispiel im Sport oder in der Ernährung. Ich bin aber gegen Selbstoptimierung, denn das bedeutet Stress. Außerdem mag ich mich so, wie ich bin. Ich muss nicht besser werden.

5 Mara: Ich mag mich auch. Deswegen will ich das Beste aus mir rausholen!

6 Kira: Ihr übertreibt voll! Schneller, schöner und gesünder – das sind Forderungen einer kranken Gesellschaft, auf die ihr blind hereinfallt.

3 Gibt es etwas, was du gerne an dir oder in deinem Leben verbessern möchtest? Tausche dich mit einer Partnerin oder einem Partner darüber aus.

4 **a** Lies die Sprechblasen.

b Die Jugendlichen diskutieren über das Thema Selbstoptimierung. Welche Meinung haben die Jugendlichen zu diesem Thema? Fülle die Lücken aus.

gegen • für • gegen • es stressig ist und er sich so mag, wie er ist • die Forderungen der Gesellschaft, immer besser in allem sein zu müssen, übertrieben sind • das Beste aus sich herausholen möchte

Mara spricht sich ______ eine Selbstoptimierung aus. Ihr Argument dafür ist, dass sie ______.

Bene ist ______ eine Selbstoptimierung, weil ______.

Kira ist ______ eine Selbstoptimierung. Sie findet, dass ______.

Mündlich argumentieren

Meinungen überzeugend begründen

1 **a** Lies den Text.

Ole Nymoen, Wolfgang M. Schmitt

Körper als Projekt – über die Perfektion der Influencer (Auszug)

Die Influencerinnen und Influencer zeigen in ihren Storys Szenen aus ihrem Alltag und lassen an den richtigen Stellen Werbung einfließen. […] Zum Beispiel sprechen sie scheinbar zufällig über Hautprobleme, Rasierpickel, Spliss oder Cellulite und zeigen dann im nächsten Beitrag passende Werbung ihrer Kooperationspartner. Mit dem Verkauf dieser Produkte verdienen die Influencerinnen und Influencer ihr Geld. Es ist wichtig, dass die Zuschauerinnen und Zuschauer angeregt werden, diese Produkte zu kaufen. Der Körper wird zum Projekt erklärt, an dem fortwährend gearbeitet werden muss. Am Ende einer Story steht immer nur ein vorläufiges Ergebnis, morgen geht es weiter, denn mit den neuen Werbeverträgen werden wieder andere Produkte benötigt, um mithalten zu können. Speziell männliche Fitness-Influencer arbeiten zur Dokumentation des Erreichten häufig mit Vorher-nachher-Vergleichen. „Vom Lauch zum Alpha" sind die Fotos dann untertitelt. Wir sehen die Körper der Leistungsgesellschaft: die Frau im Bikini, der Mann ohne Shirt – jeweils mit Laptop in der Hand, immer muss gerade eine Excel-Tabelle ausgefüllt und müssen Erfolge neu eingetragen werden. Die Haut und der Touchscreen sind gleich glatt. Nichts darf irritieren, stören, rau oder uneben sein. V

b Die Autoren kritisieren den Einfluss von Influencerinnen und Influencern auf ihre Zuschauerinnen und Zuschauer/Follower. Was genau kritisieren sie? Tausche dich mit einer Partnerin oder einem Partner aus.
Tipp: Die Kritikpunkte sind im Text markiert.

2 **a** Sieh dir das Schaubild an.

b Das Schaubild zeigt, wie viel Zeit die verschiedenen Altersgruppen ihren Influencerinnen und Influencern zusehen und wie häufig sie zum Kauf eines Produktes angeregt werden. Wer verbringt am meisten Zeit damit und kauft die meisten Produkte? Schreibe einen Satz.

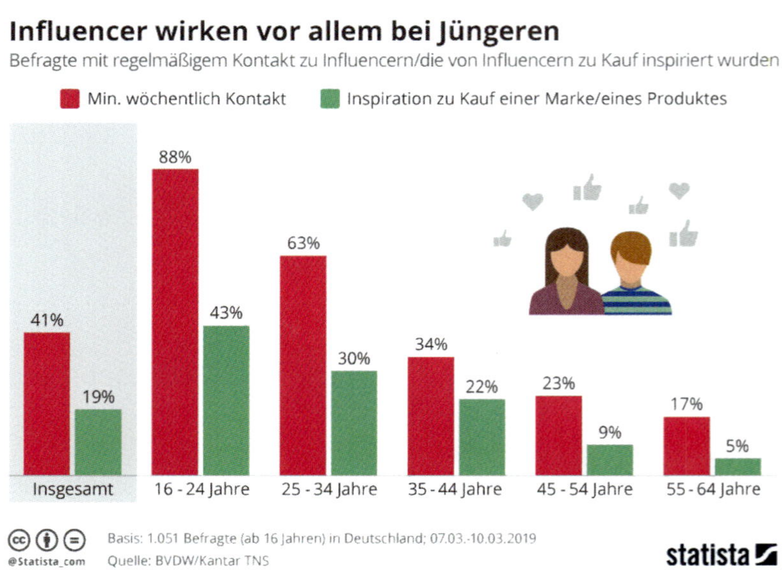

3 **a** Lies die verschiedenen Aussagen über Influencerinnen und Influencer.

A Ich finde, Influencerinnen und Influencer sind **ideale Vorbilder,** da sie **Menschen wie wir** sind. So ist es einfacher, ihnen nachzueifern.

B Ich sehe das kritisch. Ich lasse mich wie viele andere auch **von Influencern beeinflussen.** Das gebe ich offen zu. Ich habe neulich im Radio gehört, dass jeder fünfte Deutsche schon mal ein Produkt gekauft hat, das von einer Influencerin oder einem Influencer empfohlen wurde.

C Influencer geben **hilfreiche Tipps und Ideen,** zum Beispiel für gute Ernährung. Sogar die Ernährungswissenschaftlerin Saskia Muth empfiehlt deren Rezepte.

D Influencerinnen und Influencer **motivieren** mich, an mir selbst zu arbeiten. Sich selbst zu prüfen und zu verbessern ist doch etwas Gutes, oder?

b Welche Personen äußern sich positiv (+)? Und welche Personen äußern sich negativ (–)? Schreibe hinter die Aussage passend + oder –.

Aussage A ☐ Aussage B ☐ Aussage C ☐ Aussage D ☐

c Die **Personen A bis D** haben unterschiedliche Argumente verwendet. Trage jeweils in das Kästchen den passenden Buchstaben ein.

- ☐ **Faktenargument** (eine Statistik, zum Beispiel jeder Fünfte wird genannt)
- ☐ **Autoritätsargument** (Expertinnen und Experten werden angegeben, zum Beispiel Ernährungswissenschaftler)
- ☐ **Wertargument** (Es wird auf einen allgemeinen Wert hingewiesen, zum Beispiel die Motivation.)
- ☐ **Analogisierendes Argument** (Es wird ein Vergleich angegeben.)

4 Sind Influencerinnen und Influencer gute Vorbilder? Ordne die Gründe zu. Schreibe in die Tabelle.

ideale Vorbilder • haben großen Einfluss auf die Follower • verleiten zum Kauf von Produkten • hilfreiche Tipps und Ideen • vermitteln den Eindruck, dass alles perfekt sein muss • geben Motivation

dafür	dagegen

Kompromisse formulieren

1 Habt ihr beim Sport in eurer Freizeit ein bestimmtes Ziel? Oder stehen Spaß und Freude im Vordergrund? Tauscht euch zu zweit darüber aus.

der Freizeitsport • der Leistungssport • im Verein • allein • im Fitnessstudio • mit Freundinnen und Freunden • aus Spaß • die Ziele • die Leistung steigern

2 **a** Lies den Text.

Christoph Augner

Selbstoptimierung ist auch keine Lösung (Auszug)

Es ist noch nicht lange her, da berichtete ich einem Freund meine monatlichen Laufleistungen. 47 Kilometer und 250 Meter sind es bisher gewesen. Ich erzähle von meinem Monatsziel, vom durchschnittlichen Pulsschlag, weiteren Körperfunktionen, die irgendwie sportlich relevant zu sein scheinen. „Warum machst du das?", unterbricht mich schließlich der Freund und sieht mich verständnislos an. „Was meinst du?" – „Warum misst du das alles? Macht der Sport noch Spaß?"

Ich versuche eine Erklärung, die Formulierungen **„wichtig für die Gesundheit"** und **„Grundlage für Leistungssteigerung"** fallen. Auf dem Heimweg geht mir die Frage „Warum misst du das alles?" nicht mehr aus dem Kopf. Ich finde keine nachvollziehbare Begründung.

Die Episode machte nachhaltigen Eindruck auf mich. Nie wieder habe ich beim Laufen Zeit, Distanz oder Körperfunktionen gemessen. Kein Smartphone, keine Kopfhörer.

Laufen ist jetzt wieder einfach: Ich ziehe die Laufschuhe an und laufe los.

Keine zwanghafte Überwachung meines Handy-Bildschirms, keine Ablenkungen.

Ich sehe, höre und spüre meinen Körper und die Umwelt um mich herum.

Laufen ist ein Erlebnis mit allen Sinnen. [V]

b Der Autor wird gefragt, warum er alles misst. Womit begründet er dies?
Tipp: Lies die Zeilen 7 bis 8 noch einmal.
Schreibe einen Satz in dein Heft.
Der Autor begründet es damit, dass …

c Der Autor denkt lange darüber nach, warum er immer alles gemessen und aufgeschrieben hat. Er findet keinen guten Grund und ändert seine Einstellung zum Sport.
Was macht er nun anders? Schreibe ein bis zwei Sätze in dein Heft.
Tipp: Lies die letzten vier Zeilen.

3 Ordne die Gründe, die für (pro) und gegen (kontra) das Messen von Leistung sprechen, zu.
Schreibe in dein Heft.
Für (Pro): …
Gegen (Kontra): …

man kann eine Leistungssteigerung dokumentieren • es ist motivierend, wenn man sieht, dass man sich verbessert hat • es kann demotivieren, wenn man sich mal nicht mehr steigert • man konzentriert sich weniger auf den eigenen Körper • Überwachung verringert Spaß • intensiver Sport ist wichtig für die Gesundheit

4 a Lies die **Aussagen A und B.**

A Ich möchte meine Leistungen im Fitnessstudio steigern. Freunde haben mir Protein-Shakes für den Muskelaufbau empfohlen.

B Wir erlauben dir den Kauf von Nahrungsergänzungsmitteln nicht.

b Um welches Thema geht es zwischen dem Jugendlichen und seinen Eltern? Kreuze an.

- [ ] Der Jugendliche möchte seine Leistungen steigern, aber die Eltern sind dagegen.
- [ ] Der Jugendliche möchte Protein-Shakes zum Muskelaufbau trinken, aber die Eltern erlauben es nicht.

c Warum möchte der Jugendliche Protein-Shakes trinken? Schreibe einen Satz.

____

____

d Welche Ängste haben die Eltern vielleicht? Schreibe einen Satz.

____

____

5 a In der Tabelle findest du in der linke Spalte Argumente, die gegen den Konsum von Nahrungsergänzungsmitteln sprechen.
Was kann man tun, um die Nachteile zu verringern? Verbinde.

Ernährungsexperten warnen vor:	**Das kann man tun:**
Manche Mittel belasten den Stoffwechsel.	sich von Experten beraten lassen
Der gewünschte Effekt ist oft gering.	sich mit den Inhaltsstoffen auseinandersetzen
Mittel aus dem Internet enthalten oft schädliche Substanzen.	sich über Risiken informieren, den Konsum nicht übertreiben

b Ein wichtiges Gegenargument ist, dass Eiweiße (Proteine) wichtig für den Muskelaufbau sind. Dabei spielen nicht nur tierische Produkte (zum Beispiel Eier, Milch, Fleisch), sondern besonders pflanzliche Produkte (Hülsenfrüchte, Vollkornprodukte) eine Rolle.
Wie könnte ein Kompromiss zwischen dem Jugendlichen und seinen Eltern aussehen?
Was könnte er machen, damit die Eltern weniger Angst davor haben? Schreibe einen Satz.

____

____

Materialgestützt Vorteile und Nachteile erörtern

Sollten Mädchen und Jungen im Naturwissenschaftsunterricht getrennt unterrichtet werden, um optimaler lernen zu können?
Finde in den Materialien und Texten Argumente, die deine Meinung unterstützen.

1 **a** Lies den Text.

M1

Über Vorteile und Nachteile des getrennten Unterrichts

In der Politik wird zunehmend gefordert, dass Schülerinnen und Schüler in bestimmten Unterrichtsphasen oder sogar in einigen Fächern in Mädchengruppen und Jungengruppen getrennt unterrichtet werden sollten. Im Sportunterricht ist das bereits häufig der Fall.

Vor allem mit Blick auf die naturwissenschaftlichen Fächer (wie zum Beispiel Physik, Chemie oder Biologie) werden die Rufe nach einer Trennung nach Geschlechtern immer wieder laut, da Berufe mit technischem oder naturwissenschaftlichem Hintergrund hauptsächlich von Jungen gewählt werden – trotz aller Bemühungen wie beispielsweise der Einführung des Girls'Day.

Das liegt unter anderem daran, dass Eltern und Lehrerinnen und Lehrer den Mädchen immer wieder vermitteln, sie seien in diesem Bereich nicht so kompetent wie die Jungen. So hielten sich die Mädchen im naturwissenschaftlichen Unterricht zurück und hätten in Fächern wie Physik oder Chemie weniger Selbstbewusstsein, heißt es. Darunter leide auch ihre Motivation.

Bei Versuchen in einigen Schulen habe man beobachten können, dass sich Mädchen bei getrenntem Unterricht aktiver am naturwissenschaftlichen Unterricht beteiligen. Das hätte zu besseren Noten und auch zu mehr Interesse an Physik und Chemie geführt.

Einige Bildungsforscherinnen und Bildungsforscher widersprechen jedoch diesen Aussagen. „Es ist in Studien nie zweifelsfrei nachgewiesen worden, dass der getrennte Unterricht in diesem Sinne wirklich zum Erfolg führt", gibt Bildungsforscherin Sevim Atalay zu bedenken. Die Trennung von Jungen und Mädchen im Unterricht könne stattdessen dazu führen, dass sich Mädchen nur noch im vermeintlich „geschützten Raum" äußern. So würden sie weniger Möglichkeiten erhalten, sich vor Jungen zu behaupten. (Quelle: Deutschbuch)

b Welche Argumente sprechen für (pro) und gegen (kontra) einen getrennten Unterricht in naturwissenschaftlichen Fächern? Schreibe sie in die Tabelle.
Tipp: Die Pro-Argumente sind gelb markiert und die Kontra-Argumente blau.

Pro-Argumente – dafür	**Kontra-Argumente – dagegen**
– mehr Jungen als Mädchen wählen technische Berufe	– keine Nachweise des Erfolgs in Studien

2 **a** Sieh dir das Diagramm an.

b In dem Diagramm geht es darum, welche Berufswünsche von Mädchen und Jungen aus Deutschland im Jahr 2018 genannt wurden.
Welche Berufe haben die Mädchen genannt? Schreibe auf.

M2

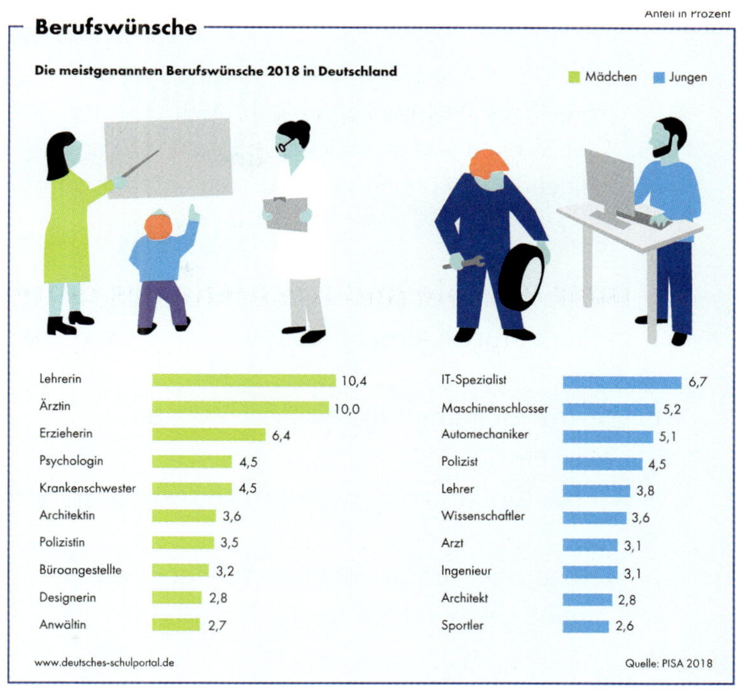

Grafik: Henriette Anders

1. Lehrerin, 2. Ärztin, 3. ______________________

____

____

____

____

____

c Welche Berufe haben die Jungen genannt? Schreibe auf.

1. IT-Spezialist, 2. Maschinenschlosser, 3. ______________________

____

____

d Diese Studie unterstützt das Argument, dass mehr Jungen als Mädchen naturwissenschaftliche Fächer wählen. Formuliere das Argument aus.
Ergänze die Lücken mit Angaben aus der Grafik.

Eine Studie aus dem Jahr 2018 zeigt, dass Jungen mehr technische oder naturwissenschaftliche Berufe wählen. Die Jungen wählten vor allem Berufe aus dem technisch-naturwissenschaftlichen Bereich, zum Beispiel ______________________, ______________________, ______________________ oder ______________________.

Zwar gaben 10 Prozent der Mädchen an, dass sie ______________________ werden möchten, aber an der Spitze steht mit 10,4 Prozent der Beruf der ______________________ und weitere Berufswünsche aus nicht naturwissenschaftlichen Bereichen wie ______________________, ______________________, ______________________ und ______________________ wurden angegeben.

3 a Schreibe weitere Pro- und Kontra-Argumente in die Tabelle auf der Seite 51.

keine Geschlechtertrennung im Beruf • Unterricht in kleineren Gruppen • bessere Förderung der Stärken und Schwächen • Jungen stören den Unterricht oft mehr als Mädchen • Jugendliche können sich mit ihren unterschiedlichen Stärken unterstützen

b Lies noch einmal alle Argumente die für (pro) und gegen (kontra) eine Trennung in den naturwissenschaftlichen Fächern sprechen.

c Welche Meinung hast du?
Kreise ein.
Ich bin für/gegen getrennten Unterricht in naturwissenschaftlichen Fächern.

d Welche zwei Argumente aus der Tabelle von Seite 51 überzeugen dich am meisten?
Schreibe sie in Sätzen auf und begründe damit deine Meinung.

4 Mareike ist **für einen getrennten Unterricht in naturwissenschaftlichen Fächern.**
Sie möchte einen Online-Kommentar für eine Schulwebseite zu dem Thema schreiben.
Schreibe den Text in dein Heft und ergänze.

Es wird oft darüber diskutiert, ob Schülerinnen und Schüler in naturwissenschaftlichen Fächern getrennt unterrichtet werden sollten. Ich bin der Meinung, dass dies umgesetzt werden sollte.

Gegen diesen Standpunkt spricht vor allem, dass …
Weiter ist anzuführen, dass die Trennung den Nachteil hat, dass …
Auch dagegen spricht, dass …

Es gibt aber auch einige Argumente, die dafürsprechen.
Ich finde eine Trennung sinnvoll, da …
Es kommt hinzu, dass …
Besonders hervorheben möchte ich den Vorteil, dass …

Auch wenn es gute Gründe gibt, die gegen eine Trennung in naturwissenschaftlichem Unterricht sprechen, denke ich, überwiegen die Vorteile des getrennten Unterrichts. Zumindest in einzelnen Fächern könnte man dies umsetzen und ausprobieren.

3 Was will ich werden? – Berufe erkunden

1 Beschreibt die Bilder.

> Die zwei Jugendlichen machen sich Gedanken über …

> Sie informieren sich über …

2 Welche Gedanken habt ihr euch bisher über eure berufliche Zukunft gemacht? Sprecht über eure Vorstellungen und Wünsche.

> Ich könnte mir vorstellen, am Computer / mit Menschen / mit Tieren / handwerklich … zu arbeiten.

> Spannend finde ich auch …

> Nicht so gern würde ich …

3 Wie könnt ihr euch über Berufe informieren? Sammelt eure Ideen.

> Ich habe mich bereits bei … erkundigt.

> Ich kenne jemanden, der als … arbeitet.

> Aus dem Praktikum weiß ich, …

Das bin ich und das kann ich – Die eigenen Stärken erkennen

* koordiniert: hier: Abläufe abgestimmt und angepasst

1 a Lies auf den Seiten 60 bis 61 die Aussagen der Schülerinnen und Schüler in den Sprechblasen.
b Markiere in den Sprechblasen **die Stärken** der Schülerinnen und Schüler.
c Verbinde **die Namen** mit den passenden **Stärken.**

Ömer …	… ist sportlich und teamfähig. Außerdem ist er ein Organisationstalent.
Nafia …	… hat handwerkliches Geschick und ist tierlieb.
Oskar …	… ist verantwortungsbewusst und hat Einfühlungsvermögen.
Idil …	… hat ein gutes technisches Verständnis und ist zuverlässig.
Mia …	… hat ein naturwissenschaftliches Verständnis. Sie arbeitet genau und strukturiert.

2 Tragt zu zweit eure **eigenen Stärken** zusammen. Nennt auch Beispiele.

teamfähig • sportlich • das handwerkliche Geschick • das Einfühlungsvermögen • das technische Verständnis • die Selbstständigkeit • die Flexibilität • zuverlässig • tierlieb • das Organisationstalent • verantwortungsbewusst • die Kreativität • kritikfähig

Ich habe ein gutes handwerkliches/technisches … Geschick.

Nicht so gern mache ich …/ Weniger gut bin ich in …

Ich arbeite sehr gewissenhaft und …

Außerdem interessiere ich mich für …

Ich bin neben der Schule ehrenamtlich als Jugendbetreuerin tätig. Mit den Kindern im Freizeittreff spiele ich Tischtennis und Brettspiele, und wir kochen zum Beispiel Spaghetti zusammen. Das macht mir richtig Spaß.

Mia

Es fällt mir schwer, viele Termine zu koordinieren**. Dafür kann ich aber gut mit dem Handy umgehen. Seit ich meine Termine in meinen digitalen Kalender eintrage, vergesse ich nichts mehr. Darüber freuen sich vor allem meine Freunde und meine Familie.

Ömer

Im Chemieunterricht bin ich begeistert, wenn wir Versuche durchführen dürfen. Dabei muss ich sehr ordentlich arbeiten und die Arbeitsschritte genau einhalten. Ich bereite mich jedes Mal genau darauf vor. So bekomme ich gute Ergebnisse und ein positives Feedback von der Lerngruppe.

Nafia

** zu koordinieren: hier: zu planen

3 **a** Nutze deine Ergebnisse aus Aufgabe 2 für eine Untersuchung deiner Fähigkeiten. Bewerte die **Fähigkeiten** in der Tabelle für dich selbst mit Punkten zwischen 10 und 1 (10 = stark vorhanden, 1 = schwach vorhanden).

b Trage **weitere Fähigkeiten** ein und bewerte diese.

Fähigkeiten	Bewertung (1 bis 10)	Beispiele/Begründung
die Teamfähigkeit		
das Einfühlungsvermögen		
das Arbeiten mit Holz		
die Selbstständigkeit		
die Kreativität		
das technische Verständnis		

Informieren und Präsentieren

Berufsfelder erkennen

1 a Sieh dir die Mindmap an. Sie stellt verschiedene Berufsfelder dar.

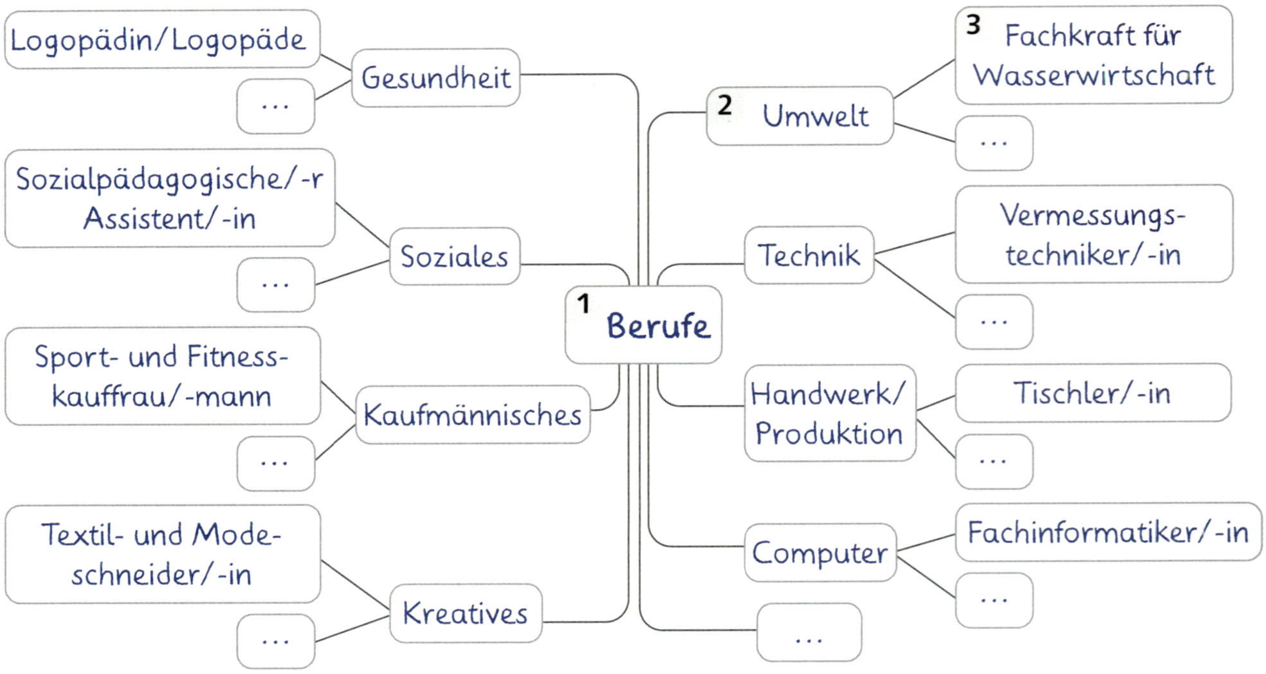

b Wie ist die Mindmap aufgebaut? Beschreibt.
Ordnet dazu den Begriffen im Wortkasten die Ziffern 1 bis 3 aus der Mindmap zu.

das zentrale Thema • der Oberbegriff • der Unterbegriff

c Warum ist es bei der Berufswahl sinnvoll, sich an Berufsfeldern zu orientieren? Erklärt.

gibt grob eine Vorauswahl • grenzt die Suche ein • spart damit Zeit

Das Berufsfeld … und man …

2 Erstelle eine eigene Mindmap.
- Erkunde dazu ein Berufsfeld näher, das zu deinen Fähigkeiten und Vorstellungen passt.
- Recherchiere im Internet passende Berufe zu deinem Berufsfeld.
- Recherchiere auch, welche Fähigkeiten und Voraussetzungen man dafür mitbringen sollte.

Hier ein Beispiel:

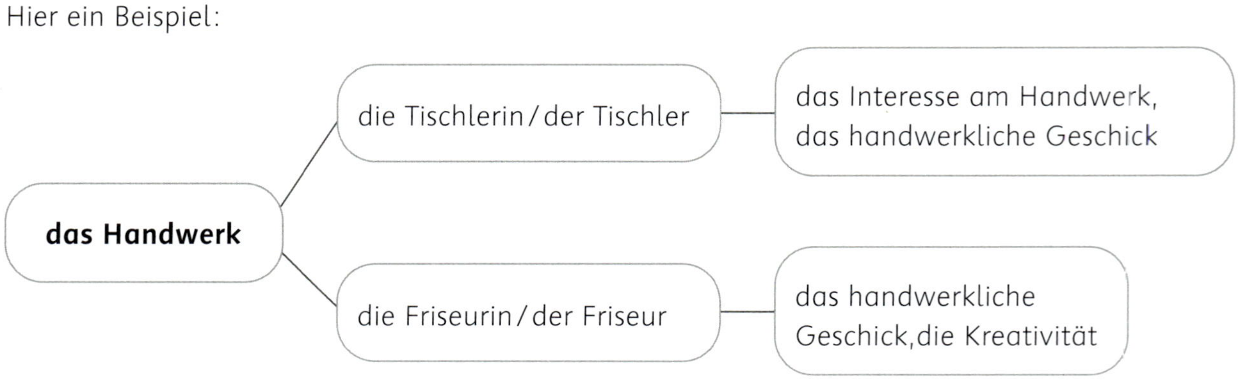

Ein Referat über den Wunschberuf vorbereiten und halten

Eine Internetrecherche auswerten: Kauffrau/Kaufmann für Büromanagement

1 **a** Lies die Materialien M1 bis M3.

M1

https:\\www.firma-sophitex.beispiel.de

Wir suchen dich!
Du bist flexibel und offen für viele Tätigkeiten?
Du findest betriebswirtschaftliche Abläufe cool? Dann bist du bei uns richtig!
Wir bringen dir alles bei, was du in deiner Ausbildung
Büromanagement im Einzelhandel
wissen musst, und begleiten dich bis zur IHK-Abschlussprüfung.

M2

https:\\www.berufeimblick.example.net

Kaufleute für Büromanagement erledigen im Schwerpunkt bürowirtschaftliche Aufgaben und bearbeiten und organisieren kaufmännische Tätigkeiten. Sie arbeiten zum Beispiel in den Bereichen Rechnungswesen, Auftragsbearbeitung oder Personalmanagement.

M3

https:\\www.arbeitswelt.beispiel.de/mein-blog

Ein Blick in die Arbeitswelt
Im Sommer habe ich meine Ausbildung bei der Firma Transpovita begonnen. Zuerst fand ein Bewerbungsgespräch statt, dann durfte ich einen Tag lang zur Probe arbeiten. Beides machte einen sehr positiven Eindruck auf mich.

b Vergleiche die Materialien M1 bis M3. Ordne die Textsorten zu.

- ..... der Erfahrungsbericht
- ..... die Stellenanzeige
- M2 die Berufsbeschreibung

c Woran erkennst du, dass die Webseiten verschiedene Absichten haben? Vervollständige die Sätze. Schreibe die Sätze in dein Heft.

Die Überschrift in M1 verrät bereits, dass eine Firma …
Die Internetadresse in M2 weist darauf hin, dass dort Informationen zu Berufen …
Der Text in M3 ist in der Ich-Form geschrieben und gibt einen persönlichen Einblick in …

2 Recherchiere zu einem Wunschberuf, den du präsentieren möchtest.
- Sieh auf den Seiten der Agentur für Arbeit, der Handwerkskammer sowie Industrie- und Handwerkskammer nach.
- Suche Informationen zu deinem Wunschberuf über folgende Themen: Tätigkeitsbereiche, Arbeitsabläufe, Voraussetzungen, Schulabschluss, Gehalt.

Das Referat gliedern

1 Bereite ein Referat über deinen Wunschberuf vor.

a Wähle aus deiner Sammlung die Materialien aus, die du verwenden möchtest.

b Welche Informationen sollen in die Einleitung, den Hauptteil und den Schluss? Mache dir kurze Notizen auf einem extra Blatt.

2 Schreibe eine **Einleitung.**
Tipp: Die Einleitung sollte das Interesse der Zuhörerinnen und Zuhörer wecken.

Einleitung ①
Wer gerne mit Menschen und am Computer arbeiten möchte, für den ist der Beruf als Kauffrau oder Kaufmann für Büromanagement genau das Richtige.

3 Schreibe im **Hauptteil** Informationen zu folgenden Schwerpunkten:

Typische Tätigkeiten: ②
zum Beispiel Arbeitszeiten eintragen, Aufgabenverteilung, …

Anforderungen: ③
benötigter Schulabschluss:
mindestens mittlere Schulreife
schulische Kenntnisse:
gute Noten in Deutsch und Mathe, Informatik

Ausbildung: ④
in Betrieb und Berufsschule
Ausbildungsdauer: 3 Jahre

Sonstiges: ⑤
Gehalt, …

4 Schreibe einen **Schluss.**
Fasse noch einmal kurz das zuvor Gesagte zusammen.

Schluss: ⑥
Zusammenfassend kann man sagen, dass der Beruf sehr interessant/abwechslungsreich/anspruchsvoll/herausfordernd/… ist.
Es lohnt sich, in den Beruf einmal reinzuschnuppern und es selbst auszuprobieren.
Das war mein Referat zum Beruf als …
Ihr könnt jetzt eure Fragen stellen.

Ein Handout gestalten

1 **a** Lies die Angaben auf der Vorlage für ein Handout.

Referentin/Referent: ____________	Datum: ____________
Fach: Deutsch	
Beruf: ____________	Notizen: ____________
1 Was sind typische Tätigkeiten?	
____________	____________
____________	____________
____________	____________
2 Welche Anforderungen gibt es?	
2.1 benötigter Schulabschluss:	____________
mindestens ____________	____________
2.2 schulische Kenntnisse:	
____________	____________
3 Wie verläuft die Ausbildung?	
____________	____________
____________	____________
4 Sonstiges ____________	____________
5 Unser Fazit ____________	____________
6 Quellen ____________	____________

b Welche Funktionen hat ein Handout für die Zuhörerinnen und Zuhörer? Sprecht darüber.

alle Inhalte nachlesbar • Platz für Notizen

Das Handout bietet den Zuhörerinnen und Zuhöhrern eine gute Übersicht …

Außerdem …

2 Gestalte ein Handout für dein Referat.
Orientiere dich an dem Beispiel oben.
- Nutze deine Notizen für den Hauptteil von der Seite 68, Aufgabe 3.
- Notiere oben im Kopfteil des Handouts den Titel, deinen Namen und das Datum.
- Lass auf der rechten Seite Platz für Notizen der Zuhörerinnen und Zuhörer.
- Gib zum Schluss deine Quellen an (Bücher oder Websites, die du benutzt hast).

Von der Bewerbung zum Praktikumsbericht

Sich für ein Praktikum bewerben

1 **a** Lies die Anzeige.

Blue Wave – Denim and more

Praktikum im Mode-Einzelhandel (m/w/d) ab Klasse 9

Du (m/w/d) bist in der 9. Klasse und mindestens 14 Jahre alt?
Du bist begeistert von Mode und Trends?
Du bist kreativ, kommunikativ und serviceorientiert?
Du arbeitest gern engagiert im Team?
Du willst Mode nicht nur tragen, sondern auch überzeugend präsentieren?
Du willst andere mit deinem Gespür für Stil und coole Outfits beraten?

Dann bewirb dich noch heute um einen Praktikumsplatz bei uns.

Bewerbungsschreiben, tabellarischer Lebenslauf mit Foto, letztes Zeugnis
per E-Mail an: schuelerpraktikum-bluewave@example.com
per Post an: Blue Wave – Denim and more, PF 36633, 40000 Düsseldorf

b Untersucht die Anzeige: Welche Informationen könnt ihr der Anzeige entnehmen? Nennt die Informationen.
Tipp: Die markierten Wörter helfen euch.

c Wie stellt ihr euch ein Praktikum bei Blue Wave vor? Beschreibt.

> Ich glaube, dass ich in dem Praktikum bei Blue Wave viel über Mode lernen würde.

> Wahrscheinlich würde ich lernen, wie ich Kunden …

2 Das Unternehmen erwartet von einer Praktikantin oder einem Praktikanten bestimmte Fähigkeiten. Was genau bedeuten sie?
Verbinde jeweils mit der passenden Bedeutung.

Das Unternehmen sucht Personen, die **serviceorientiert** sind.	Das heißt, dass man offen auf Menschen zugeht.
Es wird erwartet, dass man **kommunikativ** ist.	Das heißt, dass man eigene Ideen mit einbringt.
Eine **kreative** Person wird gesucht.	Das bedeutet, dass man den Kunden hilft und sie berät.

Ein (Online-)Bewerbungsschreiben formulieren

1 a Lies das Bewerbungsschreiben.

Fabian Busch, Bewerbung um ein Schülerpraktikum vom 28.03 – 08.04.20XX - Nachricht (HTML)

Datei Nachricht Einfügen Zeichnen Optionen Text formatieren Überprüfen Hilfe Was mö

Senden

An (1) schuelerpraktikum-bluewave@example.com;

Cc

Betreff (2) Fabian Busch, Bewerbung um ein Schülerpraktikum vom 28.03 – 08.04.20XX

(3) Zeugniskopie und Lebenslauf Fabian Busch.docx
12 KB

Sehr geehrter Herr Sabach, (4)
auf der Seite „Schülerpraktikum.de“ habe ich Ihre Anzeige gefunden,
die ich mit großem Interesse gelesen habe.
Hiermit möchte ich mich um einen Praktikumsplatz in der Zeit vom 28.03. bis
zum 08.04.20XX bei Ihnen bewerben. (5)
Ich bin 15 Jahre alt und gehe in die 9. Klasse der Schule am Rhein in Düsseldorf.
Im Unterricht haben wir das Thema „Mode und Wirtschaft“ behandelt.
Seitdem möchte ich mehr über Modeunternehmen erfahren. (6)
Mich interessiert besonders der Bereich Ein- und Verkauf. In der Schule betreibe ich
mit viel Begeisterung in einer AG unseren schulinternen Kiosk.
Dort übe ich im Verkauf meine kommunikativen Fähigkeiten.
Wir achten auch darauf, unsere Ware schön zu präsentieren. (7)
Ich würde mein Praktikum sehr gern bei „Blue Wave“ machen, weil ich den Laden
schon als Kunde kenne und sehr schätze. (8)
Über eine Einladung zu einer persönlichen Vorstellung würde ich mich freuen. (9)
Mit freundlichen Grüßen (10)
Fabian Busch
Anhang: Zeugniskopie, Lebenslauf (11)

b Untersuche den Aufbau des Bewerbungsschreibens.
Ordne den nummerierten Textteilen die passende Textstelle zu.

- [ ] der Anhang
- [ ] die Anrede
- [ ] der Betreff
- [ ] die Einleitung
- [6] die Motivation
- [ ] die Interessen und Erfahrungen
- [ ] der Bezug zur Firma
- [ ] der Schluss
- [ ] die Grußformel
- [3] der Anlagenhinweis
- [ ] die E-Mail-Adresse des Empfängers

2 Schreibe ein eigenes Bewerbungsschreiben für ein Praktikum deiner Wahl.
Halte dich an den Aufbau und die Form des Beispiels oben.

Einen Lebenslauf schreiben

1 **a** Lies den Lebenslauf.

Lebenslauf

Persönliche Daten

Name:	Emilia Beeck
Anschrift:	Ahornweg 12, 502XX Köln
Telefon:	+49 1234567XXX
E-Mail:	emilia.beeck@schule.example.de
geboren:	25.09.20XX in Köln

Schulbildung

seit 08/20XX	Sekundarschule Köln • angestrebter Schulabschluss: Fachoberschulreife mit Qualifikation • Lieblingsfächer: Englisch, Sport
08/20XX–07/20XX	Grundschule An der Stadtmauer

Praktische Erfahrungen

03/20XX	Berufsfelderkundung Messebau Wangert (Girls' Day)
04/20XX	zweiwöchiges Schülerpraktikum Martle Books Buchverlag • Buchherstellung, Fertigung und Vertrieb • Teilnahme an Projektbesprechungen, Marketing
seit 08/20XX	Nachhilfe Englisch (Schulprojekt)

Weitere Kenntnisse

Sprachen:	Englisch – gut (Schulnote 2 / E-Kurs) Französisch – gut (Schulnote 2)
IT-Kenntnisse:	Anwendungen: Textverarbeitung, Tabellenkalkulation, Präsentation (in der Schule und im Schülerpraktikum), verschiedene Besprechungsplattformen
Hobbys:	Basketball seit 05/20XX (Mitglied im TuS 1890) Fotografieren und Videoclips produzieren
Köln, 16.02.20XX	*Emilia Beeck*

b Beschreibe den Aufbau und die Gestaltung des Lebenslaufs in deinem Heft.

die Oberbegriffe • die persönlichen Angaben

Der Lebenslauf ist übersichtlich gestaltet.
Er ist in die vier Bereiche eingeteilt: persönliche Daten, …
Auf der linken Seite stehen …
Auf der rechten Seite werden dazu … stichpunktartig eingetragen.

c Schreibe mit Hilfe dieses Beispiels deinen eigenen Lebenslauf.

d Überarbeitet eure Lebensläufe mit einer Partnerin oder einem Partner. Gleicht sie mit dem Beispiel oben ab.

e Lege den Lebenslauf in deiner Praktikumsmappe ab.

Das Praktikum durchführen
Einen Tagesbericht schreiben

1 **a** Lies den Tagesbericht.

Notizen für einen Tagesbericht: Donnerstag 07.04.20XX (von Linus Schulze)			
Zeit	**Arbeitsplatz**	**Tätigkeit/Beobachtung**	**Anmerkungen**
9:00 Uhr	Verkaufsraum	mit dem Azubi Regale kontrolliert und falsch sortierte Waren umgehängt	interessant, Überblick bekommen
10:00 Uhr	Verkaufsraum	mit Frau Weber (Abteilungsleiterin) Waren sortiert	interessant
11:30 Uhr	Lager	mit dem Azubi Waren ausgepackt und sortiert	anstrengend, Rücken tat weh
13:00 Uhr	Lager	reklamierte Waren aus dem Verkaufsraum geholt	keine Verwechslungen durch QR-Codes
14:30 Uhr	Verwaltung	mit Frau Weber und Herrn Burre (Einkaufsleiter) neue Auswahl von T-Shirts gesichtet	war super, besondere Gelegenheit!!!
16:00 Uhr	Verkaufsraum/ Anprobe	mit dem Azubi Pullover und T-Shirts gefaltet und einsortiert	langweilig

b Wie ist der Praktikumstag verlaufen?
Schreibe die vollständigen Sätze in dein Heft.

langweilig • interessant • sehr schön • anstrengend

Der Praktikumstag im Modegeschäft war insgesamt sehr …
Teilweise war es aber auch …

c Beschreibe die Tätigkeiten (dritte Spalte) des Praktikumstages.
Wie bewertet (vierte Spalte) Linus die Tätigkeiten?
Schreibe aus der Sicht von Linus die Sätze in der Ich-Form auf.

Ich habe mit dem Azubi Regale kontrolliert und falsch sortierte Waren umgehängt.
Das fand ich sehr interessant.

d Schreibe aus den Notizen einen Tagesbericht in dein Heft.

Der Praktikumstag fing um 9 Uhr an.
Als Erstes ging ich in den Verkaufsraum, um mit dem Azubi …
Das war sehr interessant und ich bekam …
Um 10 Uhr sortierte ich mit der Abteilungsleiterin Frau …
Ich fand es interessant, was …
Um 11:30 Uhr packte ich im Lager …
Das war so anstrengend, dass mir …

e Überarbeitet eure Texte mit einer Partnerin oder einem Partner.
f Lege den Tagesbericht in deiner Praktikumsmappe ab.

Eine Praktikumsmappe anlegen

1 Welche Funktionen hat die Praktikumsmappe für **die Praktikantin/den Praktikanten, die Lehrperson** und für den **Betrieb?**
Ordne zu und verbinde.

Für die **Praktikantin oder den Praktikanten** ist sie wichtig, weil …	… einen Eindruck zu bekommen, was im Praktikum gemacht wurde.
Für die **Lehrperson** ist sie wichtig, um …	… die Sicht der Praktikantin oder des Praktikanten auf das Praktikum in ihrem Betrieb zu sehen.
Für den **Betrieb** ist sie wichtig, um …	… sie oder er alle Erfahrungen ordnen und festhalten kann.

2 **a** Welche Vorgaben gibt es an deiner Schule für die Praktikumsmappe? Schreibe die Vorgaben in Stichpunkten auf.

b Vergleiche die Vorgaben an eurer Schule mit der Checkliste unten.
c Gibt es Unterschiede? Markiere sie.

3 Lege mit Hilfe der Checkliste eine Praktikumsmappe für dein Praktikum an.

Checkliste: Die Praktikumsmappe
- Enthält das **Deckblatt** folgende Angaben: Name, Schule und Klasse, betreuende Lehrperson, Name und Adresse des Betriebs, Zeitraum des Praktikums? ☐
- Gibt es ein **Inhaltsverzeichnis?** ☐
- Stehen im Inhaltsverzeichnis die **nummerierten Oberthemen und Seitenzahlen?** ☐
- Ist die Praktikumsmappe in einem **ordentlichen Zustand?** ☐
- Hast du eine **Einleitung** geschrieben? ☐
- Hast du einen **Hauptteil** geschrieben? ☐
- Liegen die **Bewerbungsunterlagen** vor (Bewerbungsschreiben, Lebenslauf)? ☐
- Gibt es **Informationsmaterial zum Praktikumsbetrieb?** ☐
- Liegt eine **Arbeitsplatzbeschreibung** vor (am besten mit Fotos oder Skizzen)? ☐
- Sind alle **Tagesberichte** in der richtigen Reihenfolge eingeordnet? ☐
- Liegen **Beschreibungen typischer Arbeitsabläufe** vor? ☐
- Werden im **Schlussteil** in der **Auswertung** die folgenden Fragen beantwortet? ☐
  - Wurden eure Erwartungen erfüllt?
  - Was hat euch interessiert, was nicht?
  - Warum könnt ihr euch eine Ausbildung in diesem Beruf vorstellen oder nicht vorstellen?

4 „So sprechen wir!" – Sprachgebrauch und Sprachwandel untersuchen

1 **a** Was zeigt die Abbildung? Beschreibt.

> Die Abbildung zeigt einen Kopf, der aus … besteht.

b Wie ist euer erster Eindruck? Beschreibt.

> Wenn ich die Abbildung sehe, denke ich an …

2 **a** Welche Sprachen in den Puzzleteilen kennst du? Markiere sie farbig.

b Kannst du noch andere Sprachen? Wenn ja, dann übersetze den Satz **Ich bin ein Mensch** in weitere Sprachen. Schreibe in dein Heft.

Wir sprechen viele Sprachen!

A Mit meiner Mutter spreche ich Russisch und mit meinem Vater Arabisch. Mein Bruder und ich reden Deutsch miteinander. Wenn wir alle vier zusammen sind, sprechen wir Englisch.

B Ich lerne hier in der Schule Englisch und Französisch. Ich will später in Kanada leben. Dort brauche ich diese beiden Sprachen.

C Neulich habe ich meiner Tante von meinem Fernweh erzählt. Da musste ich das Wort „Fernweh" umschreiben. Das Wort gibt es nämlich im Türkischen nicht!

1 **a** Lies die **Aussagen A bis F.**

b Wie viele Sprachen sprechen die sechs Schülerinnen und Schüler? Sprecht darüber.

c Führt eine Umfrage in eurer Klasse durch. Wie viele Sprachen sprecht ihr in der Klasse?

d Wann sprecht ihr in welcher Sprache mit wem? Berichtet.

> Ich spreche mit meiner Freundin .../ mit meinem Freund ...

2 Kennt ihr Wörter im Deutschen, die man wie das Wort **Fernweh** (Aussage C) nicht gut in andere Sprachen übersetzen kann? Stellt solche Wörter vor und umschreibt ihre Bedeutung.
Tipp: Der Wortschatzkasten hilft euch dabei.

> die Schadenfreude • das Abendbrot • der Brückentag • die Erklärungsnot • das Fingerspitzengefühl • die Geborgenheit • die Geschmacksverirrung • der innere Schweinehund • das Kopfkino • der Kummerspeck • die Vorfreude

D Bei mir ist es so: Mit meinen Großeltern rede ich Kölsch, mit meinen Eltern Umgangssprache. Im Unterricht gebe ich mir Mühe, gut zu sprechen. Bei meinen Freundinnen rede ich einfach drauflos. Da denke ich nicht darüber nach, wie ich sprechen soll. Wir benutzen oft auch englische Wörter, das ist cooler.

E Ich spreche zu Hause zwei Sprachen. Das finde ich molto bene. Das ist Italienisch und heißt „sehr gut".

F In meiner Familie sprechen wir Hindi. In der Schule und mit meinen Freunden rede ich Deutsch. Bücher lese ich auf Deutsch und in Hindi.

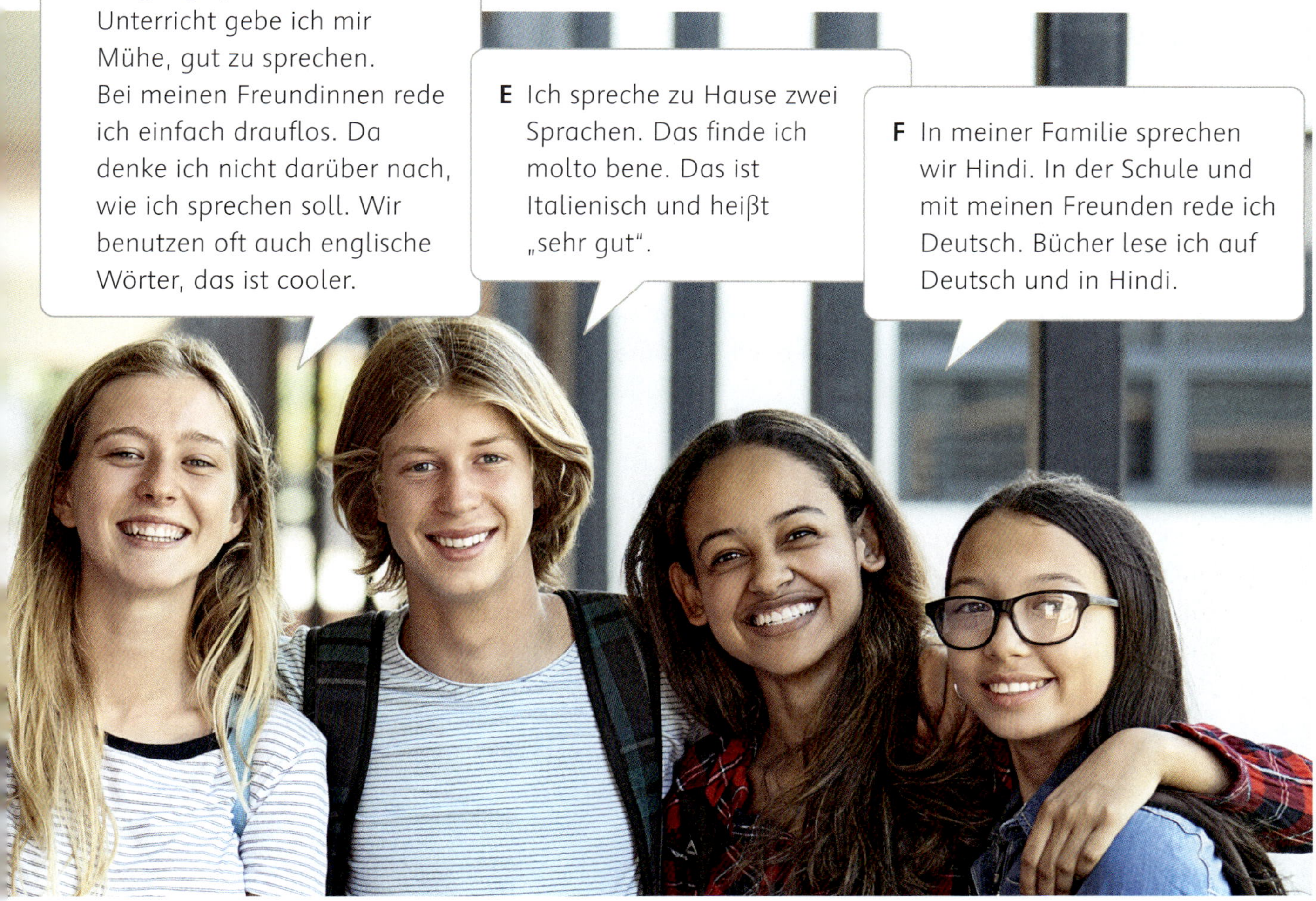

3 Verbinde die **Sprachvarietäten** mit den passenden **Situationen und Merkmalen.**

Sprachvarietät	Situation	Merkmale
die Standardsprache	mit Fremden oder Respektsperson sprechen	vollständige und richtige Sätze
die Bildungssprache	im Gespräch unter Jugendlichen	Wortneubildungen, Übernahmen aus anderen Sprachen, Abkürzungen
die Umgangssprache	im Unterricht	längere und komplexe Sätze, Fachbegriffe
die Jugendsprache	in der Region sprechen	angepasster Satzbau, eigene Begriffe, Aussprache
der Dialekt	mit Freunden, Bekannten und Familie sprechen	kurze Sätze, umgangssprachliche Ausdrücke

4 Erstelle dein Sprachenprofil: Zeichne einen Umriss deiner Person auf ein Blatt Papier. Schreibe in die Körperteile wie Kopf oder Bauch die Sprachen, die ihr sprecht oder lernt.

Sprachgebrauch untersuchen

Über äußere Mehrsprachigkeit nachdenken

1 **a** Lies den Textauszug.

Olga Grjasnowa

Die Macht der Mehrsprachigkeit (Auszug)

[…] Im Jahr 1996 bin ich im Alter von elf Jahren mit meiner Familie aus Aserbaidschan* nach Deutschland ausgewandert. Von da an lernte ich in der Schule Deutsch, sprach diese Sprache mit meinen Freunden und auch sonst im Alltag, sodass ich das Deutsche heute um einiges besser beherrsche als meine russische Muttersprache.

Die Muttersprache meiner Kinder ist Deutsch, auch wenn ich mit ihnen Russisch spreche und mein Mann Arabisch. Mit meinem Mann spreche ich Englisch. […] Meine Kinder wachsen mit drei unterschiedlichen Sprachen auf. […] Für sie ist es selbstverständlich, dass man auch mit Umschreibungen gut ans Ziel kommt. […]

Zugleich hätte ich mir vor ihrer Geburt nicht vorstellen können, wie viel Arbeit die mehrsprachige Erziehung tatsächlich bedeutet: Wir bringen die Kinder ständig zu verschiedenen Kursen, um ihre Sprachkenntnisse aufzubessern – denn sie wachsen ja in einer deutschsprachigen Umgebung auf und brauchen so viel Hilfe in Russisch und Arabisch wie möglich. Viele Kinderbücher besitzen wir in mehreren Übersetzungen, und wenn wir den Kindern vorlesen oder mit ihnen sprechen, […] übersetzen wir Vokabeln, die ihnen noch nicht bekannt sind, oder auch mal ganze Sätze. Ich spreche mit den Kindern Russisch, mein Mann spricht mit ihnen Arabisch. Sie verstehen alles, antworten aber am liebsten auf Deutsch. [V]

* sprich: Aserbeidschan

b Stelle in einer Skizze dar:
- Welches Familienmitglied spricht welche Sprache? Trage in die Kästen ein.
- In welcher Sprache reden die Familienmitglieder jeweils miteinander? Schreibe dazu.

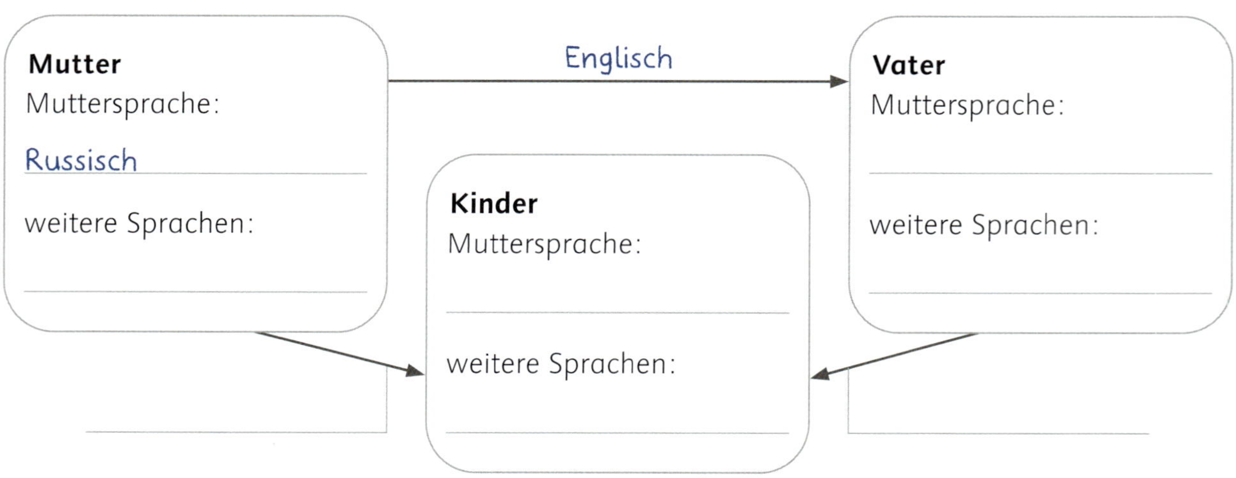

2 **a** Markiere im Text die Chancen der Mehrsprachigkeit mit einer Farbe und die Probleme damit mit einer anderen Farbe.

b Schreibe passende Stichworte in eine Tabelle in dein Heft.

c Überlegt zu zweit, welche weiteren Chancen und Probleme ihr kennt. Ergänzt die Stichworte.

Bedeutungsunterschiede innerhalb einer Sprache untersuchen

1 Was fällt dir zu dem Wort **Herz** ein? Ergänze es.

das Herz
- Gegenstand in Herzform
- Organ im Körper
- Symbol für
-
-
-

2 **a** Lies die **Aussagen A bis D.**

A Er schenkte ihr ein Herz aus Marzipan.
B Ihr wurde ganz warm ums Herz.
C Das Herz pochte wild in seiner Brust.
D Ich ❤ Berlin.

b Umschreibe einer Partnerin oder einem Partner jeweils **eine** der **Aussagen A bis D,** ohne das Wort **Herz** zu verwenden.
A Er gab ihr … **B** Sie hatte ein … Gefühl. **C** Er war … **D** Ich … Berlin.

3 Was bedeutet das Wort **Herz?**

a Suche mit Hilfe einer Suchmaschine im Internet oder in einem Wörterbuch das Wort **Herz.**

b Ergänze die Grundbedeutung*.

Die Grundbedeutung (Denotation) des Wortes „Herz" ist

* Die Grundbedeutung heißt auch die Denotation.

c Welche Bilder, Vorstellungen und Gefühle* entstehen in deinem Kopf, wenn du das Wort **Herz** hörst? Ergänze in Stichworten.

Liebe,

* Die Gedanken und Gefühle zu einem Wort sind die Nebenbedeutungen und werden auch die Konnotationen genannt.

Innere Mehrsprachigkeit untersuchen

1 **a** Lies die **Aussagen A bis D.**

A

Künstler des Monats – unser Tipp

Der Songschreiber, Rapper und Sänger Danger Dan (eigentlich Daniel Pongratz) ist längst kein Geheimtipp mehr. Er tritt sowohl als Solist als auch mit seiner Hip-Hop-Band „Antilopen Gang" auf. Seine Raps sind nicht nur für ihre scharfe Gesellschaftskritik, sondern auch für ihre Einfühlsamkeit, für feinen Humor oder beißende Ironie bekannt. Nun hat Danger Dan mit einem neuen Album wieder für eine Überraschung gesorgt. […]

Sprachvarietät: Standardsprache

B

Der Song „Eine gute Nachricht" des Rappers Danger Dan aus dem Jahr 2021 thematisiert in vier Strophen die Vergänglichkeit der Menschheit und die Schwierigkeit, sich in der Welt zurechtzufinden, aber auch die Liebe. Im Refrain bringt das lyrische Ich seine Sehnsucht nach dem geliebten Du zum Ausdruck. […]

Sprachvarietät: ____________

C

Bro, der Song eben war voll nice. Auch wenn manche Stellen einen megadown machen. Isso. […] Kennst Danger Dan? Ey, ich geb mir das Album gleich mal.

Sprachvarietät: ____________

D

Wir hab'n heute in der Schule ein Musikvideo gesehen. Fand ich cool. Es ging um Weltuntergang, aber auch um Liebe. Voll das süße Liebeslied. […] Will mir nachher mal das ganze Album von dem Sänger anhörn.

Sprachvarietät: ____________

b Was erfahrt ihr über den Rapper Danger Dan und seinen Song? Sprecht darüber.
Tipp: Interessiert euch der Song?
Ihr findet den Text und Bilder des Videos in Kapitel 7 auf den Seiten 156 und 157.

2 Ordnet die **Aussagen A bis D** den folgenden Situationen zu. Sprecht darüber.

Analyse des Songtexts im Unterricht • Gespräch mit einem Familienmitglied • Gespräch mit einem Mitschüler auf dem Pausenhof • Vorstellung eines Rappers in der Schulzeitung

3 Ergänze die Sprachvarietäten unter den **Aussagen A bis D.** Schreibe auf.

~~Standardsprache~~ • Bildungssprache • Jugendsprache • Umgangssprache

Die Vielfalt der Dialekte kennen lernen

1 **a** Lies die **Redensarten A bis E** in den verschiedenen Dialekten.
b Verbinde **A bis E** mit der jeweils richtigen Übersetzung ins Hochdeutsche.

Bekannte Redensarten in Dialekten

A S'Läba isch koi Schlotzer.	**1** Kommst du heute nicht, kommst du morgen.
B Wat den eenen sien Uhl is, is den annern sien Nachtigall.	**2** Kommen Sie herein, können Sie hinausschauen.
C Kinna dad i scho, oba meng dua i ned.	**3** Was dem einen seine Eule ist, ist dem anderen seine Nachtigall.
D Küss de hück nit, küss de morje.	**4** Das Leben ist kein Lutscher. / Das Leben ist kein Ponyhof.
E Kommse rin, könnse rauskieken!	**5** Ich könnte schon, aber ich möchte nicht.

c Ordne die **Redensarten A bis E** den folgenden Dialekten zu.
Trage in die Kästchen den richtigen Buchstaben ein.

[C] Bairisch [ ] Berlinisch [ ] Hamburgisch [ ] Kölsch [ ] Schwäbisch

2 **a** Lies den Text.

Die Vielfalt der deutschen Dialekte

Der Ursprung der deutschen Sprache liegt in den Dialekten. Diese Sprachvarietäten, die auch Mundarten genannt werden, gehen auf die Sprachen der germanischen Stämme zurück. […] So hat sich beispielsweise das Bairische aus dem Stammesdialekt der Bajuwaren entwickelt. Auf die Rheinfranken, die sich Ripuarier (Uferbewohner) nannten, kann man das Ripuarische zurückführen. Das Niederdeutsche geht hingegen auf die Nordseegermanen zurück. Insgesamt gibt es etwa sieben Dialektgruppen, die in bestimmten Regionen des deutschen Sprachraums gesprochen werden. Die Dialekte unterscheiden sich bis heute in ihrem Wortschatz, der Aussprache, der Grammatik und den Redewendungen. Gegenstände, die im Alltag eine wichtige Rolle spielen, werden in den Dialekten oft unterschiedlich bezeichnet. Statt Kochtopf sagt man zum Beispiel Hafen (Hofen, Haffe), Düppen (Döppe, Debbe), Pott, Kruck oder einfach Topf (Topp).

b Ergänze den Lückentext.

Die deutschen Dialekte sind aus ______________________________

______________________________ entstanden.

Die Dialekte unterscheiden sich in den vier Bereichen ______________________________,

______________, ______________ und ______________.

Öffentlichen und privaten Sprachgebrauch unterscheiden

1 **a** Lies die **Texte A und B.**

A
Privater Sprachgebrauch
Hi, hab ein Megaproblem! 😳
Hab Absage auf meine Bewerbung bekommen. 😎
Und Montag muss ich meinen Praktikumsplatz angeben. Megastressig! Fragst du mal deine Praktikumschefin, ob sie mich auch nimmt?
Wär voll cool, wenn wir das Praktikum zusammen machen könnten! 😍

B
Öffentlicher Sprachgebrauch
Sehr geehrte Frau Krüger,
leider muss ich mich mit dem folgenden Problem an Sie wenden.
Am kommenden Montag sollen wir einen Praktikumsplatz nachweisen.
Aber heute erhielt ich eine Absage auf meine Bewerbung. Wie sollte ich nun vorgehen? Hätten Sie vielleicht Informationen über Praktikumsangebote?
Es wäre eine große Hilfe, wenn Sie mich bei der Suche unterstützen würden.
Vielen Dank dafür im Voraus!
Mit freundlichen Grüßen
Leonie

b Wem hat die Schülerin in **A und B** jeweils geschrieben?
Sprecht über eure Vermutungen und begründet sie.

2 Markiere die Merkmale für den privaten Sprachgebrauch grün und für den öffentlichen Sprachgebrauch gelb.

keine Anrede • höfliche Anrede • Abkürzungen • Umgangssprache • Sie • du

3 Privater oder öffentlicher Sprachgebrauch? Ordne folgende Situationen zu.
Schreibe in die Tabelle.

Urlaubskarte an die Großeltern • ~~Klassenchat~~ • Bewerbungsschreiben •
Bericht für die Schulwebseite • Diskussion mit Freunden • ~~Beschwerde bei der Klassenleitung~~

Privater Sprachgebrauch	Öffentlicher Sprachgebrauch
Klassenchat	Beschwerde bei der Klassenleitung

Sprachwandel untersuchen

Sprachwandelprozesse verstehen

1 **a** Lies den Text.

Sprache verändert sich immer und überall

Solange es Menschen gibt, die eine Sprache sprechen, verändert sich die Sprache ständig. Am deutlichsten zeigen sich die Veränderungen im Wortschatz: Ständig kommen neue Wörter hinzu, wie zum Beispiel das Wort spoilern aus dem Englischen, andere Wörter werden immer seltener verwendet und geraten schließlich in Vergessenheit, zum Beispiel die Niethose. Auch die Bedeutung eines Wortes kann sich im Laufe der Zeit verändern.

Der Wortschatz der deutschen Sprache enthält viele Wörter aus anderen Sprachen. Bis ins 17. Jahrhundert wurden überwiegend Wörter aus dem Lateinischen aufgenommen, zum Beispiel die Information, kopieren. Im 18. und 19. Jahrhundert kamen französische Wörter wie das Portemonnaie oder das Menü hinzu. Und im 20. Jahrhundert folgten viele englische Wörter, zum Beispiel das Event, cool. Auch zahlreiche andere Sprachen sind im deutschen Wortschatz vertreten.

Die meisten Sprachwissenschaftler bewerten die Übernahme von Wörtern aus anderen Sprachen als Bereicherung der deutschen Sprache.

Einige Sprachkritiker befürchten jedoch einen Sprachverfall. Sie sehen den Sprachwandel als eine Bedrohung für die Sprache und verurteilen besonders die vielen Anglizismen*.

Sprachwandel führt bei einigen Wörtern auch dazu, dass ihre Bedeutung verschlechtert wird […]. Sie werden zu Tabuwörtern, die nicht mehr verwendet werden sollen, da sie die Betroffenen beleidigen und verletzen. Dazu gehört beispielsweise das Wort „Indianer". Vor wenigen Jahren wurde es noch häufig gebraucht, heute bewertet man das Wort als diskriminierend.

* Wörter aus dem Englischen

b Wodurch verändert sich Sprache? Markiere im Text.

2 **a** Lies den kurzen Text zum Wort **toll.**

toll: Das Adjektiv **tol** (auch **dol**) bedeutete im Althochdeutschen und im Mittelhochdeutschen **dumm, verwirrt, unsinnig.** Im Neuhochdeutschen hat es zwei Bedeutungen: (1) **erstaunlich, großartig** und (2) **verrückt, wahnsinnig.**

b Wie hat sich die Bedeutung des Adjektivs **toll** im Laufe der Zeit verändert? Ergänze das Flussdiagramm.

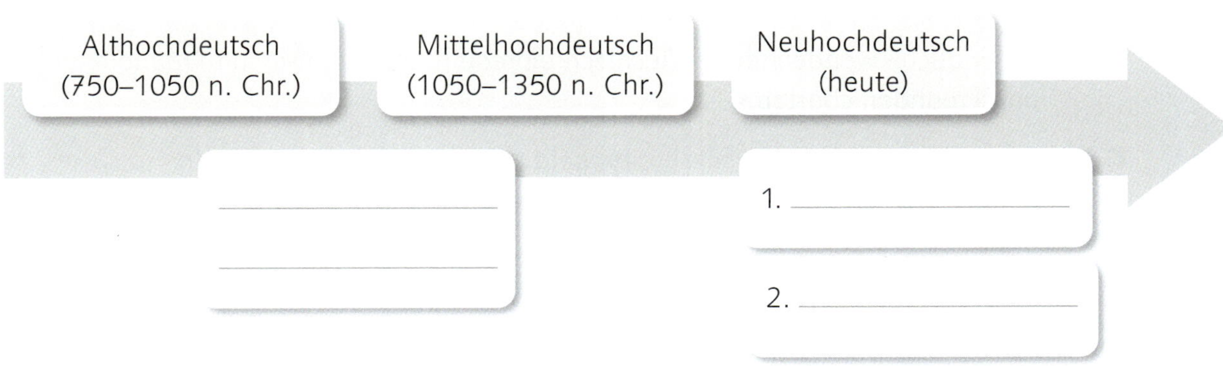

Sprachwandel heute: Wie verändert sich die Sprache durch Fremdwörter aus dem Englischen?

1 **a** Lies die **Schlagzeilen A bis E** und die **Worterklärungen 1 bis 5.**

A Warum sind Influencer so beliebt?

B Auch Schuhe können Eyecatcher sein

C Boom im Fahrradverkauf

D Binge-Watching kann gefährlich sein

E „Das war der Shitstorm meines Lebens!“

1 Entrüstung in sozialen Medien

2 Person, die über soziale Medien auf eine größere Gruppe Einfluss nimmt

3 stundenlanges Anschauen mehrerer Folgen einer Serie

4 Blickfang, der die Aufmerksamkeit des Betrachtenden auf etwas lenkt

5 eine Phase des wirtschaftlichen Erfolgs oder der hohen Nachfrage

b Markiere in **A bis E** die Wörter, die aus dem Englischen kommen.

c Verbinde **A bis E** jeweils mit der passenden **Worterklärung 1 bis 5.**

2 **a** Lies den Text.

Studie: Wie schreiben Jugendliche heute?

[...] Die Kenntnis von Rechtschreibregeln wird in Zeiten von Emojis immer unwichtiger. So lautet ein Vorurteil, das vor allem von älteren Menschen gern verbreitet wird. Eine Studie aus dem Jahr 2021 kommt jedoch zu einem anderen Schluss: Zwar hätten Kurznachrichtendienste einen Einfluss auf den Schreibstil von Jugendlichen, [...] je nach Text gelten auch in der digitalen Kommunikation Rechtschreibfehler als peinlich und unzählige Emojis als überflüssig, teilte der Leiter der Studie mit. Laut der Studie sind sich Jugendliche sehr bewusst, was in welchen Situationen angemessen ist. Zwar würden Schülerinnen und Schüler beim Chatten mit Gleichaltrigen oft auf Großschreibung und Kleinschreibung sowie auf Kommas verzichten, doch bei schulischen Texten würden sie sich eng an Rechtschreibregeln und Zeichensetzungsregeln orientieren. V

b Welche Aussage fasst das Ergebnis der Studie richtig zusammen? Kreuze an.

A ☐ Jugendliche kennen keine Rechtschreibregeln und Zeichensetzungsregeln.

B ☐ Jugendliche wenden immer Rechtschreibregeln an, wenn sie mit Freundinnen und Freunden chatten.

C ☐ Jugendliche kennen Rechtschreibregeln und Zeichensetzungsregeln und können unterscheiden, in welchen Situationen sie diese anwenden müssen und in welchen nicht.

5 „Ich möchte hinter den Büchern bleiben" –
Eine Autorin kennen lernen

1 Die Autorin Alina Bronsky veröffentlicht ihre Bücher unter einem Pseudonym, das heißt unter einem ausgedachten Künstlernamen.

a Warum entscheidet man sich für einen Künstlernamen? Nennt Gründe.

> Der eigene Name ist zu lang/zu kompliziert/zu kurz/zu uninteressant …

> Der eigene Name passt nicht zum Charakter/zu der Tätigkeit/zu der Musik/zu den Bildern …

b Denke dir einen Künstlernamen für dich selbst aus. Schreibe deinen Künstlernamen auf.

das Buchcover
der Titel, die Autorin/der Autor, der Verlag

1 Welches Buchcover fällt euch zuerst ins Auge?
Beschreibt, warum es euch zuerst auffällt.
Sind es die Farben, ist es das Bild oder die Schrift? Oder ist es vielleicht der Titel?

Das Cover des Buches „…" fällt mir zuerst ins Auge, weil …

Das Cover von „…" macht mich neugierig/spricht mich an/stößt mich ab, weil …

Das Cover von „…" wirkt interessant/verwirrend/attraktiv, denn …

Ich würde das Buch „…" gern lesen, weil …

2 **a** Zu welchem Titel auf den Buchcovern könnt ihr euch eine Geschichte vorstellen? Sprecht mit einer Partnerin oder einem Partner über eure Ideen und Vermutungen zum Inhalt.

b Schreibe Stichpunkte zu einer Geschichte auf.

3 Wo im Buch findest du die folgenden Angaben?
Ergänze dafür den Lückentext.
Tipp: Sieh dir oben die Abbildung an.

Den Titel, die Autorin oder den Autor finde ich auf dem ______________________________

und dem ______________________________.

Den Verlag kann ich auf dem ______________________________ nachlesen.

Der Klappentext steht auf der ______________________________.

Den Strichcode und den Preis findet man auch auf der ______________________________.

Auf den Buchseiten steht ______________________________

______________________________.

Eine Autorin vorstellen

Eine Romanfigur von Alina Bronsky kennen lernen

1 a Lies den Textauszug.

Alina Bronsky

Scherbenpark (2008, Auszug)

Die siebzehnjährige Sascha lebt in einer ärmlichen Hochhaussiedlung **in der Nähe von Frankfurt am Main.** Dort leben viele russische Aussiedler. In der Nähe der Hochhäuser gibt es einen Treffpunkt der Jugendlichen. Wegen der vielen Glasscherben auf dem Boden nennt die Ich-Erzählerin diesen Treffpunkt „Scherbenpark“.

Manchmal denke ich, ich bin die Einzige in unserem Viertel, die noch vernünftige Träume hat. Ich habe zwei, und für keinen brauche ich mich zu schämen. Ich will Vadim töten. Und ich will ein Buch über **meine Mutter** schreiben. Ich habe auch schon einen Titel: „Die Geschichte einer hirnlosen rothaarigen Frau. Sie **könnte noch leben,** wenn sie auf ihre kluge älteste Tochter gehört hätte.“ […]

Die meisten Leute in unserem Viertel haben gar keine Träume. Ich habe extra gefragt. Ganz wenige haben welche. Doch die Träume sind so kläglich, dass ich dann lieber gar keine hätte.

Annas Traum zum Beispiel ist, reich zu heiraten. Er soll Richter sein und Mitte dreißig und nicht hässlich. Anna ist **siebzehn, genau wie ich.** Sie sagt, sie würde so einen sofort heiraten, wenn er käme. Dann könnte sie endlich aus dem Solitär* ausziehen und in das Penthouse** des Richters einziehen. Nur ich weiß, dass **Anna** […] manchmal dreizehn Runden um das Landgericht dreht. Sie hofft, dass der Richter endlich rauskommt, sie entdeckt, […] ihr eine rote Rose schenkt und sie dann in seine Penthouse-Wohnung einlädt. […] „Weißt du denn, was Solitär eigentlich heißt, du dumme Kuh?“, frage ich. „Das ist ein besonders edler Diamant, der einzeln in der Krone sitzt. Das muss dir doch gefallen. Du wirst nie wieder in einem Solitär wohnen, wenn du hier ausziehst.“ „Das hast du dir gerade ausgedacht. Sie hätten nie im Leben diesen Betonklotz nach einem Diamanten benannt“, sagt Anna. […] Ich heiße **Sascha Naimann.** Ich bin **kein Kerl,** auch wenn viele das denken, wenn sie meinen Namen hören. […] Sascha ist eine **Kurzform von** Alexander UND von Alexandra. Ich bin **Alexandra.** Meine Mutter hat mich immer Sascha genannt, und so will ich auch heißen. Wenn ich mit Alexandra angesprochen werde, reagiere ich nicht. […] Manchmal denke ich, dass ich nie wieder neue Menschen kennen lernen will. Ich habe es nämlich satt, jedem von vorn zu erklären, warum ich Sascha heiße und wie lange ich schon in Deutschland lebe und warum ich so gut Deutsch kann. Ich kann es ungefähr elfmal besser als alle anderen Russlanddeutschen zusammen.

* hier: einzeln stehendes, hohes Gebäude, heißt aber auch Edelstein

** teure Wohnung auf dem Flachdach eines Hauses

Ich kann Deutsch, weil mein Kopf voll ist mit grauen Zellen [...]. Ich kann richtig **gut denken und lernen und Dinge verstehen.** Außer Deutsch kann ich auch Physik, Chemie, Englisch, Französisch und Latein richtig gut. Wenn ich mal eine Zwei kriege, kommt der Lehrer zu mir und entschuldigt sich. **Besonders gut kann ich Mathe.** Als wir vor sieben Jahren nach Deutschland kamen, war es das einzige Fach, das ich in der fünften Klasse sofort konnte. Ich hätte auch die Aufgaben der achten Klasse lösen können, denn in **Russland** war ich auf einem **mathematischen Gymnasium.** In Deutschland konnte ich am Anfang zwar kein Deutsch, aber die Zahlen konnte ich natürlich trotzdem. Ich habe die Gleichungen als Erste gelöst, und immer richtig. [...] V

b Wie ist dein erster Eindruck von der Ich-Erzählerin?
Beende einen der beiden Sätze.

aggressiv • ungeduldig • klug • arrogant • überheblich • interessant

A Ich würde Sascha gern kennen lernen, weil ______

______.

B Ich würde Sascha aus dem Weg gehen, denn ______

______.

2 Lege einen **Steckbrief zur Ich-Erzählerin** an.
Welche Informationen findest du über sie im Text?
Ergänze die Angaben.

Steckbrief

Name: ______

Geschlecht: ______

Alter: ______

Wohnort: ______

Herkunft: ______

Familie: ______

Freunde: ______

Eigenschaften: ______

______

Sich über eine Autorin informieren

Bereitet eine Ausstellung über die Autorin Alina Bronsky vor.
Bildet eine Arbeitsgruppe zu dem Thema **Der Lebensweg von Alina Bronsky** und erarbeitet eine Präsentation.

1 **a** Lies den Text.

M1

Zur Biografie von Alina Bronsky

Die Autorin hat den Künstlernamen Alina Bronsky. Sie wurde **1978 in der russischen Industriestadt Jekaterinburg geboren.** Das liegt östlich vom Uralgebirge. Ihre Eltern sind Naturwissenschaftler. **1992** erhielt ihr Vater einen Lehrauftrag an der Universität in Marburg. So kam ihre Familie **nach Deutschland.** Alina Bronsky war **13 Jahre alt** und konnte kein Deutsch. Sie lernte die deutsche Sprache aber schnell und bestand erfolgreich das **Abitur.** Erst **studierte sie Medizin.** Dann brach sie dieses Studium ab und **arbeitete als Werbetexterin und Journalistin.** Seit ihrer Kindheit liebte sie es, sich Geschichten auszudenken. Sie hatte den Wunsch, ihre eigenen Geschichten zu schreiben […]. So begann sie mit ihrem ersten Roman. Sie ist **Mutter von drei Kindern** und schrieb hauptsächlich nachts, weil ihr tagsüber die Zeit fehlte. Ihr fertiges Manuskript verschickte sie an drei Lektoren. Tatsächlich **erschien 2008 ihr erster Roman „Scherbenpark".** Er war sehr erfolgreich und wurde **2013 verfilmt.** **Heute lebt Alina Bronsky** mit ihrer Familie **in Berlin.**

(Quelle: Deutschbuch)

b Markiere alle wichtige Informationen im Text.
Tipp: Markiere zum Beispiel ihren Künstlernamen, wo ihre Geburtsstadt genau liegt, den Beruf ihrer Eltern, wann ihr erster Roman erschien, wann er verfilmt wurde, wo sie heute lebt.

c Unterstreiche unbekannte Wörter. Schlage sie im Wörterbuch nach.

d Notiere die wichtigen Informationen aus dem Text zur schnellen Übersicht in einem Zeitstrahl. Wenn es keine Jahresangabe gibt, schreibe die Informationen so dazu.

1978 — 1992

Abitur — studierte Medizin

2008 — 2013

2 **a** Lies das Interview.

M2

Interview mit der Autorin Alina Bronsky

[…] **DEUTSCHBUCH:** Kennen Sie die „Angst vor dem weißen Blatt Papier", also die Schreibhemmung, die viele Menschen beim Schreiben von Texten befällt?
Alina Bronsky: Ja, klar. Es kommt schon vor, dass ich Lust und Zeit habe zu schreiben – und gerade dann ist einfach keine gute Idee da. Dann nehme ich mir meist eine andere Aufgabe vor. Oder ich schreibe spontan irgendwelche Szenen auf, in dem Wissen, dass ich sie wahrscheinlich nie brauchen werde. […]

DEUTSCHBUCH: Wie kann man sich Ihren Schreibprozess vorstellen? Schreiben Sie Geschichten zeitlich der Reihe nach?
Alina Bronsky: Autorenratgeber empfehlen, erst einmal die Handlung oder Figuren zu skizzieren. Ich finde es eher langweilig und entwickle lieber Einstiegsszenen, die mir dann selbst Lust machen, weiterzuschreiben.

DEUTSCHBUCH: Einige ihrer Figuren in ihren Romanen haben eine schwere seelische oder körperliche Verletzung erfahren und bewältigt. Sind nach Ihrer Erfahrung solche Figuren interessanter […] als Menschen ohne solche Erfahrungen?
Alina Bronsky: Wir interessieren uns ja alle für Geschichten, die etwas Besonderes haben. Selbst wenn wir mündlich etwas erzählen, muss darin etwas vorkommen, was für den Zuhörer spannend ist, sonst schaltet er sofort ab. Das ist meist eine Mischung aus Außergewöhnlichem, aber auch aus Vertrautem, sodass man das Gefühl hat, die erzählte Geschichte geht einen etwas an. […]

DEUTSCHBUCH: Sie sind eine mehrsprachige Autorin und erst mit 13 Jahren nach Deutschland gekommen. Haben Sie Ratschläge für Schülerinnen und Schüler, die nach Deutschland kommen und schnell die deutsche Sprache lernen müssen?
Alina Bronsky: Ich habe immer gern gelesen, deswegen war mein schriftliches Deutsch am Anfang besser als mein mündliches. Lesen und Zuhören, aber auch aktiv schreiben und reden, daran geht beim Lernen kein Weg vorbei. Und immer neugierig bleiben, wenn man mal was nicht weiß – nachschlagen oder fragen, anstatt sich zu ärgern. Man ist nie fertig damit, eine Sprache zu lernen.

DEUTSCHBUCH: Sie haben viele Erfahrungen mit dem deutschen Schulsystem gemacht. Was sollten Jugendliche in der Schule über Literatur lernen?
Alina Bronsky: Mir wäre es natürlich am liebsten, wenn jede und jeder erleben kann, dass Lesen glücklich macht. Und dass Literatur nicht irgendwas Fremdes, Abstraktes ist, sondern einen auf eine Reise mitnehmen, aber auch auffangen und trösten kann. […] V

(Quelle: Deutschbuch-Interview)

b Was macht die Autorin, wenn sie etwas schreiben möchte, aber keine gute Idee hat? Schreibe Stichpunkte.
Tipp: Lies noch einmal die Zeilen 3 bis 6.

c Wie hat die Autorin so gut die deutsche Sprache gelernt? Markiere im Text.
Tipp: Lies die Zeilen 23 bis 27.

Eine Ausstellung über eine Autorin gestalten

1 Legt einen Projektplan an.

a Für wen plant ihr die Ausstellung? Kreuzt an.

☐ für eure Mitschülerinnen / eure Mitschüler ☐ für erwachsene Besucher

b Wie sind die äußeren Bedingungen?
Wie viel Platz habt ihr für euer Thema? Kreuzt an.

☐ eine ganze Wand ☐ einen ganzen Raum ☐ einen Tisch

c Gibt es Stellwände oder Wandflächen für die Plakate? Kreuzt an.

☐ Flächen für Stellwände ☐ Wandflächen für Plakate

d Welche Arbeitsschritte sind nötig? Schreibt auf.
Tipp: Lest dafür den Informationskasten unten.

A ______________________________

B ______________________________

C ______________________________

D ______________________________

e Wer übernimmt welche Aufgaben bis wann (Datum)? Schreibt auf.

1 Name: ____________ Aufgabe: ____________ bis: ____________

2 Name: ____________ Aufgabe: ____________ bis: ____________

3 Name: ____________ Aufgabe: ____________ bis: ____________

4 Name: ____________ Aufgabe: ____________ bis: ____________

2 Fertigt ein Plakat mit Informationen zu eurem Thema an.
Achtet dabei auf Folgendes:

1 interessante Überschrift
2 Informationen in großer Schrift, übersichtlich und gut lesbar
3 mit Bildern, zum Beispiel von der Autorin oder auch von ihren Büchern;
mit Karten, zum Beispiel von der Landkarte mit ihrem Heimatort;
mit Grafiken, zum Beispiel von einem Zeitstrahl

Eine Ausstellung gestalten
Entwerft möglichst große **Plakate** mit interessanten Überschriften und Informationen in Stichworten.
Sucht aussagekräftige **Bilder** heraus und ergänzt eure Plakate damit.
Präsentiert die Plakate und Grafiken gut lesbar in ausreichender Größe **an Wänden** oder Stellwänden.

Zu einer Ausstellung einladen

1 Wie willst du auf die Ausstellung über die Autorin Alina Bronsky aufmerksam machen? Kreuze an.

A ☐ Flyer mit Einladungstext in der Schule auslegen	**B** ☐ in der Schülerzeitung zur Ausstellung einladen (Werbeanzeige oder Artikel)	**C** ☐ Einladungstext auf der Schulwebsite veröffentlichen

2 Was macht die Ausstellung für eure Mitschülerinnen und Mitschüler oder für Erwachsene interessant?
Schreibe Stichworte auf, mit denen du für die Ausstellung werben kannst.
Hier findest du ein paar Beispiele:
- *Ausstellung gibt viele Leseempfehlungen*
- *kurze Lesungen auf einem Audioguide*
- *interessante Autorin, weil …*

3 Formuliere den Einladungstext zur Ausstellung für eure Mitschülerinnen und Mitschüler.
Gehe dabei so vor:

- Sprich die Besucherinnen und Besucher in dem Text persönlich an.
  Liebe Mitschülerinnen und Mitschüler der … Schule!
  Liebe Freundinnen und Freunde der Literatur!
- Stelle das Thema der Ausstellung vor. Beschreibe kurz, was sie dort erwartet.
  In unserer Ausstellung informieren wir euch über das Leben und das Werk der Autorin …
- Informiere über den Ort und den Zeitraum der Ausstellung.
  Wir eröffnen die Ausstellung am … um … Uhr. Ihr könnt sie bis zum … anschauen.
  Die Ausstellung befindet sich in Raum … im Erdgeschoss / 1. Stock / … unserer Schule.
  Tipp: Du kannst auch eine Skizze zum Ort des Ausstellungsraums anfertigen und beschriften.
- Warum ist es interessant, die Ausstellung zu besuchen? Schreibe Gründe auf.
  Hier begegnen euch Figuren, die auch in unsere Schule gehen könnten.
  Nehmt Lesetipps für die nächsten Ferien mit!
  Lernt Bücher kennen, die auch ohne Wörterbuch verständlich sind.

4 **a** Gestaltet in Partnerarbeit Entwürfe für den Einladungstext.
b Welche Entwürfe sind für die Veröffentlichung am besten geeignet? Wählt aus.

Appellative Texte formulieren
Ein Aufruf oder eine Einladung soll Aufmerksamkeit und Interesse für die Veranstaltung wecken und dazu anregen, an der Veranstaltung teilzunehmen.
- Nennt das **Thema** der Veranstaltung und **Argumente für die Teilnahme.**
- Sprecht die Leserinnen und Leser **direkt** an und formuliert **kurze Sätze** mit **Imperativformen.**
- Gestaltet den Aufruf oder die Einladung übersichtlich, zum Beispiel durch **Überschriften** und eine **auffällige** und **gut lesbare Schrift.**

Sprachtraining

Mit Imperativformen zu etwas auffordern

1 a Lies die **Aufforderungen A, B und C.**
b An wen richten sich die Aufforderungen **A bis C?** Verbinde.

A Komm zu unserer Ausstellung!	B Kommt zu unserer Ausstellung!	C Kommen Sie zu unserer Ausstellung!

an mehrere Gleichaltrige   an Erwachsene   an eine Person

2 Schreibe die **Stichworte A bis E** in deinem Heft zu Aufforderungen um. Übertrage die Tabelle und ergänze.

A Romanauszüge **lesen**
B Lieblingsbücher **finden**
C über Autoren **reden**
D Romane **entdecken**
E die Plakate **beachten**

rede • redet • reden Sie • entdecke • entdeckt • entdecken Sie • beachte • beachtet • beachten Sie

Aufforderung Singular (Einzahl)	Aufforderung Plural (Mehrzahl)	Höflichkeitsform
Lies Romanauszüge!	Lest Romanauszüge!	Lesen Sie Romanauszüge!
Finde …	Findet …	Finden Sie …

3 Formuliere mit Hilfe der folgenden Stichworte Regeln zum Besuch der Ausstellung.

sich leise im Raum bewegen • keine Bücher mitnehmen • im Raum nichts essen oder trinken • ~~Beamer und Computer nicht anfassen~~

Bitte fasst die Computer und Beamer nicht an.

Bewegt euch bitte

Imperativformen richtig bilden
Bei höflichen Bitten, Aufforderungen oder Einladungen benutzt man die Imperativformen (Aufforderungsform oder Befehlsform eines Verbs).
- Der **Imperativ Singular (Einzahl)** besteht meistens aus dem **Verbstamm.** Beispiel: kommen – komm
- Der **Imperativ Plural (Mehrzahl)** wird meist mit Verbstamm und der **Endung -t** oder **-et** gebildet. Beispiele: kommen – kommt, reden – redet
- Die **Höflichkeitsform** bildet man mit der **3. Person Plural (Mehrzahl).** Beispiel: Besuchen Sie uns.

Texte ausgestalten

Einen Romanauszug umschreiben und weiterschreiben

1 **a** Lies den Textauszug.

Alina Bronsky

Schallplattensommer (2022, Auszug)

Die 17-jährige Schülerin hat den ungewöhnlichen Vornamen Maserati. Sie führt gemeinsam mit ihrer Großmutter in einem kleinen Dorf einen Gasthof. Ihre Großmutter wird immer gebrechlicher. Darum hat Maserati neben der Schule kaum Freizeit und ist sehr einsam. Das ändert sich, als die alte Villa am Seeufer verkauft wird. Der Sohn und der Neffe der neuen Besitzer wollen Maserati kennen lernen. Doch Maserati hat einige Geheimnisse. Darum will sie die Neuen nicht in ihr Leben lassen.

Sie sah schon von Weitem, dass die Badestelle besetzt war, und fluchte. Die Sommerferien hatten noch gar nicht begonnen. Sie hatte sich daran gewöhnt, hier morgens allein zu sein. Kein Mensch aus dem Dorf schwamm um diese Zeit im See. Und die Feriengäste würden erst in ein paar Wochen alles belegen mit ihren Kindern in Badewindeln, den Schwimmtieren, Bällen, […] dem Geruch von Schweiß und Sonnenmilch. Den Steg hatte Maserati bis dahin fast als ihren persönlichen Besitz betrachtet. Nun saß da der Typ in einer Badehose. Sein Haar glänzte in der Morgensonne. Maserati ging ohne zu grüßen an ihm vorbei und begann, sich auszuziehen. Unter dem T-Shirt und der Jeans hatte sie nur ihre Unterwäsche an. […] Sie drehte sich nicht zu ihm um, ließ ihre Sachen auf den Steg fallen und sprang ins Wasser. Sie würde extra lange schwimmen, beschloss sie. Wenn er bei ihrer Rückkehr weg war, würde alles gut werden. Wenn sein Bruder aber noch dazukäme, würde sie beide für immer hassen. Auf dem Rückweg sah sie schon von Weitem, dass der Typ noch immer da war. Als sie aus dem Wasser stieg, sprang er auf und kam näher. Er braucht jemanden, den er vollquatschen kann, dachte Maserati. […] Er hielt einen Kaffeebecher in der Hand und hatte sich die Sonnenbrille in die Stirn geschoben. „Du schwimmst aber weit hinaus."

„Habt ihr keinen eigenen Steg bei euch an der Villa?"

„Der ist morsch, sagt Annabell."

„Annabell? […] Du nennst deine Mutter beim Vornamen?"

„Sie ist meine Lieblingstante." […]

Maserati nickte. Sie wollte auf keinen Fall interessiert wirken. […]
„Ich bin Caspar." Klar, dachte sie. So heißen sie immer.
„Ich bin Maserati." Sie wusste selbst nicht, warum sie das sagte. Meistens behielt sie ihren Namen für sich. Nicht, weil sie sich schämte. Die Zeiten waren vorbei. […]
Sie schlang das Badetuch um sich und wusste, dass es dünn und ausgefranst war. Das machte ihr eine Menge aus.
„Wow", sagte Caspar. „Ist dein Vater Rennfahrer?"
„Keine Ahnung."
„Darf ich dich Ferrari nennen?", fragte er.
„Nein."
„Schade." […]
„Warum bist du nicht in der Schule? Ihr habt doch noch keine Ferien hier?"
Sie zuckte mit den Schultern. „Hab heute frei. Und selbst?"
„Ich bin gerade aus den USA zurück", sagte Caspar voller Stolz. „Mein Austauschjahr ist zu Ende, ich muss erst nach den Sommerferien wieder zur Schule." […] V

b Worum könnte es in dem Roman **Schallplattensommer** gehen? Wähle eine Aussage aus. Kreuze sie an.

A ☐ Vermutlich wird in der Villa am See etwas Gefährliches passieren.

B ☐ Wahrscheinlich wird sich Maserati in Caspar verlieben, obwohl sie ihn nicht leiden kann.

C ☐ Maserati und Caspar werden gemeinsam die kranke Großmutter retten.

2 Beschreibe die Situation in der markierten Textstelle (Zeilen 6 bis 11) **aus Maseratis Perspektive** in der Ich-Form.

Ich war ärgerlich, als ich zum Steg kam.

Da saß schon dieser Typ aus der Stadt.

Ich überlegte, ob ich zurückgehen und meinen Badeanzug holen sollte.

Aber dann ging ich ohne zu grüßen an ihm …

6 Aus dem Leben gegriffen – Kurze Geschichten erschließen

1 **a** Wählt ein Bild aus. Beschreibt die Situation auf dem Bild.
b Was könnte zu dieser Situation geführt haben? Stellt Vermutungen an.

2 Dieses Bild ist der Kern einer kurzen Geschichte. Schreibe dazu eine Handlung in Stichworten.
Tipp: Beachte dabei die Hinweise.

- Was macht die Person?
- Was sieht die Person?
- Was denkt und fühlt die Person?
- Was sagt und hört die Person?

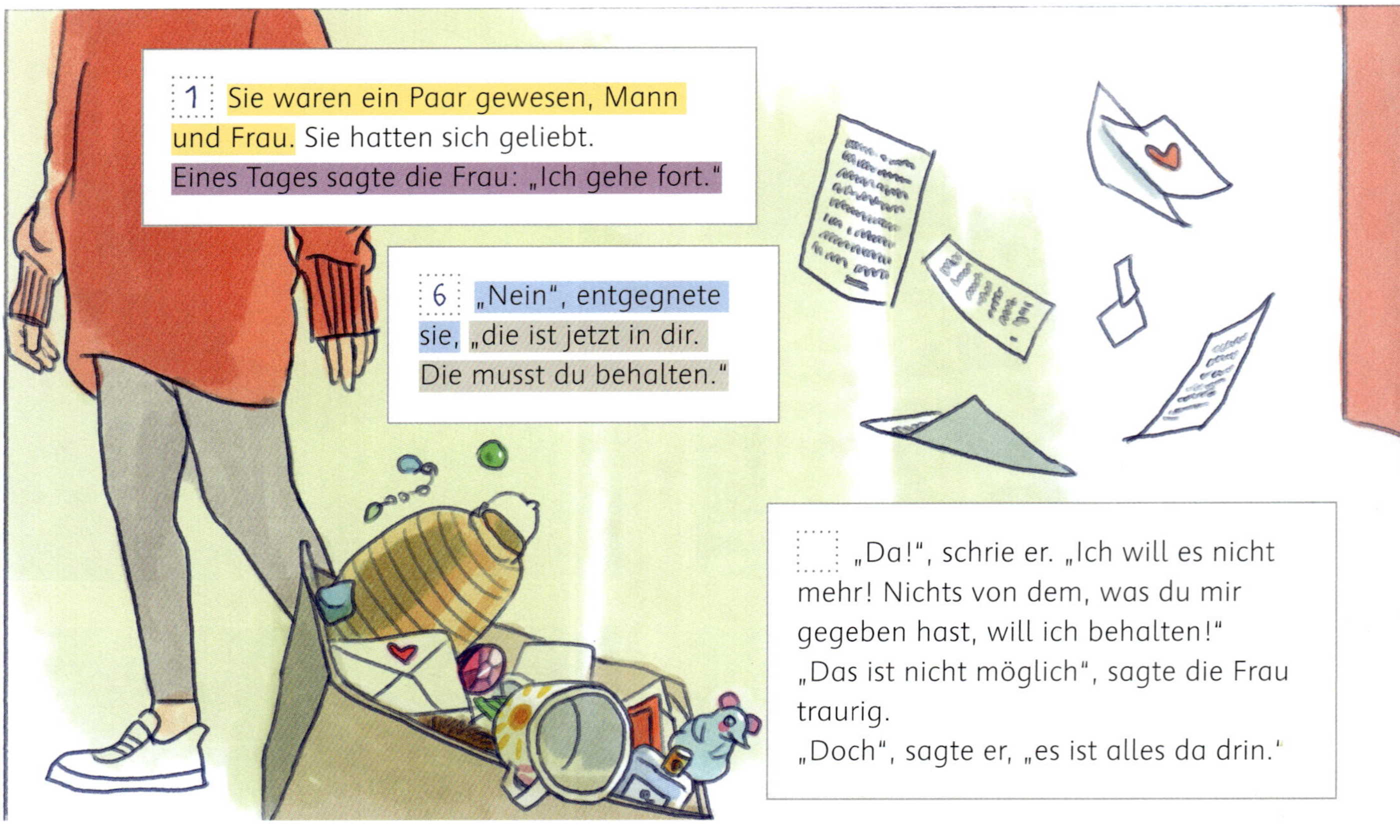

1 Sie waren ein Paar gewesen, Mann und Frau. Sie hatten sich geliebt. Eines Tages sagte die Frau: „Ich gehe fort."

6 „Nein", entgegnete sie, „die ist jetzt in dir. Die musst du behalten."

☐ „Da!", schrie er. „Ich will es nicht mehr! Nichts von dem, was du mir gegeben hast, will ich behalten!" „Das ist nicht möglich", sagte die Frau traurig. „Doch", sagte er, „es ist alles da drin."

1 **a** Diese Textteile gehören zu einer Mini-Geschichte. Lies die einzelnen Teile.

b Ordne die Textteile, sodass sie eine Geschichte ergeben. Trage die **Ziffern 1 bis 6** in die Kästchen ein.

c Führt zu zweit ein literarisches Gespräch zu der Geschichte. Verwendet die Satzanfänge im Kasten.

Meiner Meinung nach …

Ich finde, die Geschichte zeigt … • Mir fällt auf, dass … • Die Reihenfolge kann man feststellen, indem man auf … achtet. • Was der Mann denkt und fühlt, wird daran deutlich, wie er … • Der Titel der Geschichte weist darauf hin, dass … • Der Schluss ist …

Ich denke, …

2 Was erfährst du im Text über die Frau und den Mann? Ergänze die Angaben.
Tipp: Achte auf die Verben (Tätigkeitswörter) und Adjektive (Eigenschaftswörter) im Text.

Die Frau	Der Mann
– will weggehen	– ist gekränkt, weil
– bleibt ruhig	
– fühlt sich ________,	– stopft alle schönen Erinnerungen in
aber	einen ________, wirft
	schreit

Der Mann war sehr gekränkt. Deshalb **stopfte** er alles, was sie ihm in den gemeinsamen Jahren geschenkt hatte, in einen Karton. Dann warf er ihr diesen vor die Füße. V

Doris Bewernitz

Die Trennung (2017)

In dem Karton waren kleine Zettel mit Liebesgedichten, ihre Briefe, ein Kieselstein vom Ostseestrand, eine bemalte Tasse, gebastelte Lampions* und andere schöne Dinge.

„Meine Liebe", sagte sie, „kannst du nicht einpacken." „Die ist ja wohl weg", sagte er.

* eine Laterne aus dünnem Papier

3 **a** Wie reagiert der Mann auf die Ankündigung der Frau? Beschreibt es.
Tipp: Lest den oberen Textteil auf dieser Seite.

b Was packt der Mann in den Karton? Zählt es auf.
Tipp: Lest den unteren Textteil auf dieser Seite.

4 In der kurzen Geschichte kommen viele Gegensätze vor.
Ordne die Begriffe im Kasten zu Gegensatzpaaren. Verbinde die Paare mit einer Linie.

der Mann • fortgehen • sich erinnern • ruhig • die Beziehung • vernünftig

aufgebracht • die Trennung • trotzig • vergessen • die Frau • bleiben

5 Ist die Geschichte eine Kurzgeschichte?
Überprüft gemeinsam mit Hilfe des Informationskastens.
Tipp: Die Farben können euch helfen.

- Kurzgeschichten erzählen von normalen Menschen in ihrem Alltag.
- Die Geschichte hat keine Einleitung. Sie beginnt mitten im Geschehen.
- Der **Schluss** ist **offen** und regt zum Nachdenken an.
- In der Handlung gibt es einen **Wendepunkt**, der oftmals überraschend kommt.
- Kurzgeschichten werden meist in **Alltagssprache** geschrieben. Das sind **kurze, einfache Sätze** und **umgangssprachliche Ausdrücke.**
- In vielen Kurzgeschichten kann man ein **Leitmotiv** erkennen.
  Das Leitmotiv ist eine besonders wichtige Handlung oder Aussage.

Kurze Geschichten erschließen
Schauplatz, Atmosphäre und Figuren

1 **a** Lies die Kurzgeschichte.

Georg Britting

Der Nachtfalter (1950)

1 Ein Zug fuhr durch die Nacht, es war in England um die Jahrhundertwende. Der Zug fuhr nach London, hatte aber drei Stunden Verspätung […]. Die Nacht war voll Nebel. […] Der Lokomotivführer stand im Führerhaus der Lokomotive und sah den Nebel nicht gern über die Schienen wirbeln. Er verlangsamte die Fahrtgeschwindigkeit […].

2 Auf einmal erblickte der wachsame Lokomotivführer […] auf dem Gleis eine große, schwarze Gestalt. Sie schwenkte heftig die Arme wie eine Windmühle ihre Flügel. Ein tapferer Mensch, dachte der Lokomotivführer. Der gefährdet sein eigenes Leben, um andere zu retten […]. Er riss an den Bremsen, und schleifend und knirschend kam der Zug zum Stehen. Er sprang […] von der Maschine und rief in den Nebel hinein, was denn los sei, aber niemand antwortete. Schon kamen die Schaffner und Zugführer herbeigerannt und die ersten Reisenden kletterten neugierig aus ihren Abteilen. In der Nachtkühle fröstelten sie. Nichts aber rührte sich im Nebel vor dem Zug. […] Da befahl der Zugführer vorsorglich, dass ein Schaffner mit der Laterne die Strecke auf den Schienen absuchen solle, ob alles in Ordnung sei.

3 Der ging und kam bald laufend zurück. Atemlos keuchend berichtete er, tausend Meter voraus sei die Brücke eingestürzt, die dort über einen Fluss führte. […] Die Zahl der Reisenden bei der Gruppe der Eisenbahner hatte sich vergrößert. Als sie hörten, was sich ereignet hatte, erbleichte mancher von ihnen und versuchte, sein Zittern zu verbergen […]. […] sofort wurden Boten in die nächste Ortschaft geschickt. Von dort konnte man überallhin den Brückeneinsturz melden, um andere Züge zu warnen. Das gab einen ziemlichen Wirrwarr auf der Strecke. Züge wurden angehalten und umgeleitet. Inzwischen war es Tag geworden und auch der Nebel begann sich zu lichten.

4 Man überlegte, wer der warnende Mensch gewesen und wohin er gegangen sei und warum er gegangen sei. […] Erst als der Zug im Londoner Bahnhof ankam, konnte man das Rätsel lösen. Auf der Scheinwerferlampe […] klebte ein mächtiger, toter Nachtfalter. Das Tier war von dem Licht der Lampe angezogen worden und mit wild schlagenden Flügeln hatte es, schon sterbend, versucht sich zu befreien. Sein Schatten hatte sich riesengroß und schwarz auf der Nebelwand abgezeichnet. Der Lokomotivführer hatte ihn für einen warnenden Menschen gehalten. So glücksbringend kann es sein, sich zu irren!

5 Männern und Frauen, die sich auszeichneten im Leben, […] setzt man Denkmäler, um sie zu ehren. Ein Denkmal setzte man dem Nachtfalter nicht. Aber er hängt, aufgespießt auf einem seidenen Kissen, unter Glas an der Wand des Britischen Museums in London. Eine Tafel darunter berichtet von seiner Rettungstat. V

b Wie versteht ihr die Kurzgeschichte? Sprecht darüber.
Tipp: Beginnt mit einem Blitzlicht.
Was habt ihr **spontan** beim Lesen des Textes **gedacht?**

c Wähle aus: Auf welchen Teil der Handlung beziehen sich die **Deutungsthesen A und B?**
Schreibe den passenden Textabschnitt (1, 2, 3, 4 oder 5) jeweils in das Kästchen.

Die Kurzgeschichte „Der Nachtfalter" von Georg Britting will uns zeigen, ...

☐ **A** dass man immer vorsichtig handeln soll und Verantwortung übernehmen muss.

☐ **B** dass sich durch glückliche Zufälle oder sogar Irrtümer alles zum Guten wenden kann.

d Schreibe eine eigene Deutungsthese aus **A oder B.**

Meiner Meinung nach ist die Hauptaussage der Geschichte, dass

____.

2 Schreibe zu den fünf Absätzen die wichtigsten Orte und Stimmungen auf.
Beginne so:

1. Absatz: Orte: England, Zug; Stimmung: Nacht war voll Nebel

____

____

____

____

____

____

3 In erzählenden Texten wird mit der Zeit unterschiedlich umgegangen.
Verbinde die Abbildungen **A bis C** mit der jeweils passenden Erklärung.

Ein Vorgang, der in der Wirklichkeit einen längeren Zeitraum umfasst, wird **kurz und knapp** erzählt. Das nennt man **Zeitraffung.** (Die Zeit rennt.)

Ein Vorgang wird im Text so erzählt, dass der Eindruck entsteht, dass die Lesenden das Geschehen in **Echtzeit** erleben. Das nennt man **Zeitdeckung.**

Ein kurzer Vorgang oder ein Augenblick werden im Text **ausführlich,** wie in Zeitlupe, beschrieben. Das nennt man **Zeitdehnung.** (Schneckentempo)

Die Figuren untersuchen

4 Untersuche die Hauptfiguren und ihre Beziehungen.
Was sieht und hört der Lokomotivführer und wie handelt er? Ergänze in Stichpunkten.
Tipp: Beachte die Zeilenangaben.

der Lokomotivführer

Er sieht:	Er handelt:	Er hört:
Zeile 4: Nacht, Nebel	Zeile 7:	
Zeile 8:	Zeile 11:	Zeile 11:
	Zeile 12:	Zeile 13:

5 „Männern und Frauen, die sich auszeichneten im Leben, […] setzt man Denkmäler, um sie zu ehren. Ein Denkmal setzte man dem Nachtfalter nicht." (Zeilen 37 bis 38)
Welche der Figuren aus dem Text hätte statt des Falters ein Denkmal verdient?
Diskutiert in der Gruppe.

der Lokomotivführer | die Mitreisenden | die Eisenbahner | der Putzer

6 „So glücksbringend kann es sein, sich zu irren!" (Zeile 36)
Die Entscheidung des Lokomotivführers entstand durch einen Irrtum. Aber auch bestimmte Eigenschaften von ihm haben zur Rettung vor der Katastrophe beigetragen.
Welche sind das? Markiere **drei besonders passende Eigenschaften** farbig.

die Entscheidungsstärke • die Einschätzungsgabe/das Gespür • die Stärke • der Mut • das Selbstvertrauen • der wache Verstand • der Teamgeist • die Umsicht • die Tatkraft

Kurzgeschichten
- Der **Schauplatz** ist der Ort, an dem eine Geschichte spielt. Schauplätze erzeugen eine bestimmte Stimmung.
- Die **Figuren** sind die Personen in einer Geschichte.
- Die **Hauptfiguren** sind wichtige Figuren in der Geschichte.
- Die **Nebenfiguren** sind alle anderen Figuren, die in der Geschichte vorkommen.

Eine Graphic Novel untersuchen

Ilse Aichinger

Das Fenstertheater (Auszug)

Grafisch umgesetzt von Sebastian Strombach

1 a Sieh dir die Graphic Novel an.

b Die Bilder (Panels) stellen die Handlung der Kurzgeschichte **Das Fenstertheater** von Ilse Aichinger dar. Was passiert in der Geschichte? Erzählt es euch gegenseitig.

c Die letzten Bilder fehlen. Wie könnte die Kurzgeschichte enden? Sprecht mit eurer Partnerin oder eurem Partner darüber.

d Zeichne die fehlenden Bilder mit einem möglichen Ende.

2 In der Graphic Novel gibt es Denkblasen und Sprechblasen mit nur wenig Text.

a Was könnten die Figuren in Panel 6 denken und fühlen? Überlegt gemeinsam.

b Schreibe deine Vermutung auf.

Panel 6: ______________________________

3 **a** Untersuche die Erzählperspektive (den Blickwinkel der Figuren) in der Graphic Novel. Aus welchem Blickwinkel betrachten wir als Leserinnen und Leser das Geschehen? Kreuze an.

- [ ] von außen
- [ ] aus der Sicht der Frau am Fenster
- [ ] aus der Sicht des Alten von gegenüber

b Aus wessen Sicht wird die Geschichte hauptsächlich erzählt? Kreuze an.

- [ ] aus der Sicht der Frau am Fenster
- [ ] aus der Sicht des Alten von gegenüber

c Durch welche Panels (Bilder) wird das besonders deutlich? Notiere die Zahlen der Panels (Bilder).

____

4 Untersuche das **Panel 7** genauer. Schreibe in Stichpunkten die Angaben auf.
Tipp: Lies den Informationskasten.

Gestaltung von Panel 7:

die Farben / die Kontraste: ______________________________

die Lichteffekte: ______________________________

die Einstellungsgröße: ______________________________

Graphic Novels sind längere Erzählungen, die als Comic gestaltet werden.
Das einzelne Bild (mit Rahmen) nennt man **Panel.**
- **Sprechblasen** und **Gedankenblasen** zeigen, was die Figuren sagen oder denken.
- Die **Farben** / Die **Kontraste** (kräftig, bunt, zart oder nur schwarz-weiß) und **Lichteffekte** (hell/dunkel) bestimmen die Stimmung eines Bildes oder der Graphic Novel.
- Die **Einstellungsgrößen:** die **Totale** – Man sieht viel von der Umgebung.
  die **Halbnahe, die Nahe** – Man sieht fast nichts von der Umgebung.
  das **Detail** – Man sieht eine Einzelheit.
- Die **Perspektiven** (Sichtweisen): die **Froschperspektive** – Sicht von unten nach oben, die **Vogelperspektive** – Sicht von oben nach unten
- In **Textfeldern** können weitere Informationen oder Handlungsschritte ergänzt werden.

Kommunikation in Geschichten untersuchen

Sachebene und Beziehungsebene in Gesprächen unterscheiden

1 In Gesprächen geht es um den **Inhalt,** über den gesprochen wird.
Das ist die **Sachebene.**
Und es geht um die **Beziehung** der Gesprächspartner zueinander.
Das ist die **Beziehungsebene.**

a Lies die Angaben zum Vater in der mittleren Spalte.

b Ergänze die Angaben zum Sohn in der rechten Spalte.

er selbst über sich entscheiden will • er dann friert und nicht der Vater

Aussage	Vater: „Du trägst gar keine Jacke."	Sohn: „Ich bin es aber doch, der dann friert, und nicht du."
Sachebene (Information)	Der Vater stellt fest, dass der Sohn nicht mit einer Jacke bekleidet ist.	Der Sohn sagt, dass ______ ______ ______.
Beziehungsebene (Gefühle, Erwartungen)	Der Vater befürchtet, dass der Sohn zu dünn gekleidet ist und sich erkälten könnte.	Er möchte dem Vater klarmachen, dass ______ ______ ______.

2 Andere entscheiden über dich, dabei möchtest du selbst über dich bestimmen.
Schreibe Stichpunkte über solch eine Situation oder zeichne ein Bild darüber in dein Heft.

1 **a** Lies die Kurzgeschichte.

Hanna Hanisch

Die Sache mit dem Parka (1976)

Er stört mich beim Radfahren, das Futter ist mir zu warm, die Kapuze ist mir lästig. Wenn er wenigstens grün wäre!

Und jeden Morgen dasselbe Thema!

„Zieh deinen Parka* an! Er liegt auf dem Küchenstuhl, vorgewärmt. Knöpf ihn richtig zu! Zieh die Kapuze über! Verstanden?"

Meistens schaffe ich es, so durchzukommen. **Ich habe da meine Tricks: Ich gehe noch mal in mein Zimmer, lasse den Parka auf dem Bett liegen, lenke meine Mutter ab und verschwinde.** Gestern stellt sich meine Mutter so lange neben mich, bis ich den Parka endlich über die Schultern hänge.

Vor der Haustür klemme ich ihn in den Gepäckträger.

Plötzlich packt mich jemand am Hals: Mein Vater! Er schüttelt mich am Kragen.

„So betrügst du uns?", schreit er mich an, und einen Moment hab ich das Gefühl, als müsste ich um mich schlagen.

„Lass mich los!", schreie ich zurück. „Ich komme zu spät!"

„Mir egal!", brüllt mein Vater. „Wir reden jetzt oben ein Wort zusammen."

Er zieht mich in den Hausflur und treibt mich die Treppe hoch.

Meine Mutter steht oben an der Flurtür und heult. In der Küche muss ich mich setzen.

Mein Vater steht vor mir; wie ein Riese steht er da.

Meine Güte! Was für ein Theater wegen diesem blöden Parka!

„Du warst krank, mein Freund!", sagt mein Vater und seine Stimme ist immer noch viel zu laut.

Ja doch, weiß ich! Ist schon eine Weile her. Jetzt bin ich eben wieder gesund.

„Du hattest eine Lungenentzündung, vierzig Fieber. Wir haben eine Menge Angst ausgestanden. Jeden Tag ist der Doktor gekommen. Doch wohl nicht zum Spaß, oder?"

„Dein Leben hat am seidenen Faden gehangen", schluchzt meine Mutter.

„Wir wollen deutlich mit ihm reden", sagt mein Vater. „Er versteht das sonst vielleicht nicht. Du warst am Abnippeln**! Habe ich mich klar genug ausgedrückt?"

Mein Vater redet jetzt auch so mit Zitterstimme.

Mir wird komisch. Ich sehe die Küchenuhr wie etwas Fremdes.

Überhaupt kommt mir alles vor wie ein Film, in dem ich gar nicht mitspielen will. Abnippeln hat mein Vater gesagt? Was soll das heißen? Ich müsste jetzt eigentlich gar nicht mehr leben?

Tot sein? […] Man kann doch nicht einfach sterben. Oder doch? Ich mache mich steif und schließe die Augen. Ich stelle mir vor, tot zu sein.

„Warum habt ihr mir das nicht gesagt?", stoße ich mühsam aus meinem steifen Körper.

* längere Jacke mit Kapuze

** am Sterben

Mein Vater hat sich an den Küchentisch gesetzt. Endlich ist er mir vom Leibe gerückt! […] Mein Vater redet vor sich hin, als wäre ich gar nicht da. „Wenn einer gefährlich krank ist, sagt man ihm das nicht auf den Kopf zu. Was hilft ihm das? – Man bringt ihn durch, wie ein Wunder ist das. Und dann rennt so ein verbockter Dummkopf in die Schule ohne Mantel! Und verspielt vielleicht alles wieder.
Kriegt einen Rückfall***. Ich begreife das nicht."
Mein Vater lässt den Kopf hängen. Er tut mir leid. Er hat Angst, ich erkälte mich.
Kann ich ja verstehen! Also gut, **dann ziehe ich den Parka eben an.** Es macht mir nichts aus. […]
Dann hänge ich mir den Parka um und laufe aus der Küche die Treppe hinunter, aus der Haustür auf die Straße. Mein Körper ist nicht mehr steif. Er ist leicht wie Luft. Unten schwinge ich mich aufs Fahrrad, trete bergab in die Pedale. Der Wind zischt mir um die Ohren. Die Straße riecht […] nach Auspuffgas und nach nassem Laub. In der Kurve schreie ich Jippijäh! Die Bremse fasst gut. Ich fühle mich großartig heute Morgen. [V]

*** Wiederauftreten einer Krankheit

b Kennt ihr das Problem, das in der Kurzgeschichte geschildert wird? Benennt das Thema.

c Was bedeutet die Aussage „Dein Leben hat am seidenen Faden gehangen" (Zeile 33)? Schreibe eine Deutungsthese auf. Ergänze den Satz.

Sorgen um den Sohn • Angst um den Sohn • will verhindern, dass Sohn stirbt

Der Junge erkennt (nicht), dass der Vater ______________________

____

2 Wie argumentieren die Eltern und ihr Sohn?

a Schreibe die Argumente auf, den Parka zu tragen oder nicht zu tragen.

Sohn (Zeilen 1 bis 3)	**Eltern** (Zeilen 30 bis 36)
– stört mich beim Radfahren	– warst krank, Lungenentzündung, vierzig Fieber

b Mit welchem Trick schafft es der Sohn zuerst, den Parka nicht zu tragen? Schreibe ins Heft.
Tipp: Lies die Zeilen 9 bis 11.

3 Beschreibe das **Verhalten des Jungen** im Verlauf der Handlung.

a Schreibe zu den **aussagekräftigen Textstellen** die Zeilenangaben dazu. Was wird an dem Verhalten deutlich? Markiere mit gleichen Farben.

verständnislos/viel Wirbel um nichts • ausweichend, kein offener Widerspruch • verständnisvoll, einsichtig • schiebt Schule vor/Zeitdruck • betroffen, erschrocken

„Tricks: Ich gehe noch mal [...]"	Zeilen: ________
„Lass mich los! [...] Ich komme zu spät!"	Zeile: ________
„Meine Güte! Was für ein ________"	Zeile: ________
„Warum habt ihr mir das nicht gesagt?"	Zeilen: ________
„[...] dann ziehe ich den Parka eben an."	Zeile: ________

b Der Junge bringt seine Gefühle durch **Vergleiche** zum Ausdruck. Verbinde.

Vergleich	Wirkung
Mein Vater steht da **wie ein Riese.** (Zeile 24)	Es erscheint alles unwirklich und fremd.
Ich sehe die Küchenuhr **wie etwas Fremdes.** (Zeile 38)	Der Vater wirkt groß und übermächtig.
Mir kommt alles vor **wie im Film.** (Zeile 39)	Das alles hat nichts mit mir zu tun.

4 In Gesprächen zeigen wir auch ohne Worte (nonverbal) Gefühle und Stimmungen. Dabei spielen **Gestik** (Bewegung des Körpers), **Mimik** (Bewegung des Gesichtes) und die **Stimme** (Lautstärke, Sprechtempo) eine Rolle.
Wie reagiert der Vater **nonverbal,** als er entdeckt, dass der Sohn den Parka nicht anzieht? Schreibe auf die Zeile.
Tipp: Lies die farbig markierten Textstellen.

____

Die Kommunikation zwischen Figuren untersuchen

- Während einer **Kommunikation** werden **Signale übermittelt mit Worten** (verbal) und **ohne Worte** (nonverbal, zum Beispiel durch Gestik und Mimik).
- Ebenso werden immer auch **Informationen, Gedanken** und **Gefühle** mitgeteilt. Kommunikation findet auf verschiedenen Ebenen statt. Beispiel: „Lass mich in Ruhe!"
- **Sachebene:** Man teilt einen Sachverhalt mit. Beispiel: „Ich möchte meine Ruhe haben."
- **Beziehungsebene:** Man teilt ein Gefühl mit. Beispiel: „Ich fühle mich nicht wohl."
- Deshalb kann Kommunikation **gelingen** oder **misslingen.** Wenn etwas falsch verstanden wird, kommt es zu **Missverständnissen.**

7 Zwischen Glück und Leid –
Liebesgedichte untersuchen und vergleichen

Christian Morgenstern

Es ist Nacht (1908)

Es ist Nacht,
und mein Herz kommt zu dir,
hält's nicht aus,
hält's nicht aus mehr bei mir.

Legt sich dir auf die Brust,
wie ein Stein,
sinkt hinein,
zu dem deinen hinein.

Dort erst,
dort erst kommt es zur Ruh,
liegt am Grund
seines ewigen Du.

1 Welche Gedanken gehen dir beim Lesen des Gedichts durch den Kopf?
a Zeichne eine Gedankenblase in dein Heft.
b Schreibe eine Aussage zum Gedicht in die Gedankenblase.

2 Was beobachtet ihr an dem Gedicht? Sprecht darüber.

Das Gedicht hat … Strophen mit je … Versen.

Die Verse sind …

Manche Worte …

3 Was bedeutet Liebe für euch?
Notiert im Heft in einem Cluster eure Gedanken dazu.

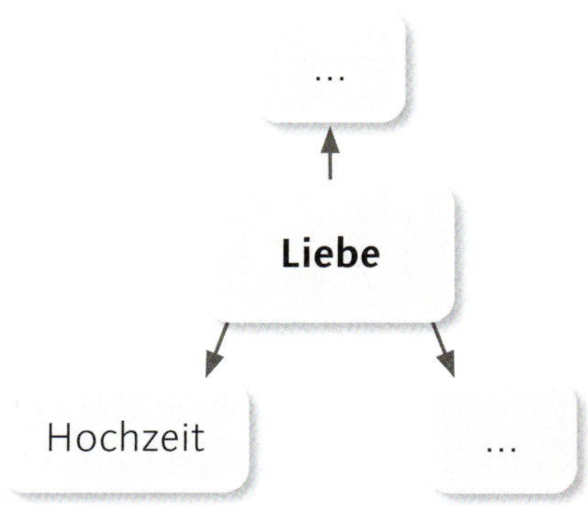

Spannung

Wenn mir
die Spannung fast
den Atem abwürgt
wenn sich
mein Magen
zu einem harten
Klumpen krampft
und wenn mein
Herz
Purzelbäume
schlägt …
– ach
da bist du ja

1 a Welche Gefühle oder Zustände bezeichnen die **Redensarten A bis I?**
Erklärt euch abwechselnd die Bedeutung.
Folgende Umschreibungen könnt ihr verwenden:

jemanden in sich verliebt machen • sich in jemanden verlieben • glücklich sein • aufgeregt sein • leidenschaftlich sein • den geliebten Menschen unkritisch sehen • sich gut verstehen • etwas unrealistisch gut finden • sich sehr schnell ohne Nachdenken verlieben

b Fällt dir eine weitere Redensart zum Thema **Liebe** ein? Schreibe auf.

c Wähle eine Redensart und zeichne dazu ein Bild.

d Zeigt euch gegenseitig das Bild. Könnt ihr die Redensart erraten?

Ob ich dich liebe, weiß ich nicht

Ob ich dich liebe, weiß ich nicht.
Seh ich nur einmal dein Gesicht,
Seh dir ins Auge nur einmal,
Frei wird mein Herz von aller Qual.
Gott weiß, wie mir wohl geschicht!
Ob ich dich liebe, weiß ich nicht.

Johann Wolfgang Goethe (1770)

Annette Kast-Riedlinger (1995)

2 **a** Welches der beiden Liebesgedichte oben gefällt euch besser? Begründet.
b Verbinde die Titel der Gedichte mit der passenden Aussage.

Ob ich dich liebe, weiß ich nicht | **Spannung**

Liebe bedeutet Schmerzen. | Liebe bedeutet Glück. | Liebe bedeutet Reichtum.

3 Wähle eines der beiden Gedichte aus.
Was fällt dir an der Form auf? Vervollständige die Sätze.

ein Paarreim • ein ganzer Satz • ein Kreuzreim • es keine gibt • kein Reim • nur ein Wort • es welche gibt

Der Titel des Gedichts ist auffällig, weil ______________________

____.

Es gibt ______________ Strophe/Strophen. Interessant finde ich auch das Reimschema.

Es ist ______________________________.

Bei den Satzzeichen fällt auf, dass ______________________________.

4 Ordne auf den Seiten 154 und 155 den Gedichten oben das Erscheinungsjahr und den Autorennamen zu.
Verbinde.
Tipp: Achte auf die Sprache. Welches Gedicht wirkt schon älter?

Gedichte vergleichen

Ein Musikvideo untersuchen

1 **a** Lies den Songtext.

Danger Dan (Daniel Pongratz)

Eine gute Nachricht (2021)

1 Ich hab 'ne gute Nachricht
und 'ne schlechte auch
Zuerst die schlechte: „Wir zerfall'n zu Staub
Wir werden zu Asche, kehren in das Nichts
Zurück, aus dem wir alle einst gekommen sind"
Und jetzt die gute: „Heute nicht
Es bleibt noch Zeit für dich und mich
Und wenn du willst,
dann schlaf doch heut bei mir"

2 Glaub keinem **Prediger***,
jedweder Couleur**
Der mit der Hölle droht und so die Welt erklärt
Sie hab'n mehr Angst als Trost in ihrem Angebot
Es ist schon schwer genug, ohne sie klarzukomm'n
Und ich komm oft nicht klar, alles andre wär
Mir als Reaktion viel zu abgeklärt
Und was ich fragen will, ist:
„Schläfst du heut bei mir?"

* eine Person, die eine religiöse Botschaft verkündet
** die Weltanschauung

3 Ich hab 'ne gute Nachricht
und 'ne schlechte auch
Zuerst die schlechte: „**Alles hört mal auf**
Der ganze Planet ist darauf angelegt
Dass er irgendwann in der Sonne verglüht"
Und jetzt die gute: „Heute nicht
Es bleibt noch Zeit für dich und mich
Und wenn du willst,
dann schlaf doch heut bei mir"

4 Das Dilemma***, dass wir
schon das Ende kenn'n
Zwingt uns ja nicht dazu, es hier nicht **schön** zu finden
Wie unwahrscheinlich war, dass wir uns treffen hier?
Eine Milliarde Sterne mussten explodier'n.
Sechser im Lotto ist dagegen lächerlich
Denn es bleibt noch Zeit für dich und mich
Wenn du willst,
dann schlaf doch heut bei mir [V]

*** die schwierige Situation

b Betrachte die **Filmbilder A bis D** aus dem Musikvideo **Eine gute Nachricht** des Musikers Danger Dan.

A

B

C
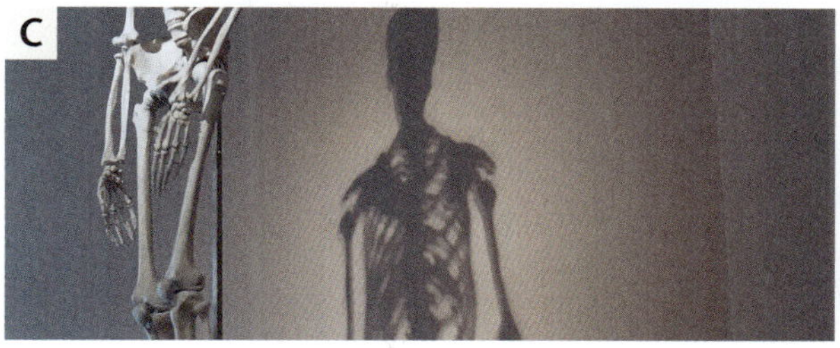
D

c Welche Gefühle lösen die Bilder in euch aus? Sprecht darüber.

die Traurigkeit • der Ärger • die Zuversicht • die Verzweiflung • die Angst • die Freude • der Ekel • das Erstaunen • die Liebe

2 **a** Worum geht es in dem Song?
Kreuze die richtigen Antworten an.

- [ ] das Ende der Welt
- [ ] eine Religion
- [ ] ein Besuch in einem Museum
- [ ] eine Einladung zur Übernachtung

b Ordne den vier Strophen die folgenden Aussagen zu.
Trage die passende Strophennummerierung 1 bis 4 ein.
Tipp: Die **fett gedruckten Wörter** im Songtext helfen dir.

- [ ] Vorsicht vor falschen Propheten!
- [ ] Das Leben ist schön. Genieße es!
- [ ] Bedenke, dass wir sterblich sind!
- [ ] Alles in der Welt vergeht.

c Wie wirkt der Songtext auf euch? Welche Stimmung wird vermittelt?
Tauscht euch aus.

traurig • nachdenklich • zuversichtlich • verzweifelt • gelassen • friedlich • ängstlich

3 Beschreibe das **Filmbild A.** Vervollständige dafür die Satzanfänge.

Bild A zeigt ______________________________.

Es weckt folgende Gefühle in mir: ______________________________.

Dazu passt Vers ____________ aus Strophe 1.

Ein Gedicht aus der Epoche „Barock" verstehen

1 **a** Lies das Gedicht auf der linken Seite.

Martin Opitz

Ach Liebste, lass uns eilen (1624)

Ach Liebste, lass uns eilen,
Wir haben Zeit:
Es schadet das Verweilen
Uns beiderseit.

Der schönen Schönheit Gaben
Fliehn Fuß für Fuß,
Dass alles, was wir haben,
Verschwinden muss.

Der Wangen Zier verbleichet,
Das Haar wird greis,
Der Äuglein Feuer weichet,
Die Flamm' wird Eis.

Das Mündlein von Korallen
Wird ungestalt.
Die Händ' als Schnee verfallen
Und du wirst alt.

Drum lass uns jetzt genießen
Der Jugend Frucht,
Eh dann wir folgen müssen
Der Jahre Flucht.

Wo du dich selber liebest,
So liebe mich,
Gib mir, dass, wann du gibest,
Verlier auch ich.

Übersetzung (unsortiert)

Das Geschenk der Schönheit
flieht Schritt für Schritt.
Da alles, was wir haben,
verschwinden muss.

Ach Liebste, lass uns beeilen,
die Zeit ist gekommen:
Das Warten schadet
uns beiden.

Der rosafarbene Mund
wird unförmig.
Die Hände werden kalt wie Schnee
und du wirst alt.

So wie du dich liebst,
so liebe mich
Was du mir gibst,
gebe ich auch dir.

Die Schönheit der Wangen vergeht,
das Haar wird grau,
das Feuer in den Augen verschwindet,
die Flamme wird zu Eis.

Darum lass uns jetzt
die Jugend genießen,
bevor wir jedes Jahr
älter werden.

b Lies die Übersetzung auf der rechten Seite.
Achtung: Die Strophen der Übersetzung sind in einer falschen Reihenfolge.

c Verbinde jede Strophe links mit der passenden Übersetzung rechts.

2 Schreibe die Übersetzung in der richtigen Reihenfolge in dein Heft.
Tipp: Vergiss die Überschrift nicht. Übersetze sie selbst.

3 Worum geht es in dem Gedicht? Schreibe **drei** Stichpunkte auf.

4 **a** Lies den Sachtext zur Dichtung in der Epoche des Barocks.

Dichtung in der Epoche des Barocks (1600 bis etwa 1750)

Im 17. Jahrhundert ging es der europäischen Bevölkerung schlecht, da es Krieg, Krankheiten und Hungersnöte gab. Die Lebenserwartung der Menschen sank auf unter 27 Jahre.
Deshalb schrieben Dichterinnen und Dichter dieser Zeit oft über die Vergänglichkeit allen Lebens (auf Latein: Vanitas) und ermahnten die Menschen, dass sie sterblich sind. Andere schrieben über Lebensfreude und Liebeslust. Die Menschen sollten ihr kurzes Leben auf Erden genießen. „Carpe diem" – Genieße den Tag!

b Schreibe eine Aussage zur Lebenssituation der Menschen im Barock.

Im 17. Jahrhundert war die Lebenssituation der Menschen ______________________

____.

5 **a** Sieh dir das Bild an.

„Gedenck o Mensch sich wer du bist/Wie ungleich dott und lebendig ist",
Gemälde der Süddeutschen Schule des 18. Jahrhunderts, Dorotheum

b Was siehst du? Ergänze die Satzanfänge.

Die linke Seite zeigt eine ____.

Auf der rechten Seite ist ein ______________________________________ zu sehen.

Die literarische Epoche
- Texte, die in einem **bestimmten Zeitabschnitt** geschrieben wurden, behandeln häufig **gleiche Themen und Inhalte.**
- Auch die Sprache der Texte und die **Themen** sind oft ähnlich.
- Texte mit gleichen Themen, Inhalten oder Merkmalen ordnet man einer **Epoche** zu.

Die Form und die sprachliche Gestaltung von Gedichten vergleichen

1 a Lies die beiden Gedichte.

Reiner Kunze

Rudern zwei (1984)

Rudern zwei
ein boot,
der eine
kundig der sterne,
der andre
kundig der stürme,
wird der eine
führn durch die sterne,
wird der andre
führn durch die stürme,
und am ende ganz am ende
wird das meer in der erinnerung
blau sein

Conrad Ferdinand Meyer

Zwei Segel (1882)

Zwei Segel erhellend
Die tiefblaue Bucht!
Zwei Segel sich schwellend
Zu ruhiger Flucht!

Wie eins in den Winden
Sich wölbt und bewegt,
Wird auch das Empfinden
Des andern erregt.

Begehrt eins zu hasten,
Das andre geht schnell,
Verlangt eins zu rasten,
Ruht auch sein Gesell.

b Lest euch die Gedichte gegenseitig vor.

c Befragt euch abwechselnd zu eurem ersten Leseeindruck.

Welche Gefühle löst das Gedicht in dir aus?

die Sehnsucht • die Liebe • die Angst • die Spannung • die Freude

Welche Gemeinsamkeiten und welche Unterschiede siehst du zwischen den Gedichten?

das Meer • blau • die Stimmung • der Sturm • die Liebe • gemeinsam • zwei

Was hast du (nicht) verstanden?

2 Vergleicht den Inhalt der Gedichte. Geht so vor:

a Fasse den Inhalt beider Gedichte mit eigenen Worten zusammen. Ergänze.

In Reiner Kunzes Gedicht „Rudern zwei" aus dem Jahre 1984 geht es um ______________________

____.

Die unterschiedlichen Fähigkeiten ______________________________.

Die Reise über das Meer gelingt, weil __________________________.

„Zwei Segel" (1882) von ______________________________ beschreibt

____.

Die Reise über das Meer gelingt, weil __________________________

______________________. Die Segel sind eine Metapher für ein Liebespaar.

b Welche **inhaltlichen Gemeinsamkeiten** haben die beiden Gedichte?
Schreibe Stichpunkte auf.
Tipp: Nutze den Wortkasten von Aufgabe 1 c.

3 Vergleicht die **äußere Form** der Gedichte. Ergänzt die Angaben.

	Rudern zwei	Zwei Segel
die Anzahl der Strophen		
die Anzahl der Verse		
das Reimschema (der Paarreim • der Kreuzreim • kein Reim)		

4 Vergleicht die **sprachliche Gestaltung** der Gedichte.
Tragt passende Beispiele ein.

	Rudern zwei	Zwei Segel
die Wiederholung		
die Farbadjektive		
die Verben der Bewegung		

Ein Gedicht interpretieren

1 a Lies das Gedicht.

Johann Wolfgang Goethe

Mailied (1775)

1 Wie herrlich leuchtet
Mir die Natur!
Wie glänzt die Sonne!
Wie lacht die Flur*!

2 Es dringen Blüten
Aus jedem Zweig
Und tausend Stimmen
Aus dem Gesträuch

3 Und Freud' und Wonne**
Aus jeder Brust.
O Erd, o Sonne,
O Glück, o Lust,

4 O Lieb, o Liebe,
So golden schön,
Wie Morgenwolken
Auf jenen Höhn.

5 Du segnest herrlich
Das frische Feld,
Im Blütendampfe
Die volle Welt!

6 O Mädchen, Mädchen,
Wie lieb' ich dich!
Wie blinkt dein Auge,
Wie liebst du mich!

7 So liebt die Lerche ***
Gesang und Luft,
Und Morgenblumen
Den Himmelsduft,

8 Wie ich dich liebe
Mit warmem Blut,
Die du mir Jugend
Und Freud und Mut

9 Zu neuen Liedern
und Tänzen gibst.
Sei ewig glücklich,
Wie du mich liebst!

* die Wiese

** das Glücksgefühl

*** ein Vogel

b Ergänze den **Einleitungssatz.**

1. Einleitungssatz

Das Gedicht „________________“ von ____________________________

ist aus dem Jahr ________.

c Kreuze die passende Aussage zum Gedicht an.

Das Gedicht zeigt …

A ☐ … die Freude des lyrischen Ichs auf das Wiedersehen mit der Geliebten.

B ☐ … den Vergleich des lyrischen Ichs: Es vergleicht die Schönheit der Geliebten mit der Schönheit der Natur.

2 Wie ist dein **erster Eindruck?** Ergänze.

2. erster Eindruck

Das Gedicht ____.

3 Ergänze die Sätze zum **lyrischen Ich.**

3. lyrisches Ich

das Rauschen der Blätter • Freude • sie ihn lieben soll • die Geliebte • das Leuchten der Natur

Das lyrische Ich ist in der Natur und spricht ____________________ an.

Es sieht ____,

hört ____

und fühlt ____________________. Am Ende des Gedichts fordert es auf,

dass ____.

4 Ergänze die folgenden Sätze zum **Inhalt** des Gedichts.

4. Inhalt

der Liebe zur Geliebten • die Schönheit der Natur • Schönheit der Geliebten • die Liebe in der Natur

In den ersten drei Strophen geht es um __________________________.

In den Strophen vier und fünf spricht das lyrische Ich über

die ____.

Die letzten Strophen vergleichen _______________________________

mit ____.

5 **a** Ergänze die Anzahl der Strophen und Verse. **5. äußere Form**

Das Gedicht besteht aus ______ Strophen mit je ______ Versen.

b Kreise das richtige Reimschema des Gedichts ein.
Es hat das Reimschema abba / abab / abcb.

6 Untersuche die **Sprache** im Gedicht. **6. Sprache**

a Lies noch einmal die folgenden Verse aus dem Gedicht.

Vers 4 „Wie lacht die Flur!"
Vers 13 „O Lieb, o Liebe,"
Verse 14 bis 15 „So golden schön, Wie Morgenwolken"
Vers 22 „Wie lieb' ich dich!"

b Markiere jedes **sprachliche Mittel** mit einer anderen Farbe und mit der gleichen Farbe **die Versangabe** und **die Wirkung** zu dem sprachlichen Mittel.

das sprachliche Mittel	die Versangabe	die Wirkung
A die Wiederholung	**U** Vers 22	**I** fröhlich
S die Personifikation	**A** Verse 14 bis 15	**M** leidenschaftlich
T der Vergleich	**R** Vers 13	**G** schwärmerisch
K der Ausruf	**K** Vers 4	**H** aufgeregt

c Schreibe die **vier** Lösungswörter auf.

ARM, ______

d Schreibe zu jedem sprachlichen Mittel einen Satz in dein Heft. Ergänze die Satzanfänge.

... betont die fröhliche Stimmung • ... die Natur ein Mensch ist •
... verdeutlicht die schwärmerische Stimmung •
~~... zeigt die leidenschaftlichen Gefühle des lyrischen Ichs~~

Die Wiederholung „O Lieb, o Liebe" (Vers 13) zeigt die leidenschaftlichen Gefühle des lyrischen Ichs.
Durch sprachliche Bilder wie „die Personifikation" (Vers ...) erhält man den Eindruck, dass ...
Das sprachliche Mittel „der Vergleich" ...
Der Ausruf ...

e Formuliere einen Schlusssatz zu deinem abschließenden Eindruck vom Gedicht. **7. Fazit**

Bei der genauen Untersuchung des Gedichts hat sich gezeigt, dass ...

f Schreibe eine Gedichtinterpretation. Nutze dafür deine Lösungen zu **1. Einleitungssatz bis 7. Fazit.** Schreibe einen vollständigen Text in dein Heft.

8 „Der Besuch der alten Dame“ – Eine tragische Komödie untersuchen

1 **a** Die „alte Dame“ rechts im Bild heißt Claire Zachanassian.
Beschreibt ihr Aussehen.

die Kleidung: schwarz • der Mantel • die Schuhe • die Hose • der Spazierstock
die Frisur: rotbraun • hochgesteckt
die Besonderheiten: der strenge Blick • die Ohrringe

b Was könnte mit dem Mann im Vordergrund geschehen sein?
Tausche dich mit einer Partnerin oder einem Partner aus.

2 **a** Der Untertitel lautet **Eine tragische Komödie.**
Lies die Informationen zu **Komödie** und **Tragödie.**

In **Komödien** gibt es **lustige Situationen und witzige Charaktere.**
Ziel einer Komödie ist es, die **Menschen zum Lachen zu bringen.**
In **Tragödien** gerät die **Hauptfigur häufig in große Schwierigkeiten.**
Am Ende ist sie traurig oder unglücklich. Ziel einer Tragödie ist es, **Mitgefühl und Trauer** hervorzurufen.

b Was könnte in einer Komödie tragisch sein?
Worum könnte es in dieser tragischen Komödie gehen?
Tausche dich mit einer Partnerin oder einem Partner aus.

Figuren
Claire Zachanassian: Die „alte Dame" aus dem Titel
Sie ist die reiche Witwe, die in ihre Heimatstadt Güllen zurückkehrt, um Rache an Alfred Ill zu üben.
Alfred Ill: Oft nur „Ill" genannt. Er ist ein ehemaliger Liebhaber von Claire Zachanassian und wird von ihr beschuldigt, dass er Claire verraten hat.
Der Bürgermeister: Er ist eine führende Figur in der Stadt Güllen und wird von Claires Angebot und dem Geld verleitet.
Ills Frau und Familie: Ills Ehefrau Mathilde und seine Tochter
Andere Stadtbewohner: Es gibt verschiedene Nebenfiguren in der Stadt Güllen: der Polizist, der Pfarrer, vier Bürger: der Erste, der Zweite, der Dritte, der Vierte.

Friedrich Dürrenmatt

Der Besuch der alten Dame (Erster Akt, Auszug 1)

Der Erste: Die „Gudrun", Hamburg–Neapel.
Der Zweite: Um elfuhrsiebenundzwanzig kommt der „Rasende Roland", Venedig–Stockholm.
Der Dritte: Das einzige Vergnügen, das wir noch haben: Zügen nachschauen.
Der Vierte: Vor fünf Jahren hielten die „Gudrun" und der „Rasende Roland" in Güllen. Dazu noch der „Diplomat" und die „Lorelei", alles Expreßzüge von Bedeutung.
Der Erste: Von Weltbedeutung. [...]
Der Zweite: Nun halten nicht einmal die Personenzüge. [V] [R]

Zu Beginn der tragischen Komödie sitzen vier Einwohner der Stadt Güllen am Bahnhof und verbringen ihre Zeit damit, die Züge zu beobachten, und unterhalten sich dabei. Die Stimmung ist trostlos und düster.

1 Beschreibt das Bühnenbild.
Beschreibt zuerst die Figuren auf der Abbildung ganz genau:
Was haben sie an? Was tun sie? Wie wirken sie auf euch?
Was sieht man im Hintergrund?

der Anzug/die Anzüge • stehen hintereinander • warten • schauen aufmerksam • das große Plakat • haben sich ordentlich angezogen

2 **a** Lies den **Auszug 1.**
b Lest den **Auszug 1 mit verteilten Rollen:** mit vier Personen.
Achtet darauf, dass ihr deutlich macht, dass ihr unzufrieden und gelangweilt seid.

(Erster Akt, Auszug 2)

Der Dritte: Ruiniert. [...]

Der Zweite: Die Platz-an-der-Sonne-Hütte eingegangen.

Der Dritte: Leben von der Arbeitslosenunterstützung.

Der Vierte: Von der Suppenanstalt.

Der Erste: Leben?

Der Zweite: Vegetieren.

Der Dritte: Krepieren.

Der Vierte: Das ganze Städtchen. [...]

Der Zweite: Höchste Zeit, daß die Milliardärin kommt. [...]

Vom Städtchen her der Bürgermeister, der Lehrer, der Pfarrer und Ill, ein Mann von fast fünfundsechzig Jahren, alle schäbig gekleidet. [...]

Der Bürgermeister: Was wollen Sie denn hier, Pfändungsbeamter* Glutz?

Der Pfändungsbeamte: Das wissen Herr Bürgermeister schon. Ich stehe vor einer Riesenaufgabe. Pfänden Sie mal eine ganze Stadt.

Der Bürgermeister: Außer einer alten Schreibmaschine finden Sie im Stadthaus nichts. [...] Unsere Kassen sind leer. Kein Mensch bezahlt Steuern.

Der Pfändungsbeamte: Muß untersucht werden. Das Land floriert**, und ausgerechnet Güllen mit der Platz-an-der-Sonne-Hütte geht bankrott.

Der Bürgermeister: Wir stehen selber vor einem wirtschaftlichen Rätsel. [...] Meine Herren, die Milliardärin ist unsere einzige Hoffnung. [...] V R

* jemand, der das Eigentum von einem Menschen beschlagnahmt, weil dieser Mensch Schulden hat

** hier: die Geschäfte laufen gut

3 **a** Lies den **Auszug 2** aus dem ersten Akt.

b Wie geht es den Menschen in der Stadt? Tausche dich zu zweit aus.

c Was wird darüber gesagt, wie die Menschen in der Stadt leben? Ergänze den Text.
Tipp: Die gelb markierten Wörter im Text helfen dir.

Die Menschen in der Stadt Güllen leben von der ______________________

und bekommen ihre Nahrung von der ______________________.

Die Kassen sind ______________________. Die ganze Stadt ist verarmt, niemand kann

die ______________________ zahlen. Sie hoffen, dass die ______________________

ihnen aus der Armut helfen kann.

Figuren, Handlung und Konflikte untersuchen

Ankunft: Die Hauptfigur charakterisieren

Claire Zachanassian ist gerade in Güllen angekommen. Die hochgestellten Persönlichkeiten des Ortes und Alfred Ill, vor 45 Jahren Claires Geliebter, begrüßen Claire.

In dem folgenden Auszug wird die Ankunft von Claire in der Stadt Güllen beschrieben.

1 Lies den Text.

Der Besuch der alten Dame (Erster Akt, Auszug 3)

[…] **Der Polizist:** Polizeiwachtmeister Hahncke, gnädige Frau. Stehe zu Ihrer Verfügung.

Claire Zachanassian mustert ihn: Danke. Ich will niemanden verhaften. Aber vielleicht wird Güllen Sie nötig haben. […]

Ill lacht: Ganz die Klara! Ganz mein Zauberhexchen. Er schlägt sich vergnügt auf die Schenkel. […]

Der Bürgermeister: Unser Pfarrer, gnädige Frau. […]

Claire Zachanassian: Ei, der Pastor. Pflegen Sie Sterbende zu trösten?

Der Pfarrer verwundert: Ich gebe mir Mühe.

Claire Zachanassian: Auch solche, die zum Tode verurteilt wurden?

Der Pfarrer verwirrt: Die Todesstrafe ist in unserem Lande abgeschafft, gnädige Frau.

Claire Zachanassian: Man wird sie vielleicht wieder einführen. […] V R

2 **a** Lies noch einmal die Regieanweisungen und die farbig markierten Textstellen.

b Wie spricht Claire mit den Bürgern? Schreibe auf die Zeilen.
Tipp: Wähle passende Adjektive (Eigenschaftswörter) aus dem Wortkasten aus.

einfühlsam • witzig • vornehm • herrisch • arrogant

3 Claire hat einen Sarg mit nach Güllen gebracht.
Hast du eine Vermutung, wofür sie ihn benötigen könnte? Schreibe einen Satz.

Eine Szene untersuchen

1 **a** Sieh dir die Abbildung an.

b Beschreibe deiner Partnerin oder deinem Partner den Ort, an dem die Szene spielt.

c Lies den Text.

Der Besuch der alten Dame (Erster Akt, Auszug 4)

Claire Zachanassian: Das Herz mit deinem und meinem Namen, Alfred. [...] Auf diesem Findling küßten wir uns. Vor mehr als fünfundvierzig Jahren. [...] Ich war siebzehn und du noch nicht zwanzig. Dann hast du Mathilde Blumhard geheiratet mit ihrem Kleinwarenladen und ich den alten Zachanassian mit seinen Milliarden aus Armenien. Er fand mich in einem Hamburger Bordell. [...]

Ill: Dir zuliebe habe ich Mathilde Blumhard geheiratet.

Claire Zachanassian: Sie hatte Geld.

Ill: Du warst jung und schön. Dir gehörte die Zukunft. Ich wollte dein Glück. Da mußte ich auf das meine verzichten. [...] Ich lebe in einer Hölle, seit du von mir gegangen bist.

Claire Zachanassian: Und ich bin die Hölle geworden.

Ill: Ich schlage mich mit meiner Familie herum, die mir jeden Tag die Armut vorhält. [...] Nun wird sich alles ändern.

Claire Zachanassian: Gewiß.

Ill lauernd: Du wirst uns helfen?

Claire Zachanassian: Ich lasse das Städtchen meiner Jugend nicht im Stich.

Ill: Wir haben Millionen nötig. [...] Wäre doch die Zeit aufgehoben, mein Zauberhexchen. Hätte uns doch das Leben nicht getrennt.

Claire Zachanassian: Das wünschest du?

Ill: Dies, nur dies. Ich liebe dich doch! [...] V R

d An welchen Textstellen erkennst du, dass Claire und Alfred früher ein Liebespaar waren? Markiere die Textstellen mit einer Farbe.

e Warum sind sie kein Liebespaar mehr? Wen haben sie jeweils geheiratet? Markiere mit einer anderen Farbe.

2 Alfred geht es vor allem darum, Geld von Claire zu bekommen.
Er spielt ihr vor, dass er alles nur für sie getan hat und immer noch Gefühle für sie hat.
Schreibe passende Textstellen in dein Heft.

3 Eigentlich handelt es sich hier nicht um eine romantische Szene.
Wie reagiert Claire auf die Aussagen von Alfred und was bedeutet das? Kreuze an.

- [ ] Sie antwortet kühl und in kurzen Aussagen. Das zeigt, dass sie Alfred die Vergangenheit übel nimmt und ihn hasst.
- [ ] Sie antwortet kühl und in kurzen Aussagen. Das zeigt, dass sie Alfred noch immer liebt.

Den dramatischen Konflikt untersuchen

Die Einwohner von Güllen und Claire treffen sich zu einer Begrüßungsfeier.
Der Bürgermeister hält eine feierliche Rede, in der er Claire über alles lobt und ihre Schwächen verschweigt. Die Einwohner jubeln ihr zu – immer mit dem Hintergedanken, dass die Stadt und die Einwohner das Geld von Claire dringend brauchen.

1 Lies den Text.

Der Besuch der alten Dame (Erster Akt, Auszug 5)

[…] **Claire Zachanassian:** Bürgermeister, Güllener. Eure selbstlose Freude über meinen Besuch rührt mich. […] Um jedoch meinen Beitrag an eure Freude zu leisten, will ich gleich erklären, daß ich bereit bin, Güllen eine Milliarde zu schenken. Fünfhundert Millionen der Stadt und fünfhundert Millionen verteilt auf alle Familien.

Totenstille.

Der Bürgermeister stotternd: Eine Milliarde. Alle immer noch in Erstarrung.

Claire Zachanassian: Unter einer Bedingung.

Alle brechen in einen unbeschreiblichen Jubel aus. Tanzen herum […]

Der Bürgermeister: Unter einer Bedingung, haben gnädige Frau gesagt. Darf ich diese Bedingung wissen?

Claire Zachanassian: Ich will die Bedingung nennen. Ich gebe euch eine Milliarde und kaufe mir dafür die Gerechtigkeit. Totenstille. […]

Claire fordert den Butler auf vorzutreten und ihre Geschichte zu offenbaren.
Der Butler berichtet, dass er im Jahr 1910 Oberrichter in Güllen gewesen war. Claire hieß damals Klara Wäscher und war schwanger von Ill. Ill bestritt vor dem Gericht, dass er der Vater des Kindes gewesen sein sollte. Ill hatte Koby und Toby bestochen, damit die beiden behaupteten, auch mit Klara geschlafen zu haben. Ill wurde freigesprochen. Klara musste Güllen verlassen, arbeitete als Prostituierte, bekam das Kind von Ill, das als Baby starb.

Der Butler: Dies ist die Geschichte: Ein Richter, ein Angeklagter, zwei falsche Zeugen, ein Fehlurteil im Jahre 1910. Ist es nicht so, Klägerin? […] Und nun wollen Sie Gerechtigkeit, Claire Zachanassian?

Claire Zachanassian: Ich kann sie mir leisten. Eine Milliarde für Güllen, wenn jemand Alfred Ill tötet. Totenstille. […] Der Bürgermeister steht auf, bleich, würdig.

Der Bürgermeister: Frau Zachanassian: […] Ich lehne im Namen der Stadt Güllen das Angebot ab. Im Namen der Menschlichkeit. Lieber bleiben wir arm als blutbefleckt.

Riesiger Beifall.

Claire Zachanassian: Ich warte. V R

2 Bringe den Inhalt des Auszugs in die richtige Reihenfolge.

- [ ] Der Butler erzählt die Geschichte von Claire.
- [ ] Sie nennt die Bedingung: Die Einwohner bekommen das Geld, wenn jemand Alfred tötet.
- [1] Claire kündigt an, der Stadt und den Einwohnern eine Milliarde zu schenken.
- [ ] Der Bürgermeister lehnt im Namen der Stadt das Angebot ab.
- [ ] Durch zwei Falschaussagen erreichte Alfred, dass er für das Kind nicht aufkommen musste.

Den Handlungsverlauf des Dramas untersuchen

Alfred arbeitet in seinem kleinen Laden. Es ist auffällig, dass viel mehr Kunden als sonst in seinem Laden sind. Ihm fällt auf, dass die Einwohner neue Kleidung tragen und sich teure Waren kaufen, die sie aber anschreiben lassen. Und das, obwohl die Menschen dort kein Geld haben.

1 a Lies den Text.

Der Besuch der alten Dame (Zweiter Akt, Auszug 1)

[...] **Ill:** Eine Kundschaft habe ich diesen Morgen. Sonst die ganze Zeit niemand, und nun strömt's seit einigen Tagen.

Der Erste: Wir stehen eben zu Ihnen. Zu unserem Ill. Felsenfest.

Die Frauen Schokolade essend: Felsenfest, Herr Ill, felsenfest.

Der Zweite: Du bist schließlich die beliebteste Persönlichkeit.

Der Erste: Die wichtigste.

Der Zweite: Wirst im Frühling zum Bürgermeister gewählt.

Der Erste: Todsicher. [...]

Ill [zum Zweiten]: Du hast neue Schuhe. Gelbe neue Schuhe.

Der Zweite: Nun?

Ill blickt nach den Füßen des Ersten: Auch du, Hofbauer. Auch du hast neue Schuhe.

Er blickt nach den Frauen, geht zu ihnen, langsam, grauenerfüllt.

Auch ihr. Neue gelbe Schuhe. Neue gelbe Schuhe.

Der Erste: Ich weiß nicht, was du daran findest.

Der Zweite: Man kann doch nicht ewig in den alten Schuhen herumlaufen.

Ill: Neue Schuhe. Wie konntet ihr neue Schuhe kaufen?

Die Frauen: Wir ließen's aufschreiben*, Herr Ill, wir ließen's aufschreiben.

Ill: Ihr ließet's aufschreiben. Auch bei mir ließet ihr's aufschreiben. Besseren Tabak, bessere Milch, Kognak. Warum habt ihr denn auf einmal Kredit in den Geschäften?

Der Zweite: Bei dir haben wir ja auch Kredit.

Ill: Womit wollt ihr zahlen? [V] [R]

* in Geschäften Kredit haben, das heißt, jetzt kaufen und erst später bezahlen dürfen

b Alfred erkennt, dass die Menschen sich die teuren Waren kaufen und sich das Geld dafür leihen, weil sie damit rechnen, dass jemand Alfred töten wird. Dann hätten sie genügend Geld, um ihre Schulden zu bezahlen. Wie geht es Alfred dabei? Kreuze an.

☐ Er hat Angst. ☐ Er kann es verstehen. ☐ Es ist ihm egal. ☐ Er macht sich Sorgen.

c Die Einwohner sagen zu Alfred, dass sie zu ihm stehen – rechnen aber mit dem Geld von Claire. Was denken die Einwohner, was in jedem Fall passieren wird? Ergänze den Satz.

Die Einwohner gehen davon aus, dass jemand ______________________________

____.

Alfred Ill fühlt sich zunehmend bedroht und fürchtet um sein Leben.
Ill geht zum Polizisten.

1 Lies den Text.

Der Besuch der alten Dame (Zweiter Akt, Auszug 2)

Ill: Ich verlange die Verhaftung der Claire Zachanassian. [...]

Der Polizist: Hat sie was verbrochen? [...]

Ill: Anstiftung zum Mord.

Der Polizist: Passen Sie mal auf, Ill. Eine Anstiftung zum Mord liegt nur dann vor, wenn der Vorschlag, Sie zu ermorden, ernst gemeint ist. Das ist doch klar.

Ill: Meine ich auch.

Der Polizist: Eben. Nun kann der Vorschlag nicht ernst gemeint sein, weil der Preis von einer Milliarde übertrieben ist, das müssen Sie doch selber zugeben, für so was bietet man tausend oder vielleicht zweitausend, mehr bestimmt nicht, da können Sie Gift drauf nehmen, was wiederum beweist, daß der Vorschlag nicht ernst gemeint war, und sollte er ernst gemeint sein, so kann die Polizei die Dame nicht ernst nehmen, weil sie dann verrückt ist: Kapiert?

Ill: Der Vorschlag b e d r o h t mich, Polizeiwachtmeister, ob die Dame nun verrückt ist oder nicht. Das ist doch logisch.

Der Polizist: Unlogisch. Sie können nicht durch einen Vorschlag bedroht werden, sondern nur durch das Ausführen eines Vorschlags. Zeigen Sie mir einen wirklichen Versuch, diesen Vorschlag auszuführen, etwa einen Mann, der ein Gewehr auf Sie richtet, und ich komme in Windeseile. Doch gerade diesen Vorschlag will ja niemand ausführen, im Gegenteil. [...]

Alfred erzählt, dass die Einwohner plötzlich neue Waren kaufen und sich dafür Geld leihen.

[...] **Ill:** Meine Kunden, womit sollen die bezahlen?

Der Polizist: Das geht die Polizei nichts an. [...]

Ill: Aber mich geht's an. Denn mit mir werden sie zahlen.

Der Polizist: Kein Mensch bedroht Sie. [...]

Ill: Die Stadt macht Schulden. Mit den Schulden steigt der Wohlstand. Mit dem Wohlstand die Notwendigkeit, mich zu töten. Und so braucht die Dame nur [...] zu warten. Nur zu warten. [...] V R

2 Untersuche das Gespräch zwischen Alfred und dem Polizisten.

a Was möchte Alfred bei der Polizei anzeigen? Markiere farbig.

b Wie reagiert der Polizist auf den Wunsch von Alfred? Markiere mit einer anderen Farbe.

c Wodurch fühlt sich Alfred bedroht? Schreibe Stichpunkte auf.

d Alfred glaubt, dass die Einwohner der Stadt ihn umbringen wollen. Warum wollen sie ihn seiner Meinung nach umbringen? Schreibe Stichpunkte auf.

Eine Dramenszene interpretieren

Alfred möchte die Stadt Güllen verlassen, weil er Angst davor hat, dass ihn jemand tötet.
Von allen Seiten kommen immer mehr Güllener hinzu und wollen ihn zum Bahnhof begleiten.

1 Warum wollen die Einwohner Alfred zum Bahnhof begleiten? Tausche dich mit einer Partnerin oder einem Partner darüber aus.

2 Lies den Text.

Der Besuch der alten Dame (Zweiter Akt, Auszug 3)

Der Bürgermeister: Sie verreisen, Ill?
[...] **Ill:** Ich verreise.
Der Polizist: Wohin denn?
Ill: Ich weiß nicht. Nach Kalberstadt und dann weiter –
Der Lehrer: So – und dann weiter.
Ill: Nach Australien am liebsten. Irgendwie werde ich das Geld schon auftreiben.
Er geht wieder auf den Bahnhof zu.
Der Dritte: Nach Australien!
Der Vierte: Nach Australien!
Der Maler: Warum denn?
Ill *verlegen:* Man kann schließlich nicht immer am gleichen Ort leben – jahraus, jahrein.
Er beginnt zu rennen, erreicht den Bahnhof. Die andern rücken gemächlich nach, umgeben ihn.
Der Bürgermeister: Nach Australien auswandern. Das ist doch lächerlich.
Der Arzt: Und für Sie am gefährlichsten. [...]
Der Polizist: Hier sind Sie am sichersten.
Alle: Am sichersten, am sichersten.
Ill schaut sich ängstlich um, wie ein gehetztes Tier. [...]
Der Lehrer: Ihr Misstrauen ist unbegreiflich.
Der Arzt: Niemand will Sie töten.
Alle: Niemand, niemand. [...]
Glockenton.
Der Lehrer: Sie sehen ja, wie beliebt Sie sind.
Der Bürgermeister: Das ganze Städtchen begleitet Sie. [...]
Ill: Ich habe euch nicht hergebeten.
Der Zweite: Wir werden doch noch von dir Abschied nehmen dürfen.
Der Bürgermeister: Als alte Freunde. [...] Das ist Ihr Zug. Nun, Ill, ich wünsche eine gute Reise. [...]
Der Arzt: Ein schönes weiteres Leben! [...]
Die Güllener scharen sich um Ill.
Der Bürgermeister: Es ist so weit. Besteigen Sie nun in Gottes Namen den Personenzug nach Kalberstadt.
Der Polizist: Und viel Glück in Australien!
Ill steht bewegungslos, starrt seine Mitbürger an.
Ill *leise:* Warum seid ihr alle hier?
Der Polizist: Was wollen Sie denn noch?
Der Bahnhofsvorstand: Einsteigen!
Ill: Was schart ihr euch um mich?

Der Bürgermeister: Wir scharen uns doch gar nicht um Sie.
Ill: Macht Platz!
Der Lehrer: Aber wir haben doch Platz gemacht. […]
Ill: Einer wird mich zurückhalten.
Der Polizist: Unsinn. Sie brauchen nur in den Zug zu steigen, um zu sehen, dass dies Unsinn ist.
Ill: Geht weg!
Niemand rührt sich. Einige stehen da, die Hände in den Hosentaschen.
Der Bürgermeister: Ich weiß nicht, was Sie wollen. Es ist an Ihnen, fortzugehen. Steigen Sie nun in den Zug.
Ill: Geht weg!
Der Lehrer: Ihre Furcht ist einfach lächerlich.
Ill fällt auf die Knie.
Ill: Warum seid ihr so nah bei mir!
Der Arzt: Der Mann ist verrückt geworden.
Ill: Ihr wollt mich zurückhalten.
Der Bürgermeister: Steigen Sie doch ein! […]
Schweigen.
Ill leise: Einer wird mich zurückhalten, wenn ich den Zug besteige.
Alle beteuernd: Niemand! Niemand!
Ill: Ich weiß es.
Der Polizist: Es ist höchste Zeit.
Der Lehrer: Besteigen Sie endlich den Zug, guter Mann.
Ill: Ich weiß es! Einer wird mich zurückhalten! Einer wird mich zurückhalten!
Der Bahnhofsvorstand: Abfahrt!
Er hebt die Kelle […] und Ill bedeckt, zusammengebrochen, von den Güllenern umgeben, sein Gesicht mit den Händen.
Der Polizist: Sehen Sie! Da ist er Ihnen davongerumpelt!
Alle verlassen den zusammengebrochenen Ill, gehen nach hinten, langsam, verschwinden.
Ill: Ich bin verloren! V R

3 Die Einwohner von Güllen wollen Alfred das Gefühl geben, dass sie sich um ihn sorgen. Markiere passende Textstellen in Rot.

4 Die ganze Situation wirkt sehr bedrohlich auf Alfred. Die Einwohner wiederholen die Aussagen der anderen und umzingeln Alfred. Markiere passende Textstellen in Gelb.

5 Alfred fühlt sich verloren. Markiere passende Textstellen in Grün.

6 Verbinde die Satzanfänge mit dem richtigen Satzende.

Alfred versucht,	die Güllener zum Bahnhof begleitet.
Er wird durch	die Stadt zu verlassen.
Sie zeigen ihre Absicht nicht offen,	sondern heucheln ihm Freundschaft vor.
Alfred weiß zunächst nicht,	hindern Alfred daran, den Zug zu besteigen.
Dann erkennt er jedoch,	was er von der ganzen Sache halten soll.
Die Einwohner der Stadt	dass die Güllener ihn bedrohen

9 „Simpel“ – Einen Roman und seine Verfilmung untersuchen

1 a Beschreibt das Cover des Romans **Simpel** auf der linken Seite.

die Farben • der Stoffhase • der Körperausschnitt • simpel • der Schriftzug

b Worum könnte es in dem Roman gehen? Sammelt Ideen.

Ich denke, in dem Roman könnte es um …

2 Vergleicht die beiden Buchcover.
Beschreibt die Unterschiede.

die Farben • der Hase • das Moped •
die Bildausschnitte • der Hintergrund • die Personen

3 Lies die Worterklärung zu dem Wort **simpel** im Kasten.

simpel – Wortbedeutung
1 einfach
2 allgemein bekannt
3 leicht zu bewältigen, unkompliziert

Marie-Aude Murail

Simpel (2004, Auszug 1)

Colbert beobachtete seinen Bruder von der Seite. Simpel machte halblaut das Geräusch der Metrotüren* nach: „Piiiiii … klapp." An der Station stieg ein Mann ein und setzte sich neben Colbert. Er hielt einen Schäferhund an der Leine. Simpel rutschte auf dem Sitz hin und her. „Der hat ein' Hund", sagte er. Der Hundebesitzer musterte den Menschen, der gerade gesprochen hatte: ein junger Mann mit hellen, weit aufgerissenen Augen. „Der Herr hat ein' Hund", wiederholte Simpel immer aufgeregter. „Ja, ja", antwortete Colbert und versuchte, ihn mit einem Stirnrunzeln zur Ordnung zu rufen. „Darf ich den streicheln?", fragte Simpel und streckte die Hand nach dem Hund aus. „Nein!", knurrte Colbert. Der Mann sah nacheinander die beiden Brüder an, als versuche er die Situation einzuschätzen. „Also ich hab ein' Hase", sagte der junge Mann mit den hellen Augen zu ihm. „Red doch nicht mit Leuten, die du nicht kennst", schimpfte Colbert. Dann gab er sich einen Ruck und wandte sich an den Mann mit dem Hund: „Entschuldigen Sie, er ist geistig behindert." „Ein I-di-ot", korrigierte ihn der andere und betonte dabei jede einzelne Silbe. Der Mann stand auf und zog wortlos an der Hundeleine. An der nächsten Station stieg er aus. „Arschloch", schimpfte Colbert. „Oh, oh, böses Wort", sagte sein Bruder. [v]

* die Türen der U-Bahn

1 **a** Was ist auf der Illustration zu sehen? Beschreibt.
b Lies den Textauszug auf dieser Seite.
c Was ist euer erster Eindruck von der Situation und den Figuren? Berichtet.

> Die Jungen wirken …

> Ich finde komisch/besonders/spannend/gut, …

2 Mit diesem Textauszug beginnt der Roman **Simpel.**
a Wie findet ihr den Beginn des Romans? Begründet.
b Möchtet ihr den Roman lesen? Begründet.

> Ich finde den Beginn gut/schlecht, weil …

> Ich möchte den Roman lesen/nicht lesen, da …

Was zuvor geschah

Die **Mutter** von Colbert und Simpel **starb** vor einiger Zeit. Ihr Vater, Monsieur* Maluri, hat noch einmal geheiratet. Simpel, der eigentlich Barnabé heißt, kam mit einer **geistigen Behinderung** zur Welt. Während der Schwangerschaft seiner Mutter kam es zu Problemen, die sein Gehirn schädigten. Daher ist Simpel eher wie ein kleines Kind, auch wenn er **22 Jahre alt** ist. Er versteht nur sehr einfache Informationen und unbekannte Situationen und Menschen sind schwierig für ihn. Deshalb braucht er **Hilfe** im Alltag. Daher hatte der **Vater** Simpel in Malicroix, einem **Heim für Menschen mit Behinderungen,** untergebracht. Dort jedoch kam Simpel nicht gut zurecht, sodass sich nun sein 17-jähriger **Bruder Colbert um ihn kümmert.** Zu Beginn des Romans sind die Brüder seit zwei Wochen **allein in Paris** und versuchen, ihr neues Leben zu organisieren.

* ist französisch und heißt Herr, sprich: Misjö

3 **a** Was passierte vorher? Lies den Text auf dieser Seite.
b Was ist passiert?
Fasst die Vorgeschichte in eigenen Worten zusammen.
Tipp: Die **fett gedruckten Wörter** helfen euch dabei.

4 Was könnten die Brüder in Paris erleben? Schreibe die Geschichte weiter.

Den Roman erschließen

Die Hauptfiguren kennen lernen

1 **a** Lies den Auszug 2.

Marie-Aude Murail

Simpel (Auszug 2)

In Paris ziehen die beiden Brüder Colbert und Simpel Maluri zunächst bei ihrer Großtante ein.

[…] „Kuckuck!", ertönte es lustig.

Simpel saß im Schneidersitz auf dem Bett und hielt etwas hinter seinem Rücken versteckt. Erwartungsvoll wiederholte er: „Kuckuck!"

Hinter seiner Schulter erschienen zwei schlaffe, braune Stoffohren. Er wedelte mit ihnen.

„Der hat ja gerade noch gefehlt", murmelte Colbert.

„Wer ist das?", fragte Simpel erwartungsvoll.

„Ich weiß es nicht." […]

„Ist was mit ase drin", sagte Simpel.

„Ist es eine Nase?"

„Nein!"

„Ist es eine Vase?"

Simpel verschluckte sich fast vor Lachen.

„Ist es Monsieur Hasehase?"

„Jaaaaaa!", brüllte Simpel und schwang einen alten Stoffhasen, dessen Ohren wie wild hin und her schlackerten. Da begann das Handy zu klingeln. […] „Hallo, Papa." […]

„Ja, es geht", sagte Colbert locker. „Wir sitzen hier mit Monsieur Hasehase, es ist alles in Ordnung." […]

Während Colbert mit seinem Vater diskutierte, sah er seinem Bruder beim Spielen zu. „[…] Aber nein, Papa, Simpel muss nicht beaufsichtigt werden. Er ist zweiundzwanzig. […] Ja, ich weiß, was ich tue." […]

Colbert war siebzehn Jahre alt, hatte sich gerade für die Abschlussklasse am Gymnasium Henri IV angemeldet. […] Und er schleppte eine Art Ungeheuer mit sich rum. Seinen Bruder Simpel – mit echtem Namen Barnabé –, der in dem Glauben lebte, Stoffhasen seien lebendig. V

b Wer ist **Simpel?** Ergänze den Steckbrief.

Name ______________________ **Alter** __________

Familie Vater: ______________________ Bruder: ______________________

Mutter: ____

Eigenschaften ____

2 Stell dir vor, du bist Simpels Bruder **Colbert.** Würdest du dich um deinen Bruder kümmern? Schreibe in dein Heft und begründe.

Äußere und innere Handlung unterscheiden

1 a Lies den Auszug 3.

Simpel (Auszug 3)

Nach einem kurzen Aufenthalt bei der Großtante sucht Colbert eine eigene Wohnung für sich und Simpel. Sie finden ein Zimmer in der Wohngemeinschaft von Aria, Emmanuel, Corentin und Enzo, von denen sie freundlich aufgenommen werden. Schon bald beginnt Colbert, die Schule zu besuchen. Währenddessen wird Simpel in der Wohngemeinschaft betreut.
Im folgenden Romanauszug geht es um Corentins Geburtstagsparty.

Die Party fand an einem Samstagabend statt. […] Colbert war in einer unangenehmen Lage. Zahra und Béatrice würden kommen, und er hatte ihnen nicht von Simpel erzählt. […]

„Hör mal, Simpel, heute Abend bekommen die anderen Besuch von Freunden …"

„Jaaa! Ich nehm die Krawatte!"

„Nein, nein, du darfst sie nicht stören. Du bleibst in deinem Zimmer. Ich bringe dir Kuchen."

Über Simpels Gesicht zog ein Schatten. Er ahnte etwas. Im Lauf des Tages spürte er deutlicher, wie er auf Distanz gehalten wurde. Er sah die Vorbereitungen […].

Simpel war untätig und hatte ein ganz besonderes Geschick dafür, jedem im Weg zu stehen. Monsieur Hasehase war überall, auf dem CD-Stapel oder der Salatplatte (sicher wegen der Karotten). Schließlich warf Colbert ihn seinem Bruder an den Kopf:

„Jetzt pack den doch mal weg!"

Simpel schloss sich in seinem Zimmer ein.

Monsieur Hasehase war schrecklich gekränkt. „Ich hasse Colbert."

„Er will nicht, dass wir zum Fest gehen", erklärte ihm Simpel, den Tränen nah. […]

Sie schwiegen und hingen ihren traurigen Gedanken nach. Plötzlich erhellte sich Simpels Gesicht. Er schlug sich mit der flachen Hand an die Stirn. Wieso hatte er nicht früher daran gedacht?

„Aschenputtel!"

Er würde sich als Prinz verkleiden und mitten im Fest erscheinen. […]

Die ersten Gäste kamen gegen acht Uhr.

Die Party steigt und die Leute beginnen zu tanzen.

Bereits vor zehn Minuten war, ohne dass es irgendjemand bemerkt hätte, Simpel hereingekommen: als Prinz verkleidet, mit Topfdeckel, Pappkrone und Zorro-Umhang. Die Musik lief, die Gläser klirrten, und die Aufmachung der Mädchen machte auf ihn den Eindruck, an einem ganz außerordentlichen Fest teilzunehmen.

Aber die Hauptperson wurde vergessen: „He! Der Märchenprinz ist da!"

Colbert hatte gerade etwas trinken wollen und hätte sich beinahe verschluckt. Er war so mit seinen Verführungsmanövern beschäftigt gewesen, dass er seinen Bruder ganz vergessen hatte. Alle verstummten und sahen Simpel an, der Monsieur Hasehase an der Krawatte hielt.

„Wer ist die Prinzessin hier?“, fragte er. […]

Colbert war peinlichst berührt, ging zu seinem Bruder und zog ihn am Ärmel.

„Komm, ich hab vergessen, dir Kuchen zu bringen.“

Er drehte sich um und wandte sich den Anwesenden, besonders aber Zahra zu:

„Das ist mein Bruder, er ist geistig behindert.“

„Ein I-di-ot.“

Die Szene war derart seltsam, dass alle erstarrten. […]

„Okay, wir werden doch nicht die ganze Nacht so verbringen“, sagte plötzlich Enzo.

„Simpel ist sehr lieb. Heute Abend ist er der Märchenprinz. Mich persönlich stört das nicht.“

Enzo goss Simpel ein großes Glas Bowle ein und flüsterte Colbert zu: „Lass. Ich kümmer mich drum.“ […]

Simpel setzte sich auf ein Sitzkissen, den Hasen zu seinen Füßen, und leerte das hübsche Getränk in einem Zug. „Ausgezeichnet“, sagte er. V

b Wie fühlt sich Simpel im Verlauf dieser Handlung?
Bringe die Emojis in die richtige Reihenfolge (1 bis 5).
Tipp: Die markierten Textstellen helfen dir dabei.

☐ ☐ 1 ☐ ☐

2 Was passiert in dem Romanauszug?
Zeichne einen kurzen Comic.

1

2

3

4

5

6

Die Erzählform und den Erzähler bestimmen

1 **a** Lies den Auszug 4.

Simpel (Auszug 4)

Gelegentlich erkundigt sich der Vater, Herr Maluri, bei Colbert, wie das Zusammenleben mit Simpel klappt.

An diesem Abend nun rief Monsieur Maluri seinen Sohn an. Seine erneute Heirat mit einer jungen Frau namens Mathilda nahm ihn sehr in Anspruch, daher erkundigte er sich nicht oft nach seinen Söhnen.
„Wie geht's?", fragte **er.** „Kommst du mit Simpel zurecht?"
„Es ist hart. Er macht Blödsinn über Blödsinn."
„Ich hatte dich gewarnt."
Kurzes Schweigen. Colbert wartete auf ein Wort der Hilfe oder des Mitgefühls, einen Rat, einen Vorschlag.
„Ich weiß nicht, ob es in Malicroix* noch einen Platz gibt", sagte Monsieur Maluri schließlich.
„Nein, nicht gleich das", wehrte sich Colbert. „Aber ich bin gerade krank [...]. Wenn du Simpel dieses Wochenende nehmen könntest ..."
„Also, das kommt überhaupt nicht in Frage." Monsieur Maluri wurde bewusst, wie grob er gerade abgelehnt hatte. „Verstehst du, Mathilda ist schwanger. Simpel macht ihr Angst. Keiner weiß, warum er anormal ist."
„Aber das Medikament, das Mama ...", sagte Colbert schwach, bevor er wieder zu husten anfing. Monsieur Maluri ließ seinen Sohn husten, solange er wollte, und unterbrach ihn nicht.
„Ich muss also selbst zurechtkommen, wie?", flüsterte Colbert schließlich.
„Ich geb dem Jugendamt Bescheid." Erschöpft legte Colbert auf. V

* ein Heim für Menschen mit Behinderungen

b Lest den Text mit verteilten Rollen: Erzähler, Monsieur Maluri und Colbert.

c Worüber sprechen der Vater und Colbert? Ergänze die Sätze.

Colbert und sein Vater sprechen über Malicroix, ein ______________________________

____.

Dort möchte der Vater Simpel wieder unterbringen. Colbert ______________________________

____.

2 Wer erzählt die Geschichte? Kreuze die richtige Erzählperspektive an.
Tipp: Lies die Zeilen 1 bis 5 und den Informationskasten.

☐ Er-/Sie-Form ☐ Ich-Form

Die Erzählperspektive
Eine **Ich-Erzählerin oder ein Ich-Erzähler** stellt die Ereignisse in der **Ich-Form** dar.
Man erfährt, was die Erzählfigur denkt und fühlt, und erlebt die Handlung aus ihrer Sicht.
Ein **Er-Erzähler/Eine Sie-Erzählerin** kommt nicht selbst in der Geschichte vor.
Er/Sie nimmt nicht an der Handlung teil, hat aber scheinbar alles beobachtet.

Die Bedeutung eines Leitmotivs verstehen

1 **a** Lies den Auszug 5.

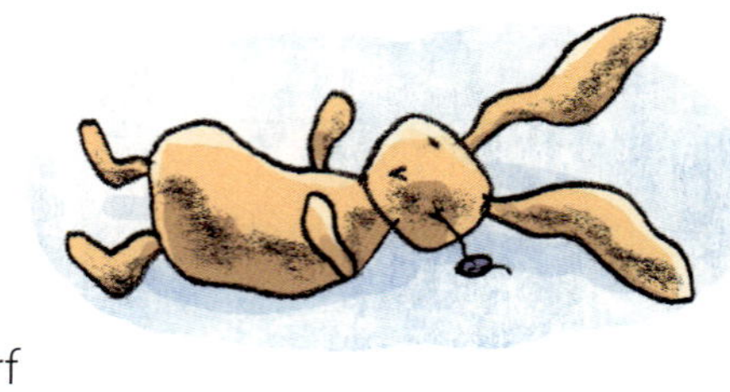

Simpel (Auszug 5)

Nachdem Colbert und Simpel einige Zeit in der Wohngemeinschaft gelebt haben, wird Simpel wieder in der Einrichtung in Malicroix untergebracht. Am Wochenende darf Simpel die Wohngemeinschaft besuchen. Im folgenden Auszug holt Colbert, begleitet von der befreundeten Zahra, Simpel zum ersten Mal für das Wochenende ab.

[...] Zimmer 212. Colbert öffnete die Tür einen Spalt.

Ja, Simpel war da, saß auf dem Bett, in seiner falsch geknöpften Jacke und mit der Spielzeugtüte in der Hand. „Simpel? Da bin ich. Hallo! Ich bin's, Colbert. Sagst du mir nicht guten Tag?"

„Da sind Schlangen", sagte Simpel, ohne seinen Bruder anzusehen.

Mit dem Finger deutete er auf den Bettvorleger. Seitdem die Dame ihn angezogen hatte, wartete er und sah sich die Zeichnungen auf dem Teppich an.

Zahra schüttelte ihn an der Schulter: „Kommst du mit uns, Simpel? Wir gehen in die WG." [...]

„Wir gehen", sagte er mechanisch. „Ich mag gar niemanden hier." [...]

Simpel ging geradewegs zum Nachttisch, öffnete die Schublade und zog den Stoffhasen heraus. Er hielt ihn seinem Bruder hin. Zahra stieß einen Schrei aus.

Der Hase hatte keine Augen mehr. „Was hast du gemacht?", rief Colbert.

„Monsieur Hasehase will das nicht sehen." [...]

Colbert, Simpel und Zahra verlassen Malicroix. Colbert und Simpel kehren in die WG zurück.

Aria warf sich Simpel an den Hals: „Ich bin so froh, dass du da bist!" [...]

Von den Stimmen angelockt, kam Corentin aus seinem Zimmer.

„Na, wie geht es Monsieur Hasehase?", fragte er, glücklich darüber, den Idioten wiederzusehen.

„Der hat keine Augen mehr", antwortete Simpel und streckte Aria den Hasen hin. [...] Aria holte die nötigen Utensilien, um Monsieur Hasehases Augen wieder anzunähen. [...] V

b Wie fühlt sich Simpel? Kreise das passende Emoji ein.

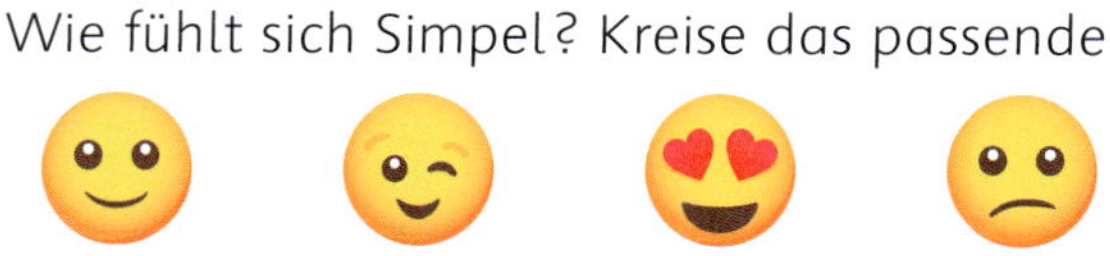

c Wie geht es dem Hasen? Kreise das passende Emoji ein.

d Vergleiche die beiden eingekreisten Emojis. Was fällt dir auf? Schreibe auf.

Mir fällt auf, dass ______________________________.

2 Der Erzähler verwendet ein Schimpfwort, um Simpel zu beschreiben. (Zeile 17) Wie findet ihr das? Tauscht euch darüber aus.

Die Sprache des Films untersuchen

Die ersten Szenen des Films untersuchen

Der Film **Simpel** wurde 2017 unter der Regie von Markus Goller in Deutschland gedreht. Als Basis diente der gleichnamige Roman. Im Mittelpunkt des Films stehen wie im Roman Simpel und sein Bruder, der hier den Namen Ben trägt.

1 a Die Bilder zeigen, wie der Film beginnt: Simpel hat sich heimlich aus dem Haus geschlichen. Ben macht sich auf die Suche nach ihm.
Sieh dir die Filmbilder an.

1

2

3

4

b Beschreibt die **Bilder 1 bis 4.**

das Wattenmeer • suchend • das Polizeiauto • die Winterjacke • tanzen • die Krone • die Unterwäsche • die Gummistiefel • der Eimer • der Hase • die alte Frau

2 a Sieh dir die ersten Szenen des Films an (von Minute 03:00 bis 07:44).
b Bringe die Sätze zur Handlung in die richtige Reihenfolge.

- [ ] Ben findet Simpel.
- [1] Ben fährt auf dem Moped heim.
- [ ] Ben möchte der Mutter Essen bringen und stellt dabei ihren Tod fest.
- [ ] Ben spricht mit kranker Mutter.
- [5] Simpel zieht Monsieur Hasehase im Eimer übers Wattenmeer.
- [ ] Ben diskutiert mit dem Polizisten.
- [ ] Ben und Simpel gehen nach Hause.
- [ ] Ben bereitet das Abendessen vor und telefoniert.
- [ ] Ben tanzt mit Simpel.
- [ ] Ben sucht Simpel.

Die Kameraeinstellung untersuchen

Nach dem Tod der Mutter bemüht sich Ben bei der Behörde um das alleinige Sorgerecht für Simpel. Aber Bens Antrag wird abgelehnt. Simpels Vater ist dagegen, dass Ben sich allein um Simpel kümmert. Simpel wird abgeholt, um in ein Heim gebracht zu werden.

1 **a** Sieh dir die vier Filmbilder an.

1

2

3

4

b Sieh dir die folgende Szene des Films an (von Minute 15:19 bis 19:30).

c Was geschieht in der Szene? Beschreibt.

> die Ablehnung des Antrags • der Vorschlag zu verschwinden • Ben und Simpel sind allein. • der Brief vom Vater • Die Koffer sind gepackt. • Simpel steigt alleine ein. • Ben bleibt da. • Simpel ist verzweifelt. • Ben läuft hinterher. • Ben wirft den Polizisten aus dem Auto.

2 **a** Lies über die verschiedenen Kameraeinstellungen und ihre Wirkung.

X
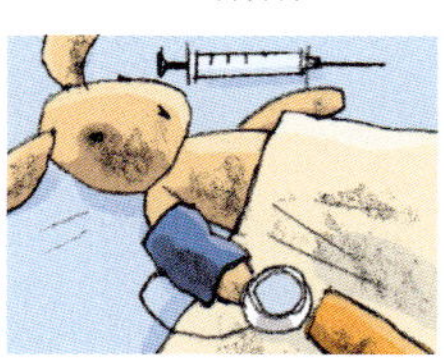
Detail: Bildausschnitt hat besonders starke Aussagekraft

Groß: Gefühle der Personen werden deutlich

Nah: die Person ist wichtig

1

Halbnah: Personen stehen im Vordergrund

Totale: Überblick über die Umgebung

b Wann wird welche Kameraeinstellung verwendet? Trage die Bildnummern ein.

10 Wahr oder gelogen? – Sachtexte untersuchen

1 a Was erkennt ihr auf dem Bild? Beschreibt möglichst genau.

b Warum zeigt das Bild eine Marionette statt eines Menschen? Formuliert eine Vermutung.

> Die Marionette soll zeigen, dass …

c Was sind **Fake News?** Erklärt.

> **Fake News** sind Nachrichten, die …

2 Wo begegnen euch Lügen und **Fake** im Alltag? Berichtet von Situationen, Medien oder Gegenständen.

3 Kennt ihr Sachtexte? Nennt Beispiele.

1 Was sind Plagiate?

2 Wie vermeidet man Plagiate?

3 Wie kann man Plagiate erkennen?

4 Wie sollte man Plagiate bewerten?

A Plagiate sind Texte, die jemand von einem anderen „abgeschrieben" hat. Dabei werden Texte, die sich andere ausgedacht haben, ohne Erlaubnis übernommen. Man nennt das „geistigen Diebstahl", denn man tut so, als wären es eigene Gedanken. Eine Prüfung gilt als „nicht bestanden", wenn eine solche Täuschung entdeckt wird.

B Meiner Meinung nach sind Plagiate Täuschungsversuche und müssen bestraft werden. Es gibt Menschen, die gezielt nach einzelnen übernommenen Textstellen in Arbeiten von öffentlichen Personen wie Politikern suchen. Das finde ich nicht richtig. Denn es dient mehr dazu, diese Personen bloßzustellen, als die Täuschung aufzudecken.

1 Ordne den **Fragen 1 bis 4** die **Texte A bis D** zu.
Schreibe den richtigen Buchstaben dazu.

1 Was sind Plagiate? Text ______

2 Wie vermeidet man Plagiate? Text ______

3 Wie kann man Plagiate erkennen? Text ______

4 Wie sollte man Plagiate bewerten? Text ______

2 **a** Fülle die beiden Lücken im Satz.

Plagiate sind ____________, die jemand von einem anderen „____________" hat.

b Wähle zu jedem Text eine passende Funktion aus dem Kasten.
Schreibe sie auf die Linie.

auffordern • informieren • argumentieren • warnen

Text A soll ____________. Text B soll ____________.

Text C soll ____________. Text D soll ____________.

c An welchen Textstellen in den **Texten A bis D** hast du die Textfunktion erkannt?
Markiere sie farbig.

C Achtung! Die neue App „PlagCheck“ erkennt übernommene Textstellen sofort. Man gibt einen Text ein und die App überprüft, ob ein Text Abschnitte mit Plagiaten enthält. Viele Firmen und Universitäten überprüfen Texte mit dieser App.

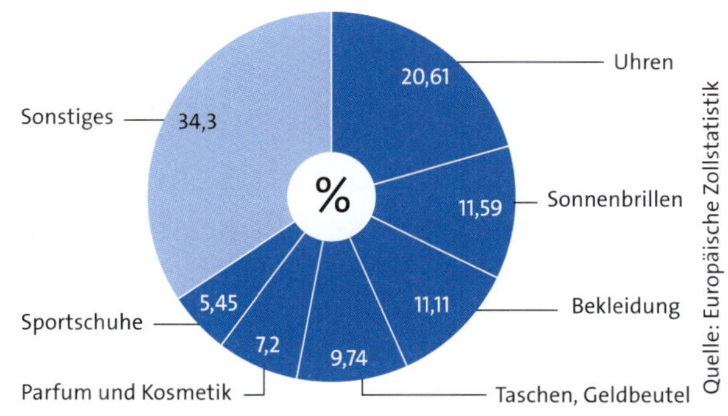

D Wenn du Hausarbeiten oder andere Texte schreibst, musst du die Textquellen angeben, die du für deinen Text verwendet hast. Formuliere Texte immer in eigenen Worten. Wenn du Sätze direkt abschreibst, setze sie in Anführungszeichen. Das nennt man zitieren.

Produktfälschungen auf einem Markt

3 Auch bei **Gegenständen** wie T-Shirts, Sportschuhen oder Sonnenbrillen gibt es Plagiate – hier nennt man sie **Produktfälschungen.**

a Welche Frage beantwortet das Diagramm zu Produktfälschungen? Schreibe auf.

Welche Produkte ____?

b Um welche Art von Diagramm handelt es sich? Kreise die richtige Antwort ein.

das Balkendiagramm • das Säulendiagramm • das Kreisdiagramm • das Kurvendiagramm

c Untersuche die Angaben im Diagramm. Kreuze alle richtigen Antworten an.

- [ ] Das Diagramm zeigt, welche Produkte am häufigsten gefälscht werden.
- [ ] Sonnenbrillen werden häufiger gefälscht als Uhren.
- [ ] Am wenigsten werden Sportschuhe gefälscht.
- [ ] Den höchsten Wert im Diagramm findet man bei sonstigen Fälschungen.
- [ ] Parfum und Kosmetik werden nicht gefälscht.

d Schreibe eine eigene richtige Angabe zum Diagramm auf.

____

Information und Meinungsäußerung in Sachtexten unterscheiden

Sachtexte und ihre Aussageabsicht erschließen

1 a Lies den Artikel.

Norwegen bekämpft Schönheitswahn: Influencer müssen Fake-Fotos kennzeichnen

In der Werbung und in den sozialen Medien scheinen die Menschen nahezu perfekt. Besonders Jugendliche wollen deswegen auch so perfekt sein. Mit einem neuen Gesetz will Norwegen dagegen vorgehen.

So faken Influencer ihre Aufnahmen

In Norwegen gibt es ein neues Gesetz. Bearbeitete Fotos in Werbungen und von Influencern müssen gekennzeichnet werden. So will das Land gegen falsche Körperbilder von Jugendlichen vorgehen. […] Wenn etwas am Körper, an der Haut oder an der Größe des Models verändert wurde, muss das gekennzeichnet werden. Der gefälschte flache Bauch muss ebenso markiert werden wie vergrößerte Muskeln. Erlaubt ist nur noch das Bearbeiten des ganzen Fotos, etwa um es aufzuhellen oder zu schärfen. Die norwegische Politik reagiert darauf, dass immer mehr Kinder und Jugendliche ein verzerrtes Körperbild haben. […] Die Umfrage einer Kinderschutzorganisation ergab, dass 43 Prozent der Befragten wegen ihres Aussehens unter Stress stehen. „Wir wollen, dass sich Kinder und Jugendliche in Zukunft so akzeptieren, wie sie sind", sagte die norwegische Familienministerin. […] Die bearbeiteten Fotos sollen mit einem Logo markiert werden. Wenn man gegen das Gesetz verstößt, drohen Bußgelder. In Deutschland gibt es bisher kein solches Gesetz. […] Aber es gibt einige Influencer, die von selbst gegen den Körperkult vorgehen. Sie posten unter dem Hashtag „instavsreality" unbearbeitete Bilder von sich, um ihren Followern zu zeigen, dass auch sie nicht perfekt sind. [v]

b Was sind Fake-Fotos? Vervollständige diesen Satz.

Fake-Fotos sind Fotos, auf denen etwas am Model ______________________________,

wie zum Beispiel ______________________________.

c Worum geht es in dem Artikel **Norwegen bekämpft Schönheitswahn?** Kreuze an.

☐ In Norwegen müssen bearbeitete Fotos in Zukunft gekennzeichnet werden.

☐ In Norwegen darf man bearbeitete Fotos verwenden, ohne sie zu kennzeichnen.

d Warum hat Norwegen so ein Gesetz eingeführt? Erkläre mit eigenen Worten. Schreibe in dein Heft.

2 a Lies die beiden **fett gedruckten Sätze** im Artikel noch einmal.

b Welche Aussage ist richtig? Kreuze an.
Der Text wurde geschrieben, um …

- [ ] zum Kennzeichnen von bearbeiteten Bildern **aufzurufen.**
- [ ] über ein neues Gesetz zur Kennzeichnung bearbeiteter Bilder zu **informieren.**
- [ ] die Leserinnen und Leser mit interessanten Neuigkeiten aus Norwegen zu **unterhalten.**
- [ ] gegen die Veröffentlichung von bearbeiteten Bildern zu **argumentieren.**

3 Suche im Artikel nach Zahlenangaben und Expertenaussagen.
Beantworte die Fragen in ganzen Sätzen.
Tipp: Die markierten Textstellen helfen dir dabei.

A Welche Fotos müssen gekennzeichnet werden?

B Wie viel Prozent der in einer Umfrage befragten Jugendlichen stehen unter Stress?

C Wie sollen die Fotos markiert werden?

4 Der Artikel wurde in einer Online-Zeitung veröffentlicht.
Er hat gegenüber einem gedruckten Artikel zusätzliche Möglichkeiten.
Sprecht über die Vorteile und Nachteile eines Online-Artikels.

Ein Vorteil des Online-Artikels ist …

Ein Nachteil des Online-Artikels ist …

schnelle Veröffentlichung • kann nur im Internet gelesen werden • kann schnell geändert werden • leichter abrufbar • lange Artikel sind schwerer lesbar

Informierende Sachtexte

- Sachtexte beschäftigen sich mit **wirklichen Ereignissen und Sachverhalten.**
- Sachtexte haben verschiedene **Funktionen,** zum Beispiel informieren oder argumentieren.
- **Informierende Sachtexte** wie **Meldungen** oder **Berichte** bieten Informationen. Sie sind in **sachlicher Sprache** verfasst.

1 Sind Lügen im Alltag notwendig? Tauscht euch aus.

> Ich denke, Lügen sind …

2 **a** Lies die Überschrift des Artikels.

b Worum könnte es in dem Artikel gehen? Kreuze an.

- ☐ In dem Artikel könnte es darum gehen, dass Lügen uns das Zusammenleben erleichtern.
- ☐ In dem Artikel könnte es darum gehen, dass Lügen verboten werden sollen.

c Sieh dir das Foto an. Was zeigt das Foto?

d Lies nun den gesamten Artikel **Lob der Lüge.**

Claudia Mayer

Lob der Lüge: Warum wir ohne Lügen verloren wären

* eine Redewendung, heißt: Wir lügen alle.

** eine Redewendung, heißt: sehr stark lügen

1 Ganz ehrlich: Wie oft waren Sie heute unehrlich? Haben geschwindelt, gemogelt, geschummelt, geflunkert? Kein einziges Mal? Das wäre dann allerdings eindeutig eine Lüge. […] Richtig ist vielmehr, dass **wir alle etwa einmal in einem zehnminütigen Gespräch die Unwahrheit sagen**. Denn über eines sind sich alle Lügenforscher einig: **Wir alle** binden Bären auf* und verbiegen beim **Lügen** Balken** […].

2 Und zugeben würden wir das sowieso nie. Aber wieso eigentlich? Warum behandeln wir die Lüge so schlecht? […]

3 Lügen ist ein wichtiges Kommunikationsmittel, […] ohne gekonntes Schwindeln würde unser gesamtes soziales System zusammenbrechen. […]. An einem lügenlosen Tag würden wir viele Mitmenschen vor den Kopf stoßen oder sehr unglücklich machen […].

4 Unserer Oma würde das Herz brechen, würde sie erfahren, dass wir ihre Jägerschnitzel seit unserer Kindheit angeekelt runterwürgen. Und wie ist es mit „Ich war schon jahrelang nicht mehr bei McDonald's", „Ich habe mit ihr Schluss gemacht!", „Ich liebe dich wie am ersten Tag", „Welche E-Mail? Die muss im Spamordner gelandet sein!", „Ich muss auflegen, da klingelt jemand an der Tür" […].

5 Nur die wenigsten Lügen sind böse und gemein. Lügenforscher haben herausgefunden, dass **wir** in 50 Prozent der Fälle aus sogenannten prosozialen Gründen **lügen** – also, **um das Zusammenleben und Zusammenarbeiten zu erleichtern.** […] Keine Frage: Wir brauchen die Lüge und sollten endlich einsehen, dass sie viel besser ist als ihr Ruf. […]. V

3 **a** Der Text ist in einzelne Abschnitte unterteilt.
Ordne jedem Abschnitt eine passende Zwischenüberschrift zu.
Trage ein.
Tipp: Achte besonders auf die **fett gedruckten Textstellen.**

- [ ] Lügen erleichtern das Zusammenleben und Zusammenarbeiten
- [ ] Alle Menschen lügen und sagen öfter die Unwahrheit
- [4] Beispiele für Alltagslügen
- [ ] Niemand gibt zu, dass er lügt
- [ ] Lügen – ein wichtiges Kommunikationsmittel

b Was möchte die Autorin mit diesem Artikel erreichen? Schreibe einen Satz.
Tipp: Die Bausteine aus dem Kasten helfen dir dabei.

Lügen sind notwendig • von ihrer Meinung überzeugen • Die Autorin • möchte die Leserinnen und Leser • Menschen gut zusammenleben

4 Die Autorin nutzt verschiedene sprachliche Besonderheiten, um die Leserinnen und Leser zu überzeugen.

a Ordne die sprachlichen Besonderheit einer Textstelle zu. Verbinde.

Die Autorin stellt eine direkte Frage.	Wir alle verbiegen beim Lügen die Balken.
Die Autorin nutzt die Umgangssprache.	Die muss im Spamordner gelandet sein.
Die Autorin verwendet eine Redewendung.	Wie oft waren sie heute unehrlich?

b Hat sich eure Meinung aus Aufgabe 1 verändert? Sprecht darüber.

Die Autorin konnte mich davon überzeugen, dass …

Die Autorin konnte mich nicht davon überzeugen, dass …

Argumentierende Sachtexte
- **Argumentierende Sachtexte** wie **Kommentare** stellen eine **Meinung zu einem Thema** vor. Die Leserinnen und Leser sollen von dieser Meinung überzeugt werden.
- Argumentierende Sachtexte enthalten oft **Fragen** und **direkte Anrede, umgangssprachliche Formulierungen, Zitate** und **Redewendungen.** So wirkt der Text unterhaltsam und spricht die Gefühle der Leserinnen und Leser an.

Eine Grafik auswerten

1 **a** Sieh dir die Grafik an.
b Erkennen ältere Menschen **Fake News** im Internet besser als jüngere? Formuliert eine Vermutung.

> Ich denke, dass ältere Menschen Fake News …

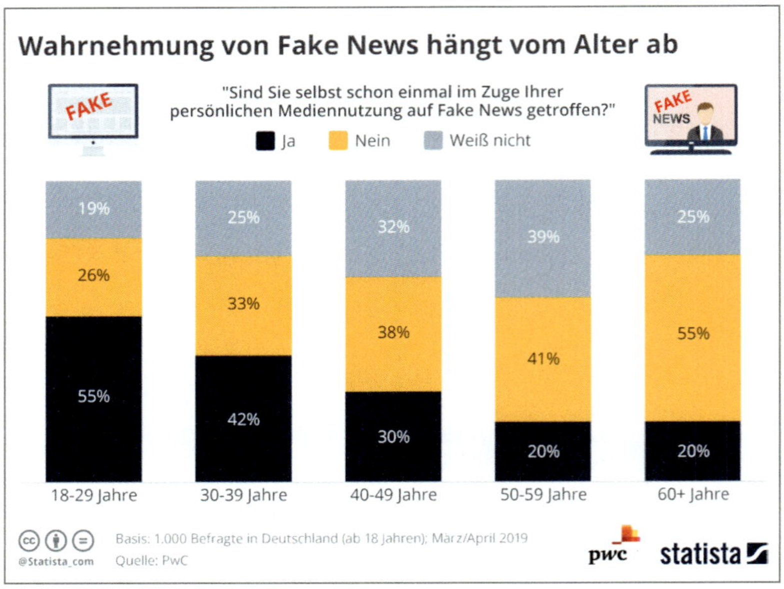

2 **a** Ergänze die Lücken in folgenden Sätzen.
Tipp: Nutze die Wörter aus dem Kasten.

> Säulendiagramm • Prozent • Mediennutzung • Altersgruppen • Farben • Fake News

Die Grafik informiert darüber, dass die Wahrnehmung von ______________ vom Alter abhängt. Befragt wurden 1000 Menschen in fünf ______________.

Die Ergebnisse der Umfrage werden in einem ______________ dargestellt.

Die verschiedenen ______________ stehen für verschiedene Antworten.

Die Angaben sind in der Einheit ______________. Es wurde die Frage gestellt, ob die Menschen bei ihrer persönlichen ______________ schon einmal auf Fake News getroffen sind.

b Welche Aussagen zur Umfrage sind richtig? Kreuze an.

- [ ] Die 18- bis 29-Jährigen sind mit 55 Prozent am häufigsten auf Fake News getroffen.
- [ ] Bei den über 50 Jahre alten Menschen sind über 80 Prozent der Befragten auf Fake News getroffen.
- [ ] Je älter die Menschen sind, umso weniger begegnen sie Fake News.

c Die Ergebnisse der Grafik kann man verschieden deuten. Diskutiert die Aussagen.

> Junge Menschen erkennen Fake News besser.

> Junge Menschen treffen häufiger auf Fake News, weil sie öfter im Internet sind.

Fake News erkennen

1 **a** Was wisst ihr bereits über die Altersbeschränkungen für die Nutzung sozialer Netzwerke? Sprecht darüber.

Ich weiß, dass …

b Lies die beiden **Nachrichten A und B.**

A

Nachrichten-online.de

Mindestalter für Nutzung sozialer Medien

#Messengerdienste haben das Mindestalter auf 16 Jahre angehoben. Jüngere brauchen die Zustimmung der Erziehungsberechtigten. Auch andere soziale Medien haben eine Altersbeschränkung von 13 oder 16 Jahren. Einige fordern bei Anmeldung die Einverständniserklärung der Eltern. Das wird nicht immer kontrolliert, aber die Eltern haften bei Verstößen.
Quelle: Presseagentur

B

Was-geht-ab123.de

#Geht ja gar nicht

Kann das denn wahr sein? Einige #Messengerdienste rufen bei den registrierten Eltern an und weisen auf verdächtige Chatverläufe hin. Die Eltern eines 15-Jährigen berichten von einem Anruf, nachdem ihr Sohn Pärchenfotos an seine Freundin gepostet hatte. Zum Glück wussten die Eltern in diesem Fall über die Beziehung ihres Sohnes Bescheid. Nehmt euch in Acht und prüft die Vertraulichkeit euer Messenger-Apps hier!

2 **a** Vergleiche die **Nachrichten A und B.**
Übertrage die Tabelle in dein Heft. Fülle sie mit Stichpunkten aus.

	Nachricht A	Nachricht B
die Überschrift:	sachlich, informierend	empört, nutzt Hashtags
der Inhalt:		
die Quellenangabe:		
die Sprache: sachlich • reißerisch		
die Wirkung: weckt Angst • neutral		

b Bei welcher Nachricht handelt es sich wahrscheinlich um Fake News? Tauscht euch aus.

Ich denke, Nachricht … ist die Fake News, weil …

Die Fake News

- Fake News sind **gefälschte Nachrichten,** die Leserinnen und Leser **gezielt beeinflussen** wollen. Sie sehen oft aus wie echte Nachrichten.
- Fake News werden häufig über das **Internet** verbreitet, meistens über **soziale Netzwerke.**
- Fake News haben oft **reißerische Überschriften,** die **Gefühle** wie Angst, Ärger, Empörung oder Wut bei den Lesern wecken. Sie sind oft in **einfacher Sprache** verfasst.

Einen Sachtext untersuchen und zusammenfassen

1 **a** Lies beide Texte.

Was ist eine Verschwörungserzählung?
Manche Menschen glauben, dass eine mächtige Person oder Gruppe wichtige Ereignisse in der Welt beeinflussen und damit der Bevölkerung gezielt schaden kann, ohne über ihre Ziele zu informieren.

Pia Lamberty und Katharina Nocun

Verschwörungserzählungen und Fake News erkennen lernen (Auszug)

1 Wenn Medien über Verschwörungserzählungen berichten, liest man häufig Dinge wie „Erst das Internet hat Verschwörungserzählungen populär* gemacht!“ […] Aber stimmt das überhaupt? […] Viele Fakes und Verschwörungserzählungen erreichen erst durch das Internet ein Millionenpublikum. […]

* beliebt

2 Positiv ist, dass Faktenchecks und Richtigstellungen von falschen Aussagen über das Internet ein viel größeres Publikum erreichen können. Während man früher umständlich in die Bibliothek gehen musste, […] kann man heute mit wenigen Klicks die wichtigsten Studien zu einem beliebigen Thema aufrufen. Doch natürlich nutzen auch Verschwörungsideologien das Netz, um ihre Behauptungen zu verbreiten. […]

3 Wir würden uns daher wünschen, dass bereits in Schulen kritisches Denken und Medienkompetenz gelehrt würden. Im Rahmen der Studie „Jugend, Information, (Multi-)Media“ aus dem Jahr 2017 konnte gezeigt werden, dass Jugendliche besonders das Internet als Informationsquelle für aktuelle Ereignisse in der Welt nutzen. „So gut wie alle Kinder ab zwölf Jahren surfen im Internet“, sagt der Medienwissenschaftler Matthias Rat. […] Auch […] sollten junge Menschen dazu befähigt werden, Informationen nach ihrer Qualität zu bewerten. […]

4 Eine kritische Medienkompetenz muss in den Schulen ausgebildet werden. Heutzutage müssen Menschen nicht nur wissen, wie sie technische Geräte nutzen, sondern auch, wie sie kritisch Quellen analysieren** können und wie das Mediensystem eigentlich aufgebaut ist – und nach welchen Regeln die großen Online-Plattformen arbeiten. Nur wer in der Lage ist, Informationen richtig zu bewerten, kann sich selbst vor Fake News und Verschwörungserzählungen schützen. [V]

** untersuchen

b Worum geht es in dem langen Text? Kreuze die richtige Antwort an.

☐ Jugendliche sollen schon in der Schule lernen, Informationen im Internet nach ihrer Qualität beurteilen zu können.

☐ Jugendliche sollen schon in der Schule verschiedene Verschwörungserzählungen kennen lernen.

2 Was verstehen die Autorinnen unter dem Begriff **kritische Medienkompetenz?**
Finde die Erklärung im Text. Ergänze jeweils das fehlende Wort.
Tipp: Die grün markierte Textstelle und der **Wortkasten** helfen dir dabei.

arbeiten • nutzen • aufgebaut • untersuchen

Junge Menschen müssen wissen, …

… wie sie technische Geräte ______________________.

… wie sie kritisch Quellen ______________________.

… wie das Mediensystem eigentlich ______________________ ist.

… nach welchen Regeln die großen Online-Plattformen ______________________.

3 Suche im Text nach sachlichen Informationen zu Verschwörungstheorien.
Achte auf die markierten Textstellen. Beantworte die Fragen in ganzen Sätzen.

A Welche Rolle spielt das Internet bei der Verbreitung von Verschwörungstheorien?

____

____

B Was wünschen sich die beiden Autorinnen?

____

____

4 Der Text ist in die **Absätze 1 bis 4** unterteilt.

a Lies jeden Absatz gründlich.

b Vervollständige die Sätze.

1 Die Autorinnen stellen sich die Frage, ob das Internet ______________________ ______________________ populär gemacht hat.
Verschwörungstheorien erreichen durch das Internet ______________________.

2 Richtigstellungen erreichen ein viel größeres ______________________.
Heute kann man mit ______________________ die wichtigsten Studien aufrufen.

3 Bereits in Schulen soll kritisches ______________________ und ______________________ gelehrt werden. Besonders Jugendliche nutzen das Internet als ______________________ ______________________.

4 Nur wer in der Lage ist, Informationen ______________________, kann sich selbst vor ______________________ und ______________________ schützen.

5 Fasse den Sachtext nun in eigenen Worten zusammen. Ergänze die Sätze.
Tipp: Verwende dein Wissen aus den Aufgaben 2 bis 4.

In dem Sachbuchauszug **Verschwörungserzählungen und Fake News erkennen lernen** von Pia Lamberty und Katharina Nocun stellen sich die Autorinnen die Frage, ob das Internet Verschwörungstheorien beliebt gemacht hat.

Im ersten Absatz berichten sie darüber, dass ______________________

______________________.

Im nächsten Absatz geht es darum, dass ______________________

______________________.

Mit wenigen Klicks kann man heutzutage ______________________

______________________.

Der dritte Absatz beginnt mit der Forderung ______________________

______________________.

Junge Menschen sollen ______________________

______________________.

Im letzten Absatz fordern die Autorinnen ______________________

______________________.

6 Wie steht ihr zum Thema des Textes? Sprecht darüber.

Ich stimme den Forderungen zu, denn …

Ich stimme den Forderungen nur teilweise zu, denn …

Ich stimme den Forderungen nicht zu, denn …

Einen Sachtext untersuchen und zusammenfassen
- Lies die **Überschrift** und den **Vorspann.**
- Sieh dir die **Bilder** zum Text an.
- Lies den **Text gründlich** und **mehrmals** durch. Kläre die Bedeutung **unbekannter Wörter.**
- Formuliere das **Thema** des Textes.
- Lies den Text noch einmal **Absatz für Absatz.**
- Formuliere zu jedem Absatz eine **Zwischenüberschrift** als Stichwort, Frage oder Satz.
- Fasse den Inhalt des Textes **mit eigenen Worten** zusammen.
- Nimm **Stellung** zum Text. Begründe deine **Meinung.**

11 Texte rund ums Praktikum – Grammatiktraining

Bewerbung um ein Praktikum als Mechatronikerin

Bensheim, 11.03.20XX

Sehr geehrte Frau Juhn,
ich bin Schülerin der Albert-Einstein-Schule und ich möchte mich bei Ihnen um ein/einen Praktikumsplatz vom 17. bis 28. Juni bewerben.
Ich las auf Ihrer Webseite, ich kann in Ihren/Ihrem Betrieb die Tätigkeit einer Mechatronikerin kennen lernen.

Ich interessiere mich für diesen Beruf, weil ich ziemlich gut in Mathematik und Physik bin.
Mein Lebenslauf und mein letztes Zeugnis befinden/befinde sich im Anhang.
Ich würde mich über die Einladung zu einem persönlichen Gespräch/zu ein persönliches Gespräch und zum Kennenlernen sehr freuen.

Mit freundlichen Grüßen
Alina Schuster

Anlagen: Lebenslauf, letztes Zeugnis

1 Überarbeite das Anschreiben zur Praktikumsbewerbung.

a Entscheide, welche Formulierung bei den blauen Textstellen richtig ist. Streiche jeweils die falsche Formulierung durch.

b Die Sätze sollen möglichst selten mit Ich beginnen. Stelle zwei Sätze, die mit Ich beginnen, um. Schreibe sie auf.
Tipp: Beginne mit den grünen Textteilen.

1 [ ] Mechatronikerinnen und Mechatroniker bauen Maschinen und Roboter, die **aus** verschiedenen Bauteilen bestehen. Als Mechatronikerin kann man **in** verschiedenen technischen Bereichen arbeiten, deshalb interessiere ich mich **für** diesen Beruf. ____

A das Dentallabor

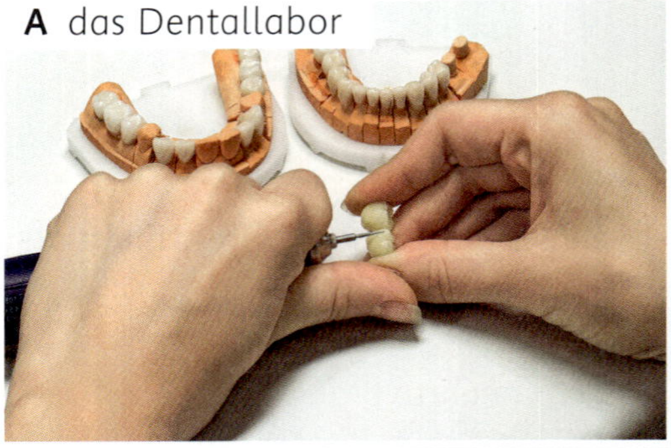

2 [ ] Es heißt, als Chemikant arbeite man in Ihrem Betrieb an großen Anlagen. Und die Arbeit beinhalte den Umgang mit verschiedenen Kunststoffen. Das fasziniert mich. ____

B die Konditorei

3 [B] Bei meinem Ferienjob in einem Bioladen durfte ich Croissants aufbacken und Kuchen anschneiden. So konnte ich erste Erfahrungen mit der Herstellung und dem Verkauf von Backwaren sammeln. G

C der Betrieb für Maschinenbau

1 Wo würden die Bewerberinnen und Bewerber gern ein Praktikum machen?

a Welcher Text **1 bis 6** passt zu welchem Praktikumsort **A bis F?** Trage den Buchstaben in die Kästchen bei den Beschreibungen ein.

b Was hast du über die **Orte** und die **Tätigkeiten** durch die Texte 1 bis 6 erfahren? Schreibe jeweils einen Satz in dein Heft.
Tipp: Nutze die Formulierungen im Kasten.

> In einem/einer ... • kann man sehen/erleben/lernen/erfahren, wie ... • hergestellt werden./ produziert werden./angefertigt werden./gebaut werden./verkauft werden/verwandeln kann.

1. In einem Betrieb für Maschinenbau kann man erfahren, wie ...
2. In einer Kunststofffabrik ...
3. In einem ...

c Bei vier von den sechs Texten wird die Berufsbezeichnung genannt. Markiere sie gelb.

D das Optikergeschäft

E die Kunststofffabrik

F das Theater

4 ⬚ Schminke, Perücken und Glatzenfolie verwandeln einen Menschen in einen anderen. Ich möchte lernen, wie Maskenbildnerinnen und Maskenbildner das machen. Deshalb interessiere ich mich für ein Praktikum in Ihrem Haus. ____

5 ⬚ Da ich mich als Brillenträgerin für die Arbeit einer Optikerin interessiere, würde ich mich gern bei Ihnen um einen Praktikumsplatz bewerben. Wäre ein Praktikum im Juni 20XX bei Ihnen möglich? ____

6 ⬚ In Ihrem Labor werden Kronen, Brücken und Zahnprothesen hergestellt. Weil ich oft Schmuck bastele und Freude an solchen Feinarbeiten habe, fühle ich mich für das Praktikum bei Ihnen gut geeignet. ____

2 Welche Grammatikregeln wurden in den Anschreiben beachtet?
Ordne den markierten Wörtern und Wortgruppen in **1 bis 6** die folgenden Regeln zu.
Schreibe die **Buchstaben G bis L** passend auf die Linien hinter den Texten.

G Modalverben wie können, müssen, dürfen bestimmen die Aussageabsicht.
H Bei der indirekten Rede verwendet man Verbformen im Konjunktiv I.
I Präpositionen wie **aus, in, für** bestimmen den Fall (Kasus) von Nomen und Pronomen.
J Den Konjunktiv II und die würde-Ersatzform verwendet man auch für höfliche Formulierungen.
K Subjekt und Prädikat stimmen in der Anzahl überein.
L Durch Aktiv oder Passiv zeigt man, ob der Handelnde oder die Handlung im Mittelpunkt steht.

3 **a** Finde in Anschreiben 1 das Satzgefüge mit Relativsatz.
Kreise das Relativpronomen ein.

b Beschreibe die Funktion und den Aufbau von Relativsätzen.
Ergänze dafür die folgenden Sätze:

Relativsätze werden durch das ______________________ eingeleitet.

Das Prädikat steht im Relativsatz am ______________________ des Satzes.

Grammatik richtig anwenden

Nach Präpositionen den richtigen Kasus verwenden

1 a Lies die **Sätze A und B.**

A Eine Bewerbung ist ohne einen Lebenslauf unvollständig.

B Zu einem Lebenslauf gehören auch das Datum und die Unterschrift.

b Vergleicht zu zweit die markierten Wortgruppen und erklärt:
Wie und warum unterscheiden sie sich?

2 a Lies die Fragen.

Fragen zur Bewerbung um ein Praktikum

A Brauche ich **für** ~~der Bewerbung~~/die Bewerbung **um** einem Praktikumsplatz/einen Praktikumsplatz einen Lebenslauf?

B Was soll **in** dem Anschreiben/das Anschreiben stehen?

C Muss ich **in** dem Anschreiben/das Anschreiben hineinschreiben, **in** welcher Schule/welche Schule ich gehe?

D Was muss ich **bei** meinem Bewerbungsfoto/mein Bewerbungsfcto beachten?

E Kann ich **zu** einem Fotoautomaten/einen Fotoautomaten gehen und das ausgedruckte Foto **auf** dem Lebenslauf/den Lebenslauf kleben?

F Kann ich selbst ein Foto **mit** dem Handy/das Handy machen und ausdrucken?

G Werde ich nur **aufgrund** des Fotos/dem Foto ausgewählt und **zu** einem Gespräch/ein Gespräch eingeladen?

b Lest zu zweit abwechselnd die **Fragen A bis G** mit den richtigen Nomengruppen vor.
- Streicht die falschen Nomengruppen durch.
- Nennt jeweils die **Präposition,** die den Fall der Nomengruppe bestimmt.

c Ordne die folgenden Regeln den **Sätzen A bis G** zu.
Schreibe die Buchstaben auf die Linie hinter den passenden Satz.

1 Bei den Präpositionen **durch, für, ohne, um, gegen** verwendest du den **Akkusativ.** ______

2 Bei den Präpositionen **mit, nach, bei, von, zu, aus, seit** verwendest du den **Dativ.** ______

3 Bei den Präpositionen **aufgrund, dank, statt, trotz** verwendest du den **Genitiv.** ______

4 Bei den Wechselpräpositionen **an, auf, hinter, neben, in, über, unter, vor** nimmst du **Dativ oder Akkusativ:** Wenn du **Wo?** fragst, folgt der **Dativ.** Wenn du **Wohin?** fragst, folgt der **Akkusativ.** ______

In Sätzen die richtige Numerus-Form bilden

1 a Lies die **Sätze A und B.**

A Beim Schreiben des Lebenslaufs taucht oft eine Frage auf.

B Beim Schreiben des Lebenslaufs tauchen oft viele Fragen auf.
Beim Schreiben des Lebenslaufs tauchen oft eine Frage und eine Unklarheit auf.

b Vergleicht zu zweit die **Verbformen in A und B:**
Wie und warum unterscheiden sie sich?

2 a Lies, was eine Expertin auf Fragen zur Bewerbung antwortet.

Fragen zur Bewerbung um ein Praktikum – eine Expertin antwortet

A Der Lebenslauf und das Anschreiben gehört/gehören zu einer vollständigen Bewerbung.
→ Merksatz ____

B Meine Kollegen und ich empfehle/empfehlen, das Lieblingsfach anzugeben.
→ Merksatz ____

C Die Angabe eines Hobbys ist/sind auch wichtig. → Merksatz ____

D Außerdem soll/sollen die Bewerberin oder der Bewerber Ferienjobs erwähnen.
→ Merksatz ____

E Erfahrungen ist/sind für den Praktikumsgeber auch interessant. → Merksatz ____

F Eine Aufgabe von Bewerberinnen und Bewerbern besteht/bestehen darin, sich vor der Bewerbung gut über den Praktikumsbetrieb zu informieren. → Merksatz ____

b Vergleicht zu zweit die Verbformen in **A bis F.**
Streicht die falschen Verbformen durch.

c Schreibe hinter jeden Satz die Nummer **1 bis 3** des passenden Merksatzes.

Die Übereinstimmung von Subjekt und Prädikat im Satz

1 Wenn das **Subjekt** im Singular (in der Einzahl) steht, dann steht auch das **Prädikat** im Singular (in der Einzahl). Beispiel: Eine Schülerin **hat** Fragen.

2 Wenn das **Subjekt** im Plural (in der Mehrzahl) steht, dann steht auch das **Prädikat** im Plural (in der Mehrzahl). Beispiel: Die beiden Schülerinnen **haben** Fragen.

3 Wenn das **Subjekt** aus **zwei Nomen** besteht, die mit und verbunden sind, verwendet man das **Prädikat** im Plural (in der Mehrzahl).
Beispiel: Der Lebenslauf und das Anschreiben **sind** wichtig.
Das Subjekt im Satz findet man, wenn man **Wer oder was?** fragt.
Es kann aus einem oder mehreren Wörtern bestehen.

Mit Modalverben Aussagen verändern

1 a Lies die **Sätze A und B.**

A Ich möchte mein Praktikum in einer Konditorei absolvieren.

B Ich soll mein Praktikum in einer Konditorei absolvieren.

b Vergleicht zu zweit die **Sätze A und B** und erklärt: Wie verändern die Modalverben die Aussage?

2 a Finde in den **Sätzen A bis F** die sechs Modalverben. Markiere sie.

Praktikum in der Konditorei – meine Erwartungen

A Bei einem Praktikum in einer Konditorei kann ich viele Tätigkeiten ausprobieren.

B Ich möchte verschiedene Füllungen für Törtchen herstellen.

C Ich will unbedingt bei der Herstellung von Pralinen helfen.

D Wahrscheinlich soll ich auch Gebäck mit Kuvertüre überziehen.

E Sicherlich muss ich bestimmte Hygienevorschriften beachten.

F Hoffentlich darf ich die Törtchen und Pralinen selbst einmal kosten.

b Schreibe die sechs Modalverben mit der zugehörigen Grundform untereinander.

c Was drücken die Modalverben aus? Schreibe jeweils die passende Absicht dahinter.
Tipp: Der Informationskasten unten kann helfen.

A kann ausprobieren – können = die Möglichkeit haben

B ______

C ______

D ______

E ______

F ______

Modalverben verändern die **Bedeutung** des Verbs, mit dem sie zusammenstehen.
Sie bestimmen die **Aussageabsicht:**
- die Fähigkeit, die Möglichkeit haben: Sie können rechnen.
- den Zwang, die Pflicht haben: Sie müssen zeichnen.
- die Aufgabe, die Vorschrift haben: Sie sollen experimentieren.
- die Erlaubnis haben: Sie dürfen schreiben.
- den Wunsch, die Absicht haben: Sie wollen/möchten reparieren.

Verben im richtigen Tempus verwenden

1 a Lies die **Sätze A und B.**

A Die ersten Tage meines Praktikums in einem Dentallabor enttäuschten mich.

B Nachdem ich mich beschwert hatte, erhielt ich andere Aufgaben.

b Bestimme die Zeitformen der markierten Verben in den **Sätzen A und B.**
Kreuze für Satz A in **Schwarz** und für Satz B in Blau an.
Tipp: Es werden insgesamt zwei Zeitformen verwendet.

☐ Präsens ☐ Präteritum ☐ Perfekt ☐ Plusquamperfekt

c Warum wurden in **Satz B** zwei unterschiedliche Zeitformen verwendet? Erklärt.
Tipp: Der Merkkasten unten hilft.

2 Präteritum oder Plusquamperfekt?

a Ordne den markierten Verben die jeweils richtige Zeitform zu. Schreibe sie dahinter.

Mein Praktikum verlief immer gleich. Präteritum

Nachdem ich an meinem Praktikumsplatz eingetroffen war, ______

gab ______ mir mein Praktikumsbetreuer immer dieselbe Aufgabe.

Ich musste ______ eine Woche lang Zähne aus Wachs modellieren

und erhielt ______ dafür Material.

Aber mein Praktikumsbetreuer erklärte ______ mir nicht,

wie man modelliert.

Nachdem ich stundenlang an einem Zahn geschnitzt hatte, ______

lachte ______ er mich sogar einmal aus.

Das frustrierte ______ mich sehr.

Deshalb beschloss ______ ich, Sie um Hilfe zu bitten.

Zeitformen der Verben – das Präteritum und das Plusquamperfekt
- Wenn du über etwas **Vergangenes** schreibst, verwende das **Präteritum.**
  Beispiel: Ich entschied mich für ein Praktikum in einem Labor.
- Findet **ein Ereignis vor einem anderen Ereignis** in der **Vergangenheit** statt, verwende für das frühere Ereignis das **Plusquamperfekt.**
  Beispiel: Nachdem ich tagelang dieselbe Aufgabe erhalten hatte, beschwerte ich mich.

Bildung **Plusquamperfekt: Form von haben/sein im Präteritum + Partizip II.**
Beispiel: Er hatte geschnitzt.

b Kreise die richtige Verbform ein.

1 **Nachdem** ich bei meinem Praktikum tagelang dieselbe Aufgabe (erhielt/erhalten hatte = Plusquamperfekt), (beschwere/beschwerte = Präteritum) ich mich.

2 Nachdem ich die E-Mail (schrieb/geschrieben hatte), (fühlte/fühle) ich mich besser.

3 Nachdem ich lange (überlegt hatte/überlegte), (fällt/fiel) mir ein guter Text für meine E-Mail ein.

4 Nachdem ich die E-Mail (geschrieben hatte/schrieb), (ging/geht) es mir besser.

5 Nachdem ich die E-Mail (schickte/abgeschickt hatte), (telefoniere/telefonierte) ich mit meiner Freundin.

3 **a** Lies die E-Mail.

Betreff: Beschwerde über Aufgabenzuteilung

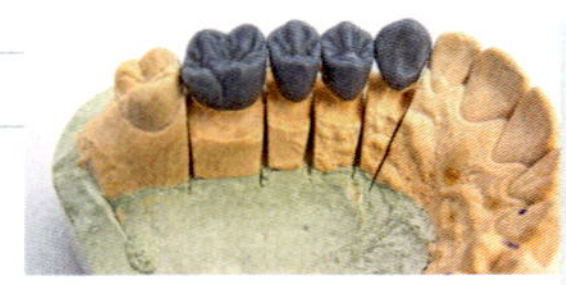

Sehr geehrte Frau Krüger,

meine erste Praktikumswoche ist nun um. Sie (verläuft/verlief) immer gleich. Jeden Morgen (gibt/gab) mir mein Praktikumsbetreuer dieselbe Aufgabe, nachdem ich pünktlich an meinem Praktikumsplatz (eintraf/eingetroffen war). Ich (muss/musste) eine Woche lang Zähne aus Wachs modellieren und (erhalte/erhielt) dafür Material. Aber mein Praktikumsbetreuer Herr Groß (erklärt/erklärte) mir nicht die Technik des Modellierens. Nachdem ich stundenlang an einem Zahn (schnitzte/geschnitzt hatte), (lacht/lachte) er mich sogar einmal aus. Das (frustrierte/hatte … frustriert) mich sehr und deshalb (beschließe/beschloss) ich, Sie um Unterstützung zu bitten.

b Kreise die richtige Verbform ein.

c Schreibe die E-Mail ab. Setze die Verben in der richtigen Zeitform ein.
Tipp: Verwende das Präteritum oder das Plusquamperfekt.

Mit dem Konjunktiv II höflich formulieren

1 a Lies die **Sätze A und B.**

A Ich bin froh, wenn ich mich bei Ihnen persönlich vorstellen darf.

B Ich wäre froh, wenn ich mich bei Ihnen persönlich vorstellen dürfte.

b Welchen Unterschied gibt es zwischen **Satz A und B?** Erklärt es einer Partnerin oder einem Partner.

c Welche Aussage würdet ihr für ein Bewerbungsschreiben wählen? Sprecht darüber mit einer Partnerin oder einem Partner.

2 Formuliere folgende Bitten einer kranken Schülerin an ihren Lehrer höflich im Konjunktiv II.
Schreibe auf die Zeilen.
Tipp: Die Informationen im Kasten können helfen.

Häufige Konjunktiv-II-Formen in höflichen Aussagen:
Sie haben → Sie hätten • ich habe → ich hätte •
Sie können → Sie könnten • es ist → es wäre •
ich muss → ich müsste • ich darf → ich dürfte •
ich freue mich → ich würde mich freuen

A Haben Sie Zeit, mein Bewerbungsschreiben zu korrigieren?

Hätten Sie Zeit, ______________________________ ?

B Darf ich Sie um die Prüfung meines Lebenslaufs bitten?

____

C Ich muss dem Praktikumsgeber bis Freitag zusagen.

____

D Ich habe noch eine Bitte: Ist es möglich, das Bewerbungsgespräch im Unterricht zu trainieren?

____

____

E Können Sie mir Tipps für das Telefonat geben?

____

Aktiv- und Passivformen sinnvoll verwenden

1 a Lies die **Sätze A und B.**

A Der Praktikumsbeauftragte stellte den Ablauf des Praktikums vor.

B Der Ablauf des Praktikums wurde vorgestellt.

b Welchen Unterschied gibt es zwischen dem **Satz A und B?**
Erklärt den Unterschied einer Partnerin oder einem Partner.

2 a Lies die E-Mail.

Betreff: Bitte um Unterstützung bei Praktikumssuche

Lieber Herr Foltin,

1 als Sie am Montag unsere Klasse über die Einzelheiten der Praktikumssuche und der Bewerbung informierten, war ich krank. A

2 Von einer Mitschülerin wurden mir alle Unterlagen übergeben. ____

3 Aber leider wurden mir dazu keine weiteren Informationen genannt. ____

4 Sicherlich wurden mündlich einige Hinweise oder Tipps gegeben. ____

5 Ich bin unsicher, wie ich einen Praktikumsplatz bei einem Steuerberatungsbüro finden soll. ____

6 Mir wurde bisher noch keine Praktikumsstelle empfohlen. ____

7 Werden in der Schule Praktikumsangebote zur Verfügung gestellt? ____

8 Hoffentlich unterstützt die Schule meine Suche nach einer Praktikumsstelle. ____

9 Ich danke Ihnen im Voraus für Ihre Mühe. ____

b Markiere alle Passivformen farbig.

c Welche Sätze stehen im Aktiv, welche im Passiv?
Steht der Satz im **Aktiv,** schreibe ein **A** dahinter.
Steht er im **Passiv,** schreibe ein **P** auf.

werden … gesammelt • wurde … empfohlen • wurden … genannt • ~~wurden … übergeben~~ • wurden … gegeben

Die Aktivform und die Passivform der Verben

- Im **Aktiv** wird betont, **wer** etwas tut oder handelt. Beispiel: Sie sucht eine Stelle.
- Im **Passiv** steht die **Handlung** im Mittelpunkt. Beispiel: Eine Stelle **wird** gesucht.
- So bildet man das Passiv: **Personalform von werden** + Partizip II.

	Aktiv	**Passiv**
– **Präsens:**	Sie sucht eine Stelle.	Eine Stelle **wird** gesucht.
– **Präteritum:**	Sie suchte eine Stelle.	Eine Stelle **wurde** gesucht.
– **Perfekt:**	Sie hat eine Stelle gesucht.	Eine Stelle **ist** gesucht **worden.**

Treffend formulieren

Zusammenhänge sprachlich verdeutlichen

1 Lies den Praktikumsbericht.

Praktikumsbericht: Mein erster Tag in der Arztpraxis

1 Mein erster Tag **in der Arztpraxis** begann um 8 Uhr.
2 **In der Arztpraxis** lernte ich die medizinischen Fachangestellten Stella und Clara kennen.
3 **Die medizinischen Fachangestellten** zeigten mir die Praxis und erklärten mir ihre Aufgaben.
4 Ich war erstaunt, wie viel **die medizinischen Fachangestellten** zu tun hatten.
5 Die Ärztin erläuterte mir **die Schweigepflicht.**
6 Ich sollte **die Schweigepflicht** unbedingt einhalten.
7 An meinem ersten Einsatzort, dem Empfang, begrüßten Stella und ich die Patienten.
8 **Wir** lasen ihre elektronischen Gesundheitskarten ein.
9 **Wir** gaben nach der Behandlung die Rezepte aus.
10 **Wir** vereinbarten neue Termine.
11 **Wir** nahmen telefonische Anfragen entgegen.
12 Nach der Mittagspause durfte ich bei der Durchführung eines Allergietests helfen.
13 Ich schrieb die Ziffern 1 bis 20 auf die Innenseite des Unterarms des Patienten.
14 Clara tropfte 20 verschiedene Testlösungen auf die Haut und kratzte die Haut leicht an.
15 Der Patient musste 20 Minuten warten.
16 Wir prüften die Hautreaktionen.
17 Die Ärztin stellte anhand des Testergebnisses eine Katzenhaarallergie fest.

2 Verbessere den Praktikumsbericht.
Vermeide Wiederholungen!
Schreibe den Praktikumsbericht in dein Heft.
Verändere die Sätze 2, 4, 6, 9, 10, 11, 13 und 17 wie hier angegeben.

- Ersetze in **Satz 2** die **fett gedruckte Wortgruppe,** indem du das **Adverb** dort verwendest.
  2 Dort lernte ich …
- Ersetze in den **Sätzen 4 und 6** die **fett gedruckten Wortgruppen,** indem du das **Pronomen** sie verwendest.
- Überarbeite **Satz 9,** indem du das **Verknüpfungswort** außerdem verwendest.
  9 Außerdem gaben wir …
- Überarbeite die **Sätze 10 und 11,** indem du die **Zeitangabe** danach und das **Verknüpfungswort** und verwendest. Mache aus zwei Sätzen einen Satz.
- Überarbeite die **Sätze 13 bis 17,** indem du die Zeitangaben zuerst, dann, nun, danach, zum Schluss verwendest.
  13 Zuerst schrieb ich …

Mit Adverbialsätzen genaue Angaben machen

1 Untersuche die Adverbialsätze zur **Frage 1.**

a Der Adverbialsatz wird durch eine Konjunktion (ein Bindewort) eingeleitet.
Markiere die Konjunktion jeweils gelb, das Komma rot und das Prädikat blau.

b Unterstreiche die Adverbialsätze.

Praktikumsbericht: Interview mit einer Fotografin

Frage 1: Was schätzen Sie an Ihrem Beruf?
Mein Beruf ist abwechslungsreich, weil ich ständig interessante Personen treffe.

Kein Projekt ähnelt dem anderen, obwohl die Arbeitsweise meist ähnlich ist.

Und ich kann mir die Arbeitszeit frei einteilen, seitdem ich selbstständig bin.

2 Setze die Konjunktionen (Bindewörter) zu **Frage 2** ein.

Frage 2: Wie sieht ein typischer Arbeitstag von Ihnen aus?

Ich setze mich mit dem Ort und dem Motiv auseinander,

______________ ich ein Fotoshooting habe.

Nach dem Shooting bearbeite ich die Fotos,

______________ ich sie technisch verbessere.

Außerdem versende ich eine Rechnung, ______________ ich Geld verdiene.

Diese **Konjunktionen** (Bindewörter) leiten Adverbialsätze ein: weil, da, wenn, falls, obwohl, damit, indem, während, als, nachdem, bevor.

3 **a** Lies die Sätze zu **Frage 1** oder zu **Frage 2** einmal mit und einmal ohne den Adverbialsatz.

b Überlege und schreibe auf.
Bekommst du **mit oder ohne Adverbialsätze** mehr Informationen?

____

Satzgefüge mit Adverbialsätzen
Adverbialsätze sind **Nebensätze** mit weiteren **Informationen zum Hauptsatz.**
Adverbialsätze werden durch **Konjunktionen** (Bindewörter) eingeleitet.
Funktionen der Konjunktionen (Bindewörter):
- Angabe des **Grundes** (Kausalsatz: da, weil),
- Angabe der **Zeit** (Temporalsatz: als, während, nachdem),
- Angabe der **Bedingung** (Konditionalsatz: wenn, falls),
- Angabe der **Absicht** (Finalsatz: damit),
- Angabe der **Einschränkung** (Konzessivsatz: obwohl),
- Angabe der **Art und Weise** (Modalsatz: indem).

Sie werden durch **Komma** vom Hauptsatz abgetrennt. Das **Prädikat** steht am Ende.

4 Verbinde die **Satzpaare** von **Frage 3** und **Frage 4** zu Satzgefügen.
- Setze dafür die passenden Konjunktionen (Bindewörter) ein.
- Setze auch die Kommas.

Tipp: Die Farben helfen, die passende Stellung der Konjunktionen und Prädikate zu finden.

Konjunktionen (Bindewörter):
weil, da, wenn, falls, obwohl, damit, indem, während, als, nachdem, bevor

Frage 3: Welches Erlebnis in Ihrem Beruf werden Sie nicht vergessen?

Ich machte ein Fotoshooting für Porsche. + Ich fuhr im Wagen eines Rennfahrers mit.

__________ ich ein Footoshooting für Porsche machte, fuhr __________
(Konjunktion)

____________________.

Man hatte mir die Strecke und alle Sicherheitsmaßnahmen erklärt. + Ich war nervös.

__________ man mir die Strecke und alle Sicherheitsmaßnahmen
(Konjunktion)

________ ________, __________.

Frage 4: Was gefällt Ihnen an Ihrem Beruf weniger gut?

Die Arbeit ist anstrengend. + Ich muss unter Zeitdruck Kundenwünsche erfüllen.

Die Arbeit __________, __________ ich unter __________
(Konjunktion)

__________ ________ ________.

Außerdem arbeite ich oft zu ungewöhnlichen Zeiten. + Manche Orte sind nur dann frei.

Außerdem ____________________,

__________ __________ ________.
(Konjunktion)

Mit Relativsätzen Wörter erklären

1 a Lies die **Sätze A und B.**

A Anlagenmechanikerinnen und Anlagenmechaniker für Klimatechnik bauen Heizungssysteme ein. Die Heizungssysteme sind umweltschonend und energiesparend.

B Anlagenmechanikerinnen und Anlagenmechaniker für Klimatechnik bauen Heizungssysteme ein, die umweltschonend und energiesparend sind.

b Welchen Unterschied gibt es zwischen dem **Satz A** und dem **Satz B?** Erklärt es einer Partnerin oder einem Partner.

2 Bilde Relativsätze für den Praktikumsbericht.

a Trage die passenden Relativpronomen ein. Markiere sie blau.

b Setze das Komma vor dem Relativsatz.

Praktikumsbericht: Praktikumstag bei einer Heizungsbaufirma

1 Am dritten Tag meines Praktikums bauten wir eine moderne Fußbodenheizung, die Energie einspart und für ein gutes Raumklima sorgt.

2 Beim Anbringen des Dämmstreifens ______ an der Zimmerwand befestigt wurde, durfte ich alles festtackern.

3 Die Drahtklammern ______ ich in geringem Abstand antackerte, gingen problemlos durch die Wand.

4 Danach war ich zuständig für die Reinigung des Fußbodens ______ sauber sein musste.

5 Helfen durfte ich auch beim Verlegen der Dämmplatten ______ auf dem gesamten Fußboden verteilt wurden.

6 Dazu berechnete ich die Abstände ______ für das Auslegen der Platten nötig waren.

c Unterstreiche den Relativsatz, der mit dem Relativpronomen beginnt.

d Markiere das Wort im vorhergehenden Satz, das der Relativsatz erklärt. Es steht direkt vor dem Relativpronomen.

Satzgefüge mit Relativsätzen

Relativsätze sind **Nebensätze,** die ein Wort im Hauptsatz **genauer erklären.**

Relativsätze werden mit einem **Relativpronomen** eingeleitet.

Relativpronomen sind: der, die, das, welcher, welche, welches.

Man trennt den Relativsatz durch **Komma** vom Hauptsatz ab.

Beispiel: Ich berechnete die Abstände, die für das Auslegen der Platten nötig sind.

Hauptsatz — Relativsatz

12 Rechtschreibung – Fehler vermeiden, Strategien sicher anwenden

1 Tauscht euch über die folgenden Fragen aus.

1 Welche Nachmittagsaktivitäten gibt es an eurer Schule?

> An unserer Schule können wir …

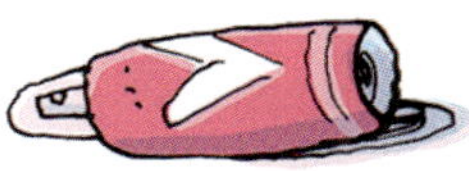

2 Welche Angebote außerhalb der Schule interessieren euch?

> Mich interessiert …

3 Welche habt ihr schon ausprobiert?

> Ich habe schon … ausprobiert.

2 Auf dem Flyer sind Stellen markiert, die beim Schreiben Probleme machen können.
Erklärt mit Hilfe von Rechtschreibstrategien und Rechtschreibregeln die Schreibung von **drei** markierten Textstellen.
Tipp: Einige Strategien und Regeln findet ihr auf der nächsten Seite.

Rechtschreibstrategien und -regeln wiederholen

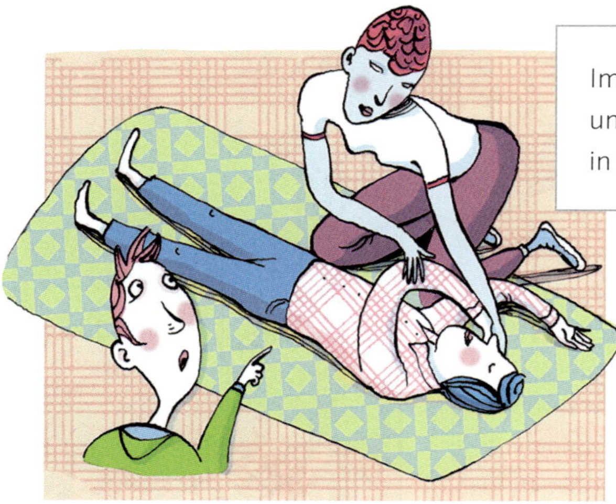

Im Erste-Hilfe-Kurs am Freitagmorgen lernten Schülerinnen und Schüler der 9. Klassen von Sanitätern, wie man jemanden in die stabile Seitenlage bringt.

Sie trainierten auch, wie man die Vitalfunktionen kontrolliert, einen Verband anlegt und auf Notfälle bei Kleinkindern reagiert.

1 a Lies die Sätze unter den Bildern.

b Die markierten Textstellen können schwierig sein. Welche Strategie hilft jeweils bei der richtigen Schreibung? Ordnet die Strategien aus den Sprechblasen den markierten Wörtern zu.

c Ordne den **Sprechblasen 1 bis 5** jeweils das passende Strategiesymbol zu. Schreibe in dein Heft.

1 Schwingen

Strategiesymbole

1 Beim **Schwingen** spricht man deutlich die einzelnen Laute, um die Silben zu erkennen.

2 Bei einigen Wörtern kann man nicht hören, ob man p oder b, k oder g, d oder t schreiben muss. Diese Wörter muss man **verlängern.**

3 In **zusammengesetzten Wörtern** können sich Verlängerungsstellen befinden. Diese Wörter muss man **zerlegen.**

4 Die Laute ä und e sowie äu und eu können gleich klingen. Man muss diese Wörter von verwandten Wörtern **ableiten.**

5 Wörter, die man mit keiner Strategie erklären kann, muss man sich merken. Es sind **Merkwörter.**

Bei der Arbeit eines Schulsanitäters geht es nicht nur darum, dass man ein Pflaster richtig aufkle**b**t oder bei Übelkeit Traubenzucker und Wasser reicht. Schulsanitäter müssen ruhig und besonnen handeln, wenn sich jemand star**k** verletzt hat. Wenn sich jeman**d** beim Fußballspielen weh getan hat, müssen Sanitäterinnen und Sanitäter sofort Hilfe leisten und genügen**d** Maßnahmen ergreifen.

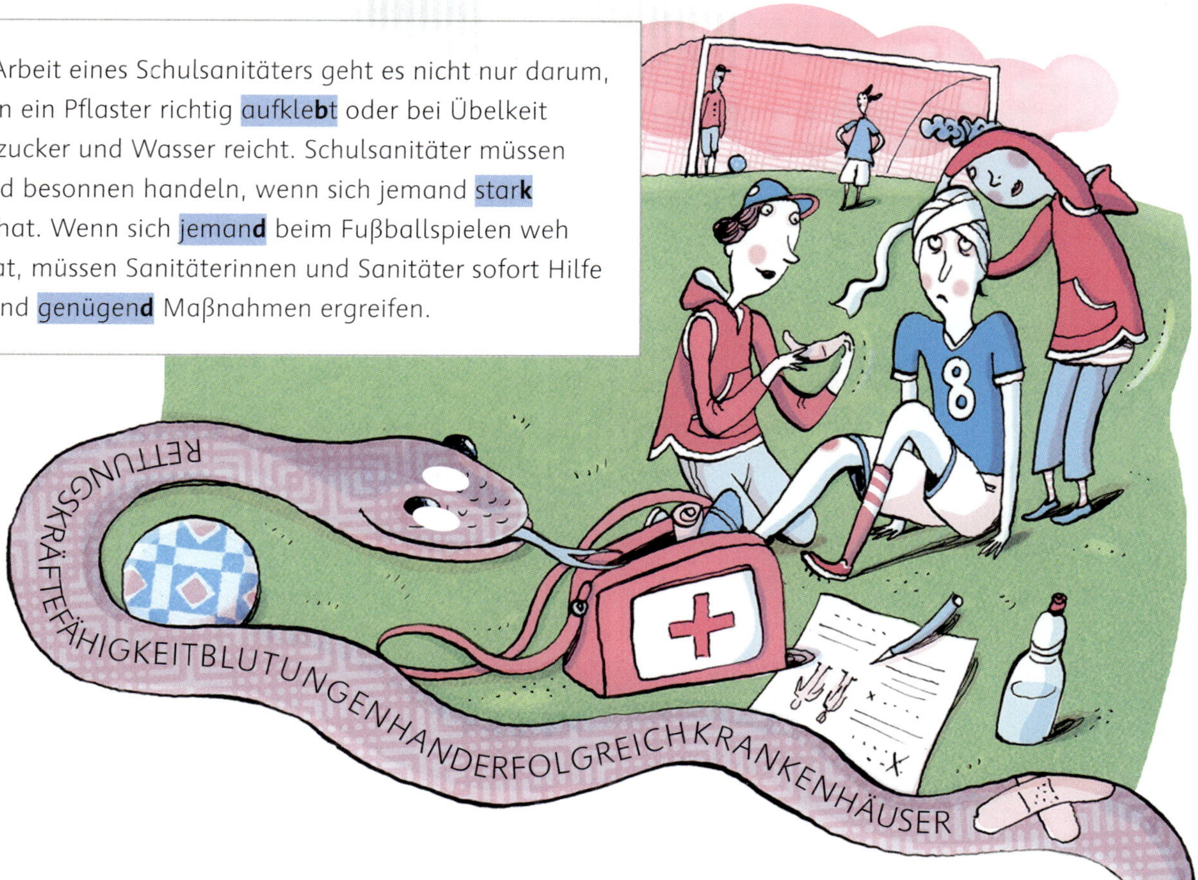

2 a Trenne die einzelnen Wörter in der Wortschlange voneinander.
b Schreibe sie in der richtigen Reihenfolge auf.

c Markiere in jedem Wort eine schwierige Stelle.

d Welches Symbol hilft bei der richtigen Schreibung? Verbinde.

Strategiesymbole

Hand • Fähigkeit • erfolgreich • Rettungskräfte • Krankenhäuser • Blutungen

3 Untersucht die Schreibung der Wörter mit einem fett gedruckten Buchstaben. Formuliert gemeinsam einen Merksatz zu folgender Frage:
– Wie erkennt man, ob man ein Wort mit **b** oder **p, g** oder **k, d** oder **t** schreibt?

Richtig schreiben

Mit Strategien und Regeln üben

1 a Lies die Wörter im Wortkasten.

der Rand • es klingt • wütend • das Sieb • er befand sich • klug • der Anlass • gesund • der Abschluss • der Ausflug • der Bass

b Schreibe die Wörter untereinander in dein Heft.
c Markiere in jedem Wort die unklare Stelle.
d Ergänze daneben jeweils ein **Verlängerungswort.** Markiere die nun klare Stelle.
Tipp: Nomen → Plural (Mehrzahl), Adjektive → steigern, Verben → Grundform (wir-Form)
der Rand – die Ränder
es klingt – (wir) klingen
wütend – (noch) …

2 a Verbinde die Wörter mit **ä** und **äu** mit einem **verwandten Wort** mit **a** oder **au.**

der Schlag • bauen • anders • klar • der Haufen

ändern • die Erklärung • häufig • das Gebäude • einschlagen

säubern • nächste • das Rätsel • aufräumen • die Wähler

raten • die Wahl • sauber • der Raum • nahe

b Schreibe die verbundenen Wortpaare in dein Heft.

3 a Lies die **Sätze 1 und 2.**
1 Viele Schülerinnen und Schüler engagieren sich und säubern am Dreck-weg-Tag freiwillig die Schule und das Viertel.
2 Jedes Mitglied des Chemievereins nimmt heute an einem Wettbewerb teil, deshalb wünscht die Schulleiterin viel Erfolg.

b Schreibe die markierten Wörter in dein Heft.
c Markiere die schwierigen Stellen.
d Zeichne die Strategiezeichen dazu.

Strategiesymbole

Rechtschreibstrategien anwenden
Ist die Schreibweise des letzten Buchstabens unklar, **verlängere** die **Einsilber.**
Beispiel: der Win**d** – die Win**d**e
Beim Ableiten findest du **verwandte Wörter** mit **a oder au.**
So kannst du Wörter mit **ä** oder **äu** sicherer schreiben.
Beispiele: die H**ä**nde – die H**a**nd, die H**äu**ser – das H**au**s

4 a Lies die Wörter in den **Wortkästen 1 und 2.**

1

die gute Nachbar**schaft** • der große Irr**tum** • das Zeug**nis** • eine kleine Gemeinsam**keit** • ein aufregendes Erleb**nis** • die Zufrieden**heit** • die aktuelle Zeit**ung** • die Fröhlich**keit** • das Eigen**tum** • die schlechte Eigen**schaft** • die Verurteil**ung** • die beste Gesund**heit**

2

ein Belgischer Schäferhund • das Brandenburger Tor • die schwedische Nachbarin • der brasilianische Kaffee

b Welche Besonderheit haben **alle** Nomen im **Wortkasten 1?** Markiere jeweils gleiche Varianten mit einer Farbe.

c An welchen Begleitwörtern erkennst du die Nomen im Wortkasten 1? Schreibe auf.
Tipp: Lies den Informationskasten am Ende der Seite.

d Erklärt die Großschreibung und Kleinschreibung im **Wortkasten 2.**
Tipp: Lest den Informationskasten. Es geht um Eigennamen.

5 a Lies die **Sätze 1 bis 5.**

1 DIE 9. KLASSEN HELFEN IN DER DIREKTEN NACHBARSCHAFT.

2 OFT WIRD ETWAS UNTERSTÜTZUNG BEI DER KINDERBETREUUNG BENÖTIGT.

3 DIE HILFE BRAUCHT KEINE VORBEREITUNG.

4 VIELE ÄLTERE MENSCHEN FREUEN SICH ÜBER DIE HILFE DER JUGENDLICHEN.

5 DIE REGELMÄßIGEN BESUCHE SIND EINE SCHÖNE ABWECHSLUNG.

b Unterstreiche die typischen Nomenendungen.
Tipp: Der Informationskasten kann dir auch bei dieser Aufgabe helfen.

c Markiere alle Adjektive (Eigenschaftswörter) (direkten, ältere, regelmäßigen, schöne), alle bestimmten und unbestimmten Artikel und die Zahlwörter (9., etwas, keine, viele).

d Schreibe die **Sätze 1 bis 5** in der richtigen Großschreibung und Kleinschreibung in dein Heft.
Tipp: Lies den Informationskasten.

Nomen erkennen
Nomen schreibt man **groß.**
Wörter mit den Endungen **-heit, -keit, -nis, -schaft, -tum, -ung** sind Nomen.
Eigennamen schreibt man groß, auch mit Herkunftsadjektiv.
Beispiel: das Brandenburger Tor
Andere Nomen erkennt man an den **Begleitwörtern** oder mit Hilfe von drei Proben:
1. Artikelprobe: Nachbarschaftshilfe organisieren → die Nachbarschaftshilfe
2. Adjektivprobe: Wir haben gern Nachbarn um uns herum. → freundliche Nachbarn
3. Zählprobe: Den Raum nutzen Mitglieder des Vereins. → viele Mitglieder

Nominalisierte Verben und Adjektive großschreiben

Aa

1 **a** Lies den Text.

Du willst dich für den Schutz des Klimas einsetzen? Du willst nicht **aufs** Schlimmste warten, sondern dich aktiv für die Umwelt engagieren? Ist Nachhaltigkeit **nichts** Fremdes für dich? Dann werde Teil unserer Umwelt-AG und hilf uns **im** Kleinen, **etwas** Großes zu bewegen! **Das** Umsetzen unserer Ideen muss zeitnah beginnen. **Ein** Umdenken ist wichtig. Und **schnelles** Handeln ist wichtig.

b Finde in der Anzeige die sieben Nominalisierungen. Markiere sie.
Tipp: Nominalisierungen erkennst du am **Begleitwort.**

c Schreibe die Nominalisierungen mit dem **fett gedruckten Begleitwort** auf.
Begleitwörter sind
- Artikel, Beispiele: der, die, das, ein
- Zahlwort, Beispiele: etwas, nichts, alles, vieles
- Adjektiv, Beispiel: schnelles
- Präposition, Beispiele: aufs (auf das), im, beim

d Sind die großgeschriebenen Wörter von Aufgabe 1c nominalisierte Verben oder Adjektive? Trage sie richtig in die Tabelle ein.
Tipp: Lies den Informationskasten.

Nominalisierte Verben	Nominalisierte Adjektive
das Umsetzen	aufs Schlimmste

Nominalisierte Verben und Adjektive großschreiben
Verben und Adjektive kann man in Sätzen **als Nomen verwenden.**
Diese **Nominalisierungen** schreibt man **groß.**
- nominalisiertes Verb, Beispiel: schnelles Handeln
- nominalisiertes Adjektiv, Beispiel: aufs Schlimmste warten

Zeitangaben richtig schreiben

Aa

1 a Lies den Text.

Umwelt-AG der 9. Klassen plant Projekte

Die Umwelt-AG trifft sich seit Schuljahresbeginn jeden zweiten Mittwoch. Sie plant verschiedene Projekte zum Thema „Unsere Schule für die Umwelt“. Alle Interessierten treffen sich bis zum Schuljahresende regelmäßig nachmittags. Die Teilnehmenden setzen sich jedoch auch vormittags im Unterricht für Nachhaltigkeit ein. An den Montagnachmittagen steht das Aufsammeln des Mülls im Vordergrund. Außerdem wird montags das Baumprojekt vorbereitet. Das findet immer dienstags statt.

b Finde in dem Text alle **sechs Zeitangaben** (Frage: Wann?).
Markiere die großgeschriebenen Zeitangaben und die kleingeschriebenen Zeitangaben.

c Unterstreiche die Begleitwörter. Sie zeigen, dass die Zeitangaben großgeschrieben werden.

d Schreibe alle Zeitangaben geordnet auf.

Großschreibung: jeden zweiten Mittwoch, ______

Kleinschreibung: nachmittags, ______

2 a Lies den kurzen Text.

Das Schulprojekt „Gemüsegarten“ findet immer DIENSTAGS statt.
Oft arbeiten dort alle fleißig BIS ZUM ABEND.
LETZTEN DIENSTAG konnten die Jugendlichen den ersten Salat ernten,
den sie VOR FÜNF WOCHEN angepflanzt hatten.

b Haben die markierten Zeitangaben ein Begleitwort oder nicht?
Unterstreiche die Begleitwörter.

c Schreibe die markierten Wortgruppen in der richtigen Großschreibung oder Kleinschreibung in dein Heft.

Zeitangaben richtig schreiben
- Auch bei Tageszeiten und Wochentagen kann man die Großschreibung mit Hilfe der **Nomenprobe** überprüfen.
- Zeitangaben mit einem Begleitwort schreibt man groß. Beispiel: letzten Dienstag
- Zeitangaben mit **-s** am Ende sind Adverbien. Etwas geschieht regelmäßig oder immer wieder. Sie werden kleingeschrieben.
  Beispiel: Leo geht immer dienstags zum Fußball.

Getrenntschreibung und Zusammenschreibung

1 a Lies die Wörter in der Wortschlange.

AUCHDER**CHEMIEKURS**BESCHÄFTIGTESICHMITDEMTHEMADERNACHHALTIGKEIT.

b Trenne die einzelnen Wörter in der Wortschlange voneinander.
Schreibe den Satz richtig auf.
Achte auf die Getrenntschreibung und Zusammenschreibung.

c Vergleicht eure Ergebnisse mit einer Partnerin oder einem Partner.
Prüft dabei auch die Großschreibung und Kleinschreibung.

2 a Lies die Schlagzeile.

Die **Stadtteilschule** in Dorsten zeigt in einer **Sommerschau Kunstwerke** aus **Strandgut** und **Gartenresten.** So schwärmte das **Ausstellungspublikum.**

b Aus welchen Einzelwörtern bestehen die zusammengesetzten Nomen in der Schlagzeile?
Sprecht darüber mit einer Partnerin oder einem Partner.

c Zerlege die **fett gedruckten Nomen.** Schreibe sie mit Artikeln auf.

die Stadtteilschule: die Stadt, der Teil, die Schule

die

3 Wähle zwei zusammengesetzte Adjektive (Eigenschaftswörter) aus dem Wortkasten.
Schreibe zwei Sätze.

wunderschön • astrein • bärenstark • riesengroß • zuckersüß • brandaktuell • saufrech • taufrisch

1

2

4 **a** Sieh dir die Bilder an.
b Lies die Sprechblasen.

c Sprecht über die zwei Beispiele.
- In welcher Situation geht es tatsächlich um die Farbe Blau? Wie heißt das Verb?
- Was wird mit dem Verb im anderen Beispiel ausgedrückt?

5 **a** Lies die Wörter im Wortkasten.

leicht fallen • leichtfallen • schwer fallen • schwerfallen •
richtig stellen • richtigstellen • zusammen schreiben • zusammenschreiben

b Was bedeuten die zusammengesetzten Verben?
Sprecht mit einer Partnerin oder einem Partner darüber.

c Welche Wörter gehören zu welchen Erklärungen?
Markiere jeweils mit gleichen Farben, was zusammengehört.

Die Übung kann dir leichtfallen.	schnell hinfallen
Kleine Kinder können leicht fallen.	keine Schwierigkeiten machen
Der Abschied kann dir schwerfallen.	Kummer bereiten
Auf der Treppe kann man schwer fallen.	sich stark verletzen
Diese Aussage möchte ich richtigstellen.	ordentlich hinstellen
Du musst die Stühle richtig stellen.	erklären, wie es richtig ist
Die Geschichte wollen wir zusammen schreiben.	gemeinsam schreiben
Dieses Nomen musst du zusammenschreiben.	in einem Wort schreiben

Die Getrenntschreibung und die Zusammenschreibung
Getrenntschreibung bei Wortgruppen aus:
- **Verb und Verb,** Beispiel: kennen lernen
- **Adjektiv und Verb,** Beispiel: leise lesen
- **Nomen und Verb,** Beispiel: Obst schälen

Aber: Wenn eine solche Wortgruppe im Satz nominalisiert wird, schreibt man zusammen.
Beispiel: Das gemeinsame Obstschälen hat viel Zeit gespart.
Zusammenschreibung bei Wortgruppen aus:
- **Nomen und Nomen,** Beispiel: das Schulbuch
- **Nomen und Adjektiven,** Beispiel: haushoch

Aber auch eine Wortgruppe aus **Adjektiv und Verb** wird zusammengeschrieben, **wenn** dabei ein Wort mit einer **neuen Bedeutung** entsteht.
Beispiele: blaumachen – schwänzen, leichtfallen – keine Schwierigkeiten machen

Fremdwörter und Fachwörter

1 **a** Lies den Text.

Auf den Spuren des Rechtsstaats

Im Fach Politik beschäftigten sich die 9. Klassen mit dem Thema „Recht" und mit dem System des Rechtsstaats. Dabei erfuhren sie, wie und wodurch das Recht verletzt werden kann. Außerdem lernten sie, welche Konsequenzen auf diese Verletzungen folgen können. Sie führten Diskussionen darüber, welchen Nutzen ein Rechtsstaat hat. Auch gab es lebhafte Gesprächsrunden darüber, warum es eine Versammlungsfreiheit gibt, die jederzeit eine Demonstration ermöglicht. Und sie diskutierten darüber, weshalb es fair ist, dass für junge Menschen das Jugendstrafrecht existiert. Zum Ende der Unterrichtsreihe nahmen sie dann einen Tag lang live an Prozessen teil. Das war unglaublich spannend.

b Was bedeuten die markierten Fremdwörter?
Sprecht darüber mit einer Partnerin oder einem Partner.

c Verbinde die Fremdwörter mit der richtigen Erklärung.

Fremdwörter	Erklärung
das System	die Folgen
die Diskussion	die Gliederung/der Aufbau nach bestimmten Regeln
die Prozesse	die lebhafte Gesprächsrunde
fair	die Gerichtsverhandlungen
die Konsequenzen	gerecht
die Demonstration	vorhanden sein
live	die Kundgebung
existieren	lebendig, persönlich

d Suche dir zwei Fremdwörter aus. Bilde mit ihnen zwei neue Sätze.

Fremdwörter
Fremdwörter sind Wörter, die **aus anderen Sprachen** ins Deutsche übernommen wurden.
Fachwörter behalten meistens ihre **ursprüngliche Aussprache und Schreibung.**
Man erkennt sie an **besonderen Buchstaben** oder Buchstabengruppen:
Beispiele: th statt t wie in theoretisch, ph statt f wie in physisch, y statt ü/i wie bei Baby, v statt w wie in Vene.

Zeichen setzen

Das Komma in Satzgefügen und Satzreihen

1 **a** Lies den Satz.

Schülerinnen und Schüler aus den 9. Klassen verbringen Zeit in einem Seniorenheim, da sie sich sozial betätigen möchten.

b Ist der Satz ein Satzgefüge? Hake dafür die folgenden Regeln ab, wenn sie zutreffen.

A ☐ Das gebeugte Verb steht immer am Ende des Nebensatzes.

B ☐ Nebensätze beginnen meistens mit einer Konjunktion (einem Bindewort): weil, dass, damit, wenn, da, als, nachdem, während.

C ☐ Der Nebensatz wird durch Komma vom Hauptsatz abgetrennt.

D ☐ Ein **Satzgefüge** besteht aus einem **Hauptsatz** und mindestens einem **Nebensatz.**

c Markiere in dem Nebensatz von Aufgabe 1a die folgenden Merkmale:
- Unterstreiche das gebeugte Verb.
- Markiere die Konjunktion (das Bindewort).
- Markiere das Komma.

d Welche Aussage ist richtig? Kreuze an.

☐ Der Satz ist ein Satzgefüge. ☐ Der Satz ist kein Satzgefüge.

2 **a** Lies den Text.

An einem Nachmittag in der Woche besuchen die Schülerinnen und Schüler ein Seniorenheim, weil sie Zeit mit den Bewohnerinnen und Bewohnern verbringen möchten. Es war die Idee der 9. Klassen, dass Jugendliche älteren Menschen ihre Zeit schenken. Sie organisieren Aktivitäten, damit ältere Menschen Abwechslung im Alltag haben. Außerdem haben sie die Hoffnung, dass sie etwas von den Seniorinnen und Senioren lernen können. Während Alt und Jung beim letzten Besuch gemeinsam Plätzchen backten, erzählten die Seniorinnen und Senioren aus ihrem Leben. Sie freuten sich, dass sie ihre Erfahrungen teilen konnten.

b Markiere in den Sätzen die Konjunktionen (Bindewörter), die den Nebensatz einleiten.
c Unterstreiche in jedem Nebensatz das gebeugte Verb.
d Markiere die Kommas in den Satzgefügen.
Tipp: Die Regelsätze in Aufgabe 1b können helfen.

Das Komma in Sätzen mit dass oder das

1 a Lies die **Sätze A bis E.**

A Die Jugendlichen kümmern sich während ihrer Besuche darum, dass die älteren Leute mit Kaffee und Kuchen versorgt werden.

B Sie mögen das gemeinsame Kaffeetrinken, das zu Beginn ihrer Besuche stattfindet.

C Nach dem Kaffeetrinken startet diese Woche ein neues Projekt das sich die Seniorinnen und Senioren gewünscht haben. Sie möchten Frühlingsbilder malen.

D Für die Jugendlichen ist es selbstverständlich dass sie die Organisation übernehmen.

E Voller Schwung verteilen die Schülerinnen und Schüler das Material das sie zuvor im Gemeinschaftsraum bereitgelegt haben.

b Unterstreiche in den **Sätzen C bis E** das gebeugte Verb im Nebensatz.
Tipp: Es steht am Ende des Nebensatzes.

c Markiere jeweils das Wort das oder dass, mit dem der Nebensatz beginnt.

d Setze das Komma jeweils vor das Wort das oder dass im Nebensatz. Markiere es.

2 a Lies die **Sätze F bis I.**

F Das Projekt, ~~dass~~/das (welches) die Jugendlichen wählen, dauert einige Wochen.

G Die Jugendlichen merken, dass/das sie gemeinsam etwas bewegen können.

H Es ist ein weiterer Vorteil dieser Arbeit, dass/das die Schülerinnen und Schüler verschiedene soziale Berufe kennen lernen.

I Es ist ein Vorteil des Ehrenamtes, dass/das man es oft auch nach der Schulzeit weiterführen kann.

b Unterstreiche in den **Sätzen G bis I** das gebeugte Verb im Nebensatz.
Tipp: Das gebeugte Verb steht am Ende des Nebensatzes.

c Markiere in jedem Satz das Komma vor den Wörtern **das/dass** im Nebensatz.

d Welches **das** oder **dass** ist jeweils falsch? Streiche es durch.
Tipp: Das Relativpronomen **das** (mit einem s) kannst du durch **welches** ersetzen.

Die Kommasetzung in Satzgefügen und in Satzreihen

Die **Konjunktion** dass steht am Anfang eines Nebensatzes.
Diese Konjunktion antwortet auf die Frage **Was?**.
Beispiel: Es ist schön, dass Jugendliche Zeit im Seniorenheim verbringen.
Frage: Was ist schön? Antwort: Dass Jugendliche Zeit im Seniorenheim verbringen.
Der Nebensatz wird durch ein Komma vom Hauptsatz getrennt.

Das **Relativpronomen** das steht am Anfang eines Nebensatzes (Relativsatz).
Dieses Relativpronomen bezieht sich auf ein Nomen im Teilsatz davor.
Das Relativpronomen kann man durch welches ersetzen.
Beispiel: Das Treffen, das stattfindet, hat das Seniorenheim organisiert.
Das Treffen, welches stattfindet, hat das Seniorenheim organisiert.
Der Nebensatz (Relativsatz) wird durch ein Komma vom Hauptsatz getrennt.

Das Komma bei Infinitivgruppen

1 a Lies die **Sätze A bis D.**

A Schülerinnen und Schüler der 9. Klassen hatten die Möglichkeit, ganz legal ihren Schulhof mit Graffiti zu verschönern.

B Sie nahmen die heiße Sonne in Kauf, um die Mauern besprühen zu können.

C Im Kunstunterricht entstand die Idee, Graffitis zu entwickeln.

D Sie stimmten ab, um sich auf ein Thema zu einigen.

b Suche in jedem Satz **zu** heraus. Kreise es ein.
c In einigen Sätzen leitet **um** den Nebensatz ein. Suche es heraus und unterstreiche es.

2 a Lies den Text.

1 Statt nur ein Graffiti zu zeichnen, wollten die Jugendlichen ihre gesamten Ideen verbinden.
2 Sie trafen sich mehrfach, um alles zu planen.
3 Es ging auch darum, die Mauer zu reinigen und hellgraue Farbe aufzutragen.
4 Außerdem dachte man daran, alle geplanten Ideen zu berücksichtigen.
5 Dann arbeiteten alle an ihrem Graffiti, ohne das Gesamtbild aus dem Blick zu verlieren.
6 Sie brauchten nur wenige Stunden, um das Kunstwerk fertigzustellen.

b Markiere im Text die Worte, die auf eine Infinitivgruppe hinweisen, farbig.
Markiere die Wörter, die sie einleiten, mit einer anderen Farbe.
Tipp: Die Erklärungen im Informationskasten können helfen.
c Kreise in jedem Satz **zu** ein. Es kann sich auch in einem Wort befinden.
d Unterstreiche dann die gesamte Infinitivgruppe.
e Markiere die Kommas in diesen Sätzen. Sie trennen die Infinitivgruppe vom restlichen Satz.

Die Kommasetzung bei Infinitivgruppen
Eine **Infinitivgruppe** besteht aus **Infinitiv (Grundform) mit zu** und Ergänzungen.
Eine Infinitivgruppe wird oft **eingeleitet** mit um, als, statt, anstatt, außer oder ohne.
Eine Infinitivgruppe kann auch **angekündigt** werden durch ein Nomen oder ein **hinweisendes Wort,** zum Beispiel daran, dazu, darum, es. Dann setzt man ein Komma.
Beispiel: Man muss eine Genehmigung einholen, um Graffitis sprühen zu dürfen.
Bei einem **einfachen Infinitiv (Grundform) mit zu** steht **kein** Komma.
Beispiel: Sie versuchten schon den ganzen Tag zu telefonieren.

3 a Lies den Text.

Beim bundesweiten Kunstwettbewerb ging es darum, Schülerinnen und Schülern die Möglichkeit zur Gestaltung verschiedener Kunstprojekte zum Thema „Schule der Zukunft“ zu geben. „Es geht darum, eigene Vorstellungen von einer Zukunftsschule darzustellen“, meinte die Juryvorsitzende. So konnten die Lernenden beispielsweise Collagen oder Modelle entwickeln. Die Lernenden erhielten eine kurze Einweisung, um verschiedene klassische und digitale Gestaltungsmittel nutzen zu können. Bei dem Projekt geht es darum, die Lernenden anzuregen, sich Gedanken zu machen. Viele Projektgruppen haben intensiv an ihren Entwürfen für eine Schule der Zukunft gearbeitet, anstatt den Kunstunterricht nur gelangweilt abzusitzen. So ging die Jury daran, mehr als nur die geplanten drei Besten mit Preisen auszuzeichnen.

b Markiere die Wörter, die auf eine Infinitivgruppe hinweisen, und die Wörter, die sie einleiten.
Tipp: Nutze die Erklärungen im Informationskasten auf der Seite 296.

c Kreise in jedem Satz zu ein. Es kann sich auch in einem Wort befinden.

d Unterstreiche die gesamte Infinitivgruppe.

e Markiere die Kommas in den Sätzen.

4 a Ergänze in den Sätzen den jeweils passenden **Infinitiv mit zu** aus dem Kasten.

besprühen zu dürfen • zu suchen • zu präsentieren • bemalen zu dürfen

A Die Jugendlichen erkundeten die Umgebung um in öffentlichen Bereichen nach Gestaltungsmöglichkeiten für Graffitis ______.

B Man benötigt eine Genehmigung der Stadt um Wände an öffentlichen Plätzen ______.

C Die Schülerinnen und Schüler fragten in einem Brief an den Bürgermeister nach einer Erlaubnis um die Mauern im Park ______.

D Die Jugendlichen trafen sich mit dem Bürgermeister um ihre Ideen ______.

b Markiere die Wörter, die die Infinitivgruppe einleiten.

c Setze die Kommas.
Tipp: Die Kommas stehen direkt vor den Wörtern, die du in Aufgabe 4b markiert hast.

Kommas bei nachgestellten Erläuterungen

1 a Lies den kurzen Text.

> Du liebst spezielle Sportarten, besonders Sportarten wie Minigolf? Dann melde dich bei Frau Hoffmann, der Sportlehrerin.
>
> Dann kannst du Mitglied beim Minigolf werden, bei der AG „Action Minigolf".

b Welche Aufgabe haben die markierten Wortgruppen? Sprecht darüber mit einer Partnerin oder einem Partner.

2 a Lies die Sätze.

Vorsicht Fehler!

1 Am Donnerstag fand das erste Treffen der AG „Action Minigolf" in der Rundturnhalle statt, also in der Sporthalle der benachbarten Grundschule.

2 Die Teilnehmenden waren gespannt, was sie in der AG erwartete vor allem die Schülerinnen und Schüler der Klasse 9a.

3 Die AG-Leiterin hatte für die Jugendlichen bereits einige Dinge bereitgelegt nämlich verschiedene Bälle und Materialien.

4 Ziel der AG sollte sein, Minigolf mit Ideen aus dem Frisbeegolf und dem Fußballgolf aufzupeppen das heißt mit Variationen des Golfspiels.

5 Gemeinsam sollten die Schülerinnen und Schüler diesen Parcours also eine festgelegte Strecke mit verschiedenen Hindernissen entwerfen.
Anschließend können sie die einzelnen Stationen bauen.

6 Dafür konnten sie verschiedene Werkzeuge und Materialien nutzen zum Beispiel Holz, Pappe und Stoff.

b Setze die fehlenden Kommas.
Tipp: Lies den Informationskasten.

Die Kommasetzung bei nachgestellten Erläuterungen
Eine nachgestellte Erklärung beginnt oft mit Wörtern wie nämlich, also, besonders, und zwar, vor allem, das heißt (d. h.), zum Beispiel (z. B.) und wird durch Kommas getrennt.
Beispiele: Ich liebe Sport, besonders Basketball.
Alle 9. Klassen haben nächste Wochen ein Turnier, das heißt, die Klassen werden gegeneinander antreten, um so einen Sieger zu ermitteln.

3 **a** Lies den Text.

Frau Hoffmann teilte die Jugendlichen in Gruppen ein, nämlich in Gruppen zu je vier Schülerinnen und Schülern. Jede Station des Parcours sollte etwas Besonderes werden das heißt vielfältig und interessant. Zuerst erstellten die Gruppen Skizzen also Zeichnungen mit ihren Ideen und Vorschlägen. Mit Hilfe ihrer Skizzen wählten die Jugendlichen geeignete Materialien nämlich Holz, Pappe und Stoff. Die erste Gruppe hatte sich eine Station mit verschiedenen Elementen überlegt. Aus einem Papierkorb, einem Landkartenständer und kegelförmigen Hütchen bauten sie eine Wurfbahn das heißt eine genau gekennzeichnete Strecke. Diese Wurfbahn ließ sich mit verschiedenen Wurfgeräten bespielen zum Beispiel mit Frisbees und Tennisbällen.

b Markiere die Wörter, mit denen die nachgestellten Erklärungen beginnen.
Tipp: Die Erklärungen im Informationskasten auf der Seite 298 helfen dir.

c Setze ein Komma vor die einleitenden Wörter.

d Markiere das Komma.

4 **a** Lies die Satzanfänge und die nachgestellten Erläuterungen.

Beim Sportfest der 9. Klassen standen dieses Jahr nicht die üblichen Sportarten …
im Mittelpunkt, sondern ungewöhnliche Sportarten …
Beim Tamburello spielen zwei Teams gegeneinander …
Die Mannschaften versuchen, einen bestimmten Ball in das gegnerische Feld zu schlagen …
Gewonnen hat die Mannschaft, die zuerst dreizehn Spiele für sich entscheiden kann.
Fingerhakeln wird von zwei Personen an einem Tisch gespielt.
Bei diesem Sport wird viel Kraft benötigt …
Die Personen versuchen, sich gegenseitig mit dem eingehakten Finger zu besiegen …

~~zum Beispiel Fußball, Tischtennis oder Turnen~~ • nämlich Fingerhakeln und Tamburello • also ist diese Sportart eine Mannschaftssportart • nämlich eine Art Tennisball • also gehört Fingerhakeln zu den Kraftsportarten • also sich mit dem Finger über den Tisch zu ziehen

b Schreibe den gesamten Text mit den eingefügten Erläuterungen in dein Heft.
Tipp: Denke an die Kommasetzung.
Beim Sportfest der 9. Klassen standen dieses Jahr nicht die üblichen Sportarten,
zum Beispiel Fußball, Tischtennis oder Turnen im Mittelpunkt,
sondern ungewöhnliche Sportarten …

Nachdenken über Sprache

Wortarten

Das Nomen

- Nomen sind **Lebewesen, Gegenstände, Gedanken, Gefühle, Zustände.** Man schreibt sie **groß.**
- **Vor Nomen können stehen: bestimmte Artikel** (der Junge, die Frau, das Kind), **unbestimmte Artikel** (ein Eis, eine Zahl), **Adjektive** (kaltes Eis) oder **Zahlwörter** (einige Blumen).
- Sie stehen im **Singular** (Einzahl), Beispiel: der Zug oder im **Plural** (Mehrzahl), Beispiel: die Züge.

Das Pronomen (das Fürwort)

Das **Pronomen** kann ein **Nomen ersetzen oder begleiten.** Es gibt:

- **Personalpronomen** (ich, du, mich, dich, ihn, ihr, uns). Beispiel: Die Mutter isst Eis. Es schmeckt ihr.
- **Possessivpronomen** (mein, dein, seine) zeigen, **(zu) wem etwas gehört.** Beispiel: mein Eis
- **Demonstrativpronomen** (dieser, jener) **weisen auf etwas hin.** Beispiel: Dieses Eis schmeckt.

Die Konjunktion (das Bindewort)

Konjunktionen **verbinden Wörter, Wortgruppen oder Sätze.** Beispiel: Ich esse Eis und Kuchen.

- **Hauptsatzkonjunktionen** (und, oder, aber, denn) verbinden Hauptsätze zu **Satzreihen.**
- **Nebensatzkonjunktionen** (wenn, da, obwohl, weil) verbinden Hauptsätze und Nebensätze zu **Satzgefügen.**

Das Adjektiv (das Eigenschaftswort)

- Mit Adjektiven kann man etwas genauer **beschreiben.** Beispiel: der schöne Wald
- Adjektive kann man **steigern:** Der Wald ist schön. Dieser ist schöner. Der dort ist am schönsten.

Die Präposition (das Verhältniswort)

- Präpositionen stehen **vor Nomen** und bestimmen den **Fall,** in dem das Nomen und seine Begleiter (Artikel und Adjektiv) stehen müssen. Beispiele: mit dem roten Stein, ohne den roten Stein

Das Verb (das Zeitwort)

- Verben beschreiben, **was jemand tut** (bauen, reden) oder **was geschieht** (regnen, schneien).
- Die verschiedenen Zeitformen der Verben geben an, **wann** etwas passiert.
  Präsens (Gegenwart): Etwas ist **immer gültig.** Beispiel: Jeden Morgen geht die Sonne auf.
  – Etwas geschieht jetzt **in diesem Augenblick.** Beispiel: Sie drehen gerade einen Film.
  – Etwas wird in der **Zukunft** geschehen. Beispiel: Er postet morgen den Film.
  Futur I (Zukunft): Man spricht über die **Zukunft.** Beispiel: Sie wird morgen singen.
  Präteritum (Vergangenheit): Man erzählt **schriftlich Vergangenes** (Bericht). Beispiel: Ich aß.
  Perfekt (Vergangenheit): Man erzählt **mündlich Vergangenes.**
  Beispiel: Ich habe gestern gegessen.
  Plusquamperfekt (Vorvergangenheit): Bei **zwei Handlungen in der Vergangenheit** nimmt man das **Plusquamperfekt** für die **frühere Handlung.** Beispiel: Nachdem sie Eis gegessen hatte, ging sie.

Wortarten und Satzglieder

Die Modalverben

Die Modalverben (können, sollen, müssen, dürfen, wollen) drücken Folgendes aus:

können	**Möglichkeit, Fähigkeit**	Beispiel: Sie kann malen.
sollen	**Empfehlung, Vorschrift**	Beispiel: Du sollst essen.
müssen	**Zwang, Pflicht**	Beispiel: Er muss üben.
dürfen	**Erlaubnis, Möglichkeit**	Beispiel: Sie darf spielen.
wollen	**Absicht, Wunsch**	Beispiel: Ich will lesen.

Die Aktivform und die Passivform der Verben

- Im **Aktiv** wird betont, **wer** etwas tut oder handelt.
  Beispiel: Er **dreht** den Film.
- Im **Passiv** steht die **Handlung** im Mittelpunkt, also was getan wird.
  Beispiel: Der Film **wird gedreht.**

	Aktiv	**Passiv**
Präsens	Er dreht den Film.	Der Film wird gedreht.
Präteritum	Er drehte den Film.	Der Film wurde gedreht.
Perfekt	Er hat den Film gedreht.	Der Film ist gedreht worden.
Plusquamperfekt	Er hatte den Film gedreht.	Der Film war gedreht worden.

Häufige Konjunktiv-II-Formen in höflichen Aussagen

Sie haben → Sie hätten • ich habe → ich hätte • Sie können → Sie könnten • es ist → es wäre • ich muss → ich müsste • ich darf → ich dürfte • ich freue mich → ich würde mich freuen

Die Satzglieder

- Sätze bestehen aus **Satzgliedern.** Diese bestehen **aus einem Wort** oder **aus mehreren Wörtern.**
- Bei der **Umstellprobe** bleiben alle Wörter eines **Satzgliedes zusammen.** Beispiel:
  Am 9. Juli 2017 produzierten zwei Freunde in Bayern den schwersten Burger der Welt.
  Den schwersten Burger der Welt produzierten zwei Freunde am 9. Juli 2017 in Bayern.
- Das Prädikat ist der Kern des Satzes. Das Prädikat ist ein **Verb** und steht an **zweiter Stelle.**
  Es kann aus **einem oder aus mehreren Teilen** bestehen.
  Beispiel: Das Eis wurde im Glas serviert.
- Das Subjekt gibt an, **wer oder was etwas tut.** Frage: **Wer oder was ...?**
  Beispiel: Die Kinder essen Eis. – **Wer oder was** isst Eis? → die Kinder
- Wenn man **das Objekt** mit **Wem ...?** erfragen kann, ist es ein Dativobjekt.
  Beispiel: Der Junge schenkte dem Kind sein Eis.
  Wenn man **das Objekt** mit **Wen oder was ...?** erfragen kann, ist es ein Akkusativobjekt.
  Beispiel: Das Kind isst ein großes Eis.

Satzglieder und Sätze

- Adverbiale Bestimmungen sind auch Satzglieder.
  Sie informieren über den **Ort,** die **Zeit,** die **Art und Weise** oder den **Grund.**
  Mit folgenden Fragen könnt ihr herausfinden, welche adverbiale Bestimmung vorliegt:

adverbiale Bestimmung der Zeit	Wann? Wie lange? Wie oft?	Sie aßen den Burger am Abend. (**Wann** aßen sie den Burger?)
adverbiale Bestimmung des Ortes	Wo? Wohin? Woher?	Sie aßen den Burger auf der Straße. (**Wo** aßen sie den Burger?)
adverbiale Bestimmung des Grundes	Warum? Weshalb? Wieso?	Sie planten den Rekordversuch aus Spaß. (**Warum** planten sie den Rekordversuch?)
adverbiale Bestimmung der Art und Weise	Wie? Auf welche Weise?	Sie planten den Rekordversuch sehr genau. (**Wie** planten sie den Rekordversuch?)

Die Satzreihe

- Ein **Hauptsatz** besteht aus einem **Subjekt** und einem **Prädikat.**
  Das Prädikat steht im Hauptsatz immer an **zweiter Satzgliedstelle.**
  Beispiel: Die Künstlerin strickte eine Riesenmütze.
  1 2 3

- Einen **Satz,** der aus **zwei oder mehr Hauptsätzen** besteht, nennt man **Satzreihe.**
  In Satzreihen trennt man die einzelnen Hauptsätze durch **Komma** ab.
  Beispiel: Die Riesenmütze war ein Weltrekord, aber man baute sie bald wieder auseinander.
  Hauptsatz 1 Komma Hauptsatz 2

- Oft verbindet man Hauptsätze **mit Konjunktionen** (Bindewörtern) wie aber, denn, und, oder.

Das Satzgefüge

Ein **Satz** mit einem **Hauptsatz** und mindestens einem **Nebensatz** heißt **Satzgefüge.**

- Nebensätze können nicht ohne Hauptsatz stehen. Man trennt sie durch ein **Komma** vom Hauptsatz.
- Die **Konjunktionen** (Bindewörter) weil, da, als, während, nachdem, dass, wenn, obwohl, damit verbinden **Hauptsatz** und **Nebensatz** zu einem Satzgefüge.
- Im **Nebensatz** steht das **Prädikat** an der **letzten Satzgliedstelle,** es ist immer ein Verb,
  Beispiel: Viele Menschen beteiligten sich an der Aktion, weil sie einem guten Zweck diente.
  Hauptsatz 1 Komma Nebensatz

Satzgefüge mit Adverbialsätzen

- Adverbialsätze sind **Nebensätze** mit weiteren **Informationen zum Hauptsatz.**
  Sie werden durch **Konjunktionen** (Bindewörter) eingeleitet. Funktionen der Konjunktionen:
  - Angabe des **Grundes** (Kausalsatz: da, weil),
  - Angabe der **Zeit** (Temporalsatz: als, während, nachdem),
  - Angabe der **Bedingung** (Konditionalsatz: wenn, falls),
  - Angabe der **Absicht** (Finalsatz: damit),
  - Angabe der **Einschränkung** (Konzessivsatz: obwohl),
  - Angabe der **Art und Weise** (Modalsatz: indem).

  Sie werden durch **Komma** vom Hauptsatz abgetrennt. Das **Prädikat** steht am Ende.

Satzgefüge mit Relativsätzen

- Relativsätze sind Nebensätze, die ein Wort im Hauptsatz **genauer erklären.**
- Relativsätze werden mit einem **Relativpronomen** eingeleitet.
- Relativpronomen sind: der, die, das, welcher, welche, welches.
  Man trennt den Relativsatz durch **Komma** vom Hauptsatz ab.
  Beispiel: Ich berechnete die Abstände, die für das Auslegen der Platten nötig sind.
  Hauptsatz **Komma** Relativsatz

Die Kommasetzung in Satzgefügen und Satzreihen

- Die **Konjunktion** dass steht am Anfang eines Nebensatzes.
  Diese Konjunktion antwortet auf die Frage **Was?**
  Beispiel: Es ist schön, dass Jugendliche Zeit im Seniorenheim verbringen.
  Frage: Was ist schön? Antwort: Dass Jugendliche Zeit im Seniorenheim verbringen.
  Der Nebensatz wird durch ein **Komma** vom Hauptsatz getrennt.
- Das **Relativpronomen** das steht am Anfang eines Nebensatzes (Relativsatz).
  Dieses Relativpronomen bezieht sich auf ein Nomen im Teilsatz davor.
  Das Relativpronomen kann man durch welches ersetzen.
  Beispiel: Das Treffen, das stattfindet, hat das Seniorenheim organisiert.
  Das Treffen, welches stattfindet, hat das Seniorenheim organisiert.
  Der Nebensatz (Relativsatz) wird durch ein **Komma** vom Hauptsatz getrennt.

Die Übereinstimmung von Subjekt und Prädikat im Satz

1 Wenn das **Subjekt** im Singular (in der Einzahl) steht, dann steht auch das **Prädikat** im Singular (in der Einzahl).
Beispiel Eine Schülerin **hat** Fragen.

2 Wenn das **Subjekt** im Plural (in der Mehrzahl) steht, dann steht auch das **Prädikat** im Plural (in der Mehrzahl).
Beispiel: Die beiden Schülerinnen **haben** Fragen.

3 Wenn das **Subjekt aus zwei Nomen** besteht, die mit und verbunden sind, verwendet man das **Prädikat** im Plural (in der Mehrzahl).
Beispiel: Der Lebenslauf und das Anschreiben **sind** wichtig.
Das Subjekt im Satz findet man, wenn man **Wer oder was?** fragt.
Es kann aus einem oder mehreren Wörtern bestehen.

Das Komma in Aufzählungen

- Wenn man **Wörter** und **Wortgruppen aufzählt,** trennt man sie durch **Komma.**
  Beispiel: Meine Lieblingssportarten sind Boxen, Tischtennis, Reiten.
- Wenn die **Aufzählungen durch die Konjunktionen** (Bindewörter) und, oder oder sowie verbunden sind, setzt man **kein Komma.**
  Beispiel: Täglich trainiere ich Kraft, Ausdauer und Schnelligkeit.

Die Rechtschreibstrategien

Schwingen

Wenn du Wörter deutlich sprichst und schwingst, kannst du die Buchstaben besser hören.
Vor dem Schreiben: Die Wörter deutlich in Silben sprechen. Silbenbögen in die Luft zeichnen.
Beim Schreiben: Die Silben leise mitsprechen. Nicht schneller sprechen, als du schreibst.
Nach dem Schreiben: Prüfen, ob du richtig geschrieben hast: Zeichne dazu Silbenbögen unter jede Silbe und sprich dabei leise mit. Beispiele: Ba na ne, Man da ri ne, Pam pel mu se

Wörter mit b/p, d/t, g/k verlängern

Bei manchen Wörtern hört man nicht, wie sie genau geschrieben werden.
Wenn du sie verlängerst, kannst du es gut hören.

- Am **Ende** eines **einsilbigen** Wortes klingen d oder t, g oder k, b oder p **gleich.**
- Wenn man das Wort verlängert, kann man beim Schwingen jeden Buchstaben deutlich hören.
  So verlängert man: Nomen: Bilde die Pluralform (Mehrzahl): der Freund – die Freunde.
  Verben: Bilde die Wir-Form: sie legt – wir legen.
  Adjektive: Bilde die Steigerungsform: lieb – lieber als.
- Auch bei **Mehrsilbern** hört man oft nicht, mit welchem Buchstaben das Wort geschrieben wird.
  Nach dem **Verlängern** hört man beim **Schwingen,** wie man sie schreibt.
  Beispiel: gesund – gesünder als

Wörter mit ä und äu ableiten

- Ob ein Wort mit **e oder ä** oder mit **eu oder äu** geschrieben wird, kann man leicht verwechseln.
  Man schreibt ä und äu, wenn es ein verwandtes Wort mit a und au gibt.
  Beispiele: die Kälte – kalt, die Bäume – der Baum

Nomen erkennen

- Wörter mit den **Endungen -heit, -keit, -nis, -schaft, -tum, -ung** sind Nomen.
- **Eigennamen** schreibt man groß, auch das Herkunfts-Adjektiv. Beispiel: das Brandenburger Tor
- Andere Nomen erkennt man an den Begleitwörtern oder mit Hilfe von drei Proben:
  1. Artikelprobe: Nachbarschaftshilfe organisieren, Beispiel: die Nachbarschaftshilfe
  2. Adjektivprobe: Wir haben gern Nachbarn um uns herum. Beispiel: freundliche Nachbarn
  3. Zählprobe: Den Raum nutzen Mitglieder des Vereins. Beispiel: viele Mitglieder

Nominalisierte Verben und Adjektive großschreiben

Verben und Adjektive kann man in Sätzen **als Nomen** verwenden.
Diese Nominalisierungen schreibt man groß.
- nominalisiertes Verb, Beispiel: schnelles Handeln
- nominalisiertes Adjektiv, Beispiel: aufs Schlimmste warten

Zeitangaben richtig schreiben

Die Großschreibung bei **Tageszeiten und Wochentagen** mit der Nomenprobe prüfen.
- Zeitangaben **mit einem Begleitwort** schreibt man **groß.** Beispiel: letzten Dienstag
- Zeitangaben **mit -s am Ende** sind Adverbien. Etwas geschieht regelmäßig oder immer wieder. Sie werden **kleingeschrieben.** Beispiel: Leo geht immer dienstags zum Fußball.

Die Rechtschreibregeln

Die Getrenntschreibung und die Zusammenschreibung

- **Getrenntschreibung** bei Wortgruppen aus:
  - **Verb und Verb,** Beispiel: kennen lernen
  - **Adjektiv und Verb,** Beispiel: leise lesen
  - **Nomen und Verb,** Beispiel: Obst schälen

  Aber: Wenn eine solche Wortgruppe im Satz nominalisiert wird, schreibt man zusammen. Beispiel: Das gemeinsame Obstschälen hat viel Zeit gespart.

- **Zusammenschreibung** bei Wortgruppen aus:
  - **Nomen und Nomen,** Beispiel: das Schulbuch
  - **Nomen und Adjektiven,** Beispiel: haushoch

  Aber auch eine Wortgruppe aus **Adjektiv und Verb** wird zusammengeschrieben, **wenn** dabei ein Wort mit einer **neuen Bedeutung** entsteht. Beispiele: blaumachen, leichtfallen

Offene und geschlossene Silben unterscheiden

- Enden Silben mit einem Vokal (Selbstlaut), nennt man sie offen. Beispiel: he ben
- Enden Silben mit einem Konsonanten (Mitlaut), nennt man sie geschlossen. Beispiel: hel fen

Wörter mit Doppelkonsonant

- offene Silbe: Es folgt nur ein Konsonant: wir ra ten
- geschlossene Silbe: Es folgen zwei Konsonanten: die Rat ten

Wörter mit ie und Wörter mit i

- Den i-Laut in einer **offenen Silbe** schreibt man meistens als **ie.** Beispiele: f**lie** gen, ver **lie** ren
- Den i-Laut in einer **geschlossenen Silbe** schreibt man als **i.** Beispiele: der Win ter, die Kin der

Wörter mit s, ss und ß

- Man schreibt s, wenn die **erste Silbe offen** ist und der **s-Laut summend.** Beispiel: die Ho se
- Man schreibt ss, wenn die **erste Silbe geschlossen** ist. Beispiel: wir mes sen
- Man schreibt ß, wenn die **erste Silbe offen** ist und der **s-Laut zischend.** Beispiel: die Stra ße

Wörter mit h

- Bei **manchen zweisilbigen Wörtern** steht das h am **Anfang der zweiten Silbe.** Wenn man das Wort überdeutlich spricht, ist das h hörbar. Beispiele: wir dre hen, sie wie hern
- Bei **einsilbigen Wörtern** kann man das h nicht hören. Beispiele: er geht, die Bahn

Schwierige Verben im Überblick

Infinitiv (Grundform)	Präsens (Gegenwart)	Präteritum (Vergangenheit)	Perfekt (Vergangenheit mündlich)
anfangen	du fängst an	er fing an	er hat angefangen
beginnen	du beginnst	sie begann	sie hat begonnen
bekommen	du bekommst	sie bekam	sie hat bekommen
bieten	du bietest	er bot	er hat geboten
bitten	du bittest	sie bat	sie hat gebeten
bleiben	du bleibst	sie blieb	sie ist geblieben
brechen	du brichst	sie brach	sie hat gebrochen
brennen	es brennt	es brannte	es hat gebrannt
bringen	du bringst	sie brachte	sie hat gebracht
dürfen	du darfst	er durfte	er hat gedurft
einladen	du lädst ein	sie lud ein	sie hat eingeladen
essen	du isst	er aß	er hat gegessen
fahren	du fährst	sie fuhr	sie ist gefahren
fallen	du fällst	er fiel	er ist gefallen
fangen	du fängst	sie fing	sie hat gefangen
finden	du findest	er fand	er hat gefunden
fließen	es fließt	es floss	es ist geflossen
frieren	du frierst	er fror	er hat gefroren
geben	du gibst	er gab	er hat gegeben
gehen	du gehst	er ging	er ist gegangen
genießen	du genießt	sie genoss	sie hat genossen
greifen	du greifst	sie griff	sie hat gegriffen
haben	du hast	er hatte	er hat gehabt
halten	du hältst	sie hielt	sie hat gehalten
heben	du hebst	er hob	er hat gehoben
heißen	du heißt	sie hieß	sie hat geheißen
helfen	du hilfst	er half	er hat geholfen
kennen	du kennst	sie kannte	sie hat gekannt
kommen	du kommst	sie kam	sie ist gekommen
können	du kannst	er konnte	er hat gekonnt
lassen	du lässt	sie ließ	sie hat gelassen
laufen	du läufst	er lief	er ist gelaufen
leiden	du leidest	sie litt	sie hat gelitten

Infinitiv (Grundform)	Präsens (Gegenwart)	Präteritum (Vergangenheit)	Perfekt (Vergangenheit mündlich)
lesen	du liest	er las	er hat gelesen
liegen	du liegst	er lag	er hat gelegen
mögen	du magst	sie mochte	sie hat gemocht
nehmen	du nimmst	er nahm	er hat genommen
raten	du rätst	sie riet	sie hat geraten
reiten	du reitest	er ritt	er ist geritten
rennen	du rennst	sie rannte	sie ist gerannt
riechen	du riechst	er roch	er hat gerochen
rufen	du rufst	sie rief	sie hat gerufen
schlafen	du schläfst	er schlief	er hat geschlafen
schleichen	du schleichst	sie schlich	sie ist geschlichen
schließen	du schließt	sie schloss	sie hat geschlossen
schneiden	du schneidest	er schnitt	er hat geschnitten
schreien	du schreist	er schrie	er hat geschrien
schwimmen	du schwimmst	er schwamm	er ist geschwommen
sehen	du siehst	sie sah	sie hat gesehen
sein	du bist	er war	er ist gewesen
singen	du singst	er sang	er hat gesungen
sitzen	du sitzt	sie saß	sie ist/hat gesessen
sprechen	du sprichst	sie sprach	sie hat gesprochen
springen	du springst	er sprang	er ist gesprungen
stehen	du stehst	er stand	er ist/hat gestanden
stoßen	du stößt	er stieß	er hat gestoßen
streiten	du streitest	sie stritt	sie hat gestritten
treffen	du triffst	er traf	er hat getroffen
treten	du trittst	sie trat	sie hat getreten
tun	du tust	er tat	er hat getan
vergessen	du vergisst	sie vergaß	sie hat vergessen
verlieren	du verlierst	er verlor	er hat verloren
verzeihen	du verzeihst	sie verzieh	sie hat verziehen
wachsen	du wächst	er wuchs	er ist gewachsen
werden	du wirst	sie wurde	sie ist geworden
wissen	du weißt	sie wusste	sie hat gewusst
wollen	du willst	sie wollte	sie hat gewollt
ziehen	du ziehst	er zog	er hat gezogen

Augner, Christoph
44 Selbstoptimierung ist auch keine Lösung (Auszug)
aus: Augner, Christoph: Selbstoptimierung ist auch keine Lösung – Schluss mit dem Perfektionswahn. Patmos Verlag 2020, S. 8–9 (Auszug, gekürzt und vereinfacht)

Bewernitz, Doris (*1960)
128–129 Die Trennung (2017)
aus: Bewernitz, Doris: Das Huhn beim Papst. 99 Hosentaschenromane, Band 1. Mondschein Corona Verlag, Plochingen 2017, S. 109 (vereinfacht)

Britting, Georg (1891–1964)
130 Der Nachtfalter (1950)
aus: Britting, Georg: Sämtliche Werke, Band 5. Süddeutscher Verlag, München 1987, S. 268 (gekürzt und vereinfacht)

Bronsky, Alina (*1978)
106–107 Scherbenpark (2008, Auszug)
aus: Bronsky, Alina: Scherbenpark. Kiepenheuer & Witsch, Köln 2008, S. 9–12 (gekürzt und vereinfacht)
116–117 Schallplattensommer (2022, Auszug 1)
aus: Bronsky, Alina: Schallplattensommer. Deutscher Taschenbuchverlag, München 2022, S. 14–17 (gekürzt und vereinfacht)

Danger Dan (Daniel Pongratz, *1983)
156 Eine gute Nachricht (2021)
Songtext aus dem Album: Das ist alles von der Kunstfreiheit gedeckt, Lied 9 (Antilopen Geldwäsche). Lyrics: Daniel Pongratz, Jasmin Stocker © Royalty Network (gekürzt/ohne Refrain)

Dürrenmatt, Friedrich (1921–1990)
Der Besuch der alten Dame
176 Erster Akt, Auszug 1
177 Erster Akt, Auszug 2
178 Regieanweisung
178 Erster Akt, Auszug 3
180 Erster Akt, Auszug 4
182 Erster Akt, Auszug 5
186 Zweiter Akt, Auszug 1
187 Zweiter Akt, Auszug 2
192–193 Zweiter Akt, Auszug 3
aus: Dürrenmatt, Friedrich: Der Besuch der alten Dame. Eine tragische Komödie. Diogenes Verlag, Zürich 1985, S. 4–7, 10, 13–14, 16–18, 20–24, 27–28, 30–33, 39–40 (Auszüge, gekürzt und vereinfacht)

Goethe, Johann Wolfgang (1749–1832)
155 Ob ich dich liebe, weiß ich nicht (1770)
aus: Wagener, Hans (Hrsg.): „Es schlug mein Herz“. Deutsche Liebeslyrik. Reclam, Stuttgart 2006, S. 125
166 Mailied (1775) ebd., S. 127 ff.

Grjasnowa, Olga (*1984)
86 Die Macht der Mehrsprachigkeit (Auszug)
aus: Grjasnowa, Olga: Die Macht der Mehrsprachigkeit. Über Herkunft und Vielfalt. Dudenverlag, Berlin 2021, S. 7–15 (Auszug, gekürzt und vereinfacht)

Hanisch, Hanna (1929–1992)
146–147/1 Die Sache mit dem Parka (1976)
aus: Vorlesebuch Religion 3. Hrsg. von Steinwerde, D. und Ruprecht, S. Gemeinschaftsverlag Ernst Kaufmann, Lahr und Vandenhoeck & Ruprecht, Göttingen, Benziger, Zürich/Köln und Theologischer Verlag, Zürich 1976 (Text gekürzt und vereinfacht)

Kast-Riedlinger, Annette
154 Spannung (1995)
aus: Navè, Renate: Liebesgedichte. Franz Schneider Verlag, München 1995, S. 121

Kunze, Reiner (*1933)
161 Rudern zwei (1984)
aus: Das Gespräch mit der Amsel. Fischer Verlag, Frankfurt a. M. 1984

Lamberty, Pia / Nocun, Katharina
241 Verschwörungserzählungen und Fake News erkennen lernen (Auszug)
aus: Nocun, Katharina, Lamberty, Pia: Fake Facts. Wie Verschwörungstheorien unser Denken bestimmen. Quadriga 2020 (gekürzt und vereinfacht)

Mayer, Claudia
232 Lob der Lüge: Warum wir ohne Lügen verloren wären
aus: https://www.welt.de/wams_print/article1135091/Lob-der-Luege-Warum-wir-ohne-sie-verloren-waeren.html [09.01.2023] (gekürzt und vereinfacht)

Mayer, Verena
32 Die Regisseurin im Interview
aus: Maria Schrader im Interview: „Ich bin für die Quote“. https://www.sueddeutsche.de/kultur/maria-schrader-interview-ich-bin-dein-mensch-1.5333269?reduced=true [20.02.2022] (gekürzt und vereinfacht)

Meyer, Conrad Ferdinand (1825–1898)
161 Zwei Segel (1882)
aus: Zeller, H., Zäch, A. (Hrsg.): Conrad Ferdinand Meyer. Sämtliche Werke. Benteli Verlag, Bern 1963

Morgenstern, Christian (1871–1914)
153 Es ist Nacht (1908)
aus: Moderne deutsche Liebesgedichte: von Stefan George bis zur Gegenwart. Hrsg. von Brambach, Rainer. Diogenes, Zürich 1980, S. 19

Murail, Marie-Aude (*1954)
202 Simpel (2004, Auszug 1)
aus: Murail, Marie-Aude: Simpel. Fischer Taschenbuch Verlag, Frankfurt a. M. 2020, S. 9–10
204 Simpel (Auszug 2) ebd., S. 16–20
206–207 Simpel (Auszug 3) ebd., S. 100–108
208 Simpel (Auszug 4) ebd., S. 163–164
209 Simpel (Auszug 5) ebd., S. 227–237 (alle Auszüge gekürzt und vereinfacht)

Nymoen, Ole / Schmitt, Wolfgang, M.
40 Körper als Projekt – über die Perfektion der Influencer (Auszug)
aus: Nymoen, Ole, Schmitt, Wolfgang M.: Influencer: Die Ideologie der Werbekörper. Suhrkamp Verlag 2021, S. 111, S. 114–115 (Auszug, gekürzt und vereinfacht)

Opitz, Martin (1597–1639)
158 Ach Liebste, lass uns eilen (1624)
aus: Wagener, Hans (Hrsg.): „Es schlug mein Herz“. Deutsche Liebeslyrik. Reclam, Stuttgart 2006, S. 62ff.

Schomburg, Jan / Schrader, Maria
29–31 Ich bin dein Mensch (Filmdialog)
aus: Ich bin dein Mensch. Deutsche Drehbücher. Hrsg. von der Deutschen Filmakademie 2020. https://issuu.com/deutschefilmakademie-e.v./docs/ich_bin_dein_mensch_drehbuch_final; E-Book S. 17–19, 23–25, 54–55 [08.12.2023] (gekürzt und vereinfacht)

Unbekannte/ungenannte Autorinnen und Autoren
17 Besser hören mit künstlicher Intelligenz
aus: https://www.deutschlandfunkkultur.de/cyborgs-wie-mensch-und-maschine-immer-mehr-zusammenwachsen-100.html [04.10.2023] (gekürzt und vereinfacht)
99 Studie: Wie schreiben Jugendliche heute? (2021)
aus: Studie: Sprachliche Regeln auch in Messengerdiensten wichtig. https://www.dw.com/de/studie-sprachliche-regeln-auch-in-messengerdiensten-wichtig/a-58280844 [20.12.2022] (gekürzt und vereinfacht)
230 Norwegen bekämpft Schönheitswahn: Influencer müssen Fake-Fotos kennzeichnen
aus: https://www.n-tv.de/panorama/Influencer-muessen-FakeFotos-kennzeichnen-article22618520.html [06.01.2023] (gekürzt und vereinfacht)
Lösungseinleger S. 8 Angaben zum Beruf der Notfallsanitäterin/des Notfallsanitäters
aus: https://planet-beruf.de/fileadmin/assets/PDF/BKB/122462.pdf

Originalbeiträge
14 Lisas Morgen – das Smartphone denkt mit
15 Was ist künstliche Intelligenz?
16 M1 Kybernetik
17 M3 Kybernetik: Künstliche Intelligenz im menschlichen Körper
Informationen nach: https://www.management-circle.de/blog/cyborgs [03.04.2023]
18 Technik, die unter die Haut geht – Interview mit einem Bodyhacker
19 Grafik zur Umfrage: Welche Gründe sprechen dagegen, …
51 Über Vorteile und Nachteile des getrennten Unterrichts
64 M1–M3 Kauffrau/Kaufmann für Büromanagement
92 Die Vielfalt der deutschen Dialekte
94 Sprache verändert sich immer und überall
108 Zur Biografie von Alina Bronsky
109 Interview mit der Autorin Alina Bronsky
158 Übersetzung (unsortiert)
203 Simpel: Was zuvor geschah
228–229 Was sind Plagiate?
238 Nachrichten-online.de: Mindestalter für Nutzung sozialer Medien
238 Was-geht-ab123.de: #Geht ja gar nicht
241 Was ist eine Verschwörungserzählung

266 Praktikumsbericht: Mein erster Tag in der Arztpraxis
270 Praktikumsbericht: Interview mit einer Fotografin
271 Praktikumsbericht: Praktikumstag bei einer Heizungsbaufirma
284 Du willst dich für den Schutz des Klimas einsetzen?
285 Umwelt-AG der 9. Klassen plant Projekte
288 Auf den Spuren des Rechtsstaats
294 An einem Nachmittag in der Woche
296 Statt nur ein Graffiti zu zeichnen
297 Beim bundesweiten Kunstwettbewerb
298 Am Donnerstag fand das erste Treffen
299 Frau Hoffmann teilte die Jugendlichen in Gruppen ein
299 Beim Sportfest der 9. Klassen

Quellenvermerk

Vorsatz vorn Seite rechts aus dem Schülerbuch (ISBN 9783060634040)

Bildquellenverzeichnis

S. 13: Shutterstock.com/Olga Nikonova; **S. 14/1:** Shutterstock.com/MikeDotta, **2:** cloud-science.de, **3:** Shutterstock.com/ViDI Studio, **4:** Shutterstock.com/mentalmind; **S. 15/5:** Shutterstock.com/Maren Winter, **6:** Shutterstock.com/Moinuddin Mansuri, **7:** Shutterstock.com/Phonlamai Photo; **S. 16:** Shutterstock.com/Max4e Photo; **S. 17/o.:** Shutterstock.com/Samoli, **u.:** Shutterstock.com/Dream Master; **S. 18:** Shutterstock.com/Alexa Mat; **S. 29–30:** © 2021 Majestic (Kinofilm „Ich bin dein Mensch", Regie: Maria Schrader); **S. 37:** Shutterstock.com/Vladimir Gjorgiev; **S. 38/A:** Shutterstock.com/Lestertair, **B:** Shutterstock.com/Elnur, **C:** Shutterstock.com/OlgaPS, **D:** Shutterstock.com/simona pilolla 2; **S. 39:** Shutterstock.com/GagliardiPhotography; **S. 40:** statista.com; **S. 45/l.:** Shutterstock.com/Josep Curto, **r.:** Shutterstock.com/spaxiax; **S. 52:** Deutsches Schulportal/Henriette Anders; **S. 59/o.m.:** Shutterstock.com/Kzenon, **o.r.:** Shutterstock.com/New Africa, **m.l.:** mauritius images/alamy stock photo/blickwinkel, **m.m.-r.:** Shutterstock.com/SpeedKingz; **S. 60–61:** Shutterstock.com/SpeedKingz; **S. 64:** Shutterstock.com/Tartila; **S. 73:** Collage: graphitecture book & edition Bildschirm: Shutterstock.com/Kobee; Jeans: Shutterstock.com/Asta Concept; T-Shirt: Shutterstock.com/Arhipenko Olga; **S. 74:** „Nutzung mit Genehmigung von Microsoft"; **S. 77:** Shutterstock.com/Damir Khabirov; **S. 84–85:** Shutterstock.com/Monkey Business Images; **S. 89:** Shutterstock.com/TBamphoto; **S. 90:** Danger Dan/Antilopen Geldwäsche; **S. 93, 207, 209:** Emojis: Shutterstock.com/stas11; **S. 103:** Christine Fenzl; **S. 104/o.l., m.l. und m.r.:** Kiepenheuer & Witsch Verlag, **o.m. und o.r.:** dtv Verlag; **S. 105/l.:** Shutterstock.com/Vectorbum, **r.:** Imago Stock & People GmbH/Westend61; **S. 108:** dpa Picture-Alliance/dpa-Zentralbild/Hendrik Schmidt; **S. 127/o.l.:** mauritius images/alamy stock photo/Kateryna Onyshchuk, **o.r.:** Imago Stock & People GmbH/photothek/Thomas Trutschel, **m.l.:** mauritius images/Image Source, **m.r.:** Depositphotos/Toni Rantala; **S. 145:** Shutterstock.com/Lisa F. Young; **S. 157:** Danger Dan/Antilopen Geldwäsche; **S. 159:** Gemälde der Süddeutschen Schule des 18. Jahrhunderts, Dorotheum, gemeinfrei; **S. 175:** © Stephan Drewianka; **S. 176–177:** George Podt; **S. 201:** FISCHER Kinder- und Jugendbuch; **S. 212:** © 2017 LETTERBOX FILMPRODUKTION GMBH; **S. 213/1–4:** © 2017 LETTERBOX FILMPRODUKTION GMBH; **S. 227:** Shutterstock.com/ADragan; **S. 228:** Imago Stock & People GmbH/IlluPics; **S. 229/m.:** Imago Stock & People GmbH/Manngold; **S. 230:** Shutterstock.com/Vladimir Gjorgiev; **S. 232:** Shutterstock.com/pathdoc; **S. 237:** statista.com; **S. 251:** Shutterstock.com/stockfour; **S. 252/A:** Shutterstock.com/Liubov Mikhailova, **B:** Shutterstock.com/Ermolaev Alexander, **C:** Shutterstock.com/industryviews; **S. 253/D:** Shutterstock.com/Casper1774 Studio, **E:** Shutterstock.com/Roman Zaiets, **F:** Shutterstock.com/Alter-ego; **S. 254:** Shutterstock.com/Andrey Arkusha; **S. 256:** Shutterstock.com/Ivonne Wierink; **S. 257/2:** Shutterstock.com/Cosmin Sava; **S. 260:** Shutterstock.com/insta_photos; **S. 266:** Shutterstock.com/fizkes; **S. 270/1:** Shutterstock.com/Videohotdog; **S. 271:** Depositphotos/Ian Allenden; **S. 283:** Shutterstock.com/Pixel-Shot; **S. 284:** Shutterstock.com/Julia Ardaran; **S. 285:** Shutterstock.com/Stock-Asso; **S. 296:** Shutterstock.com/Mehaniq

Deutschbuch

Differenzierende Ausgabe

Lern- und Arbeitsheft

für den inklusiven Unterricht

Lösungen

9

Cornelsen

Bildquellen: Shutterstock/Egoitz Bengoetxea (Junge); Shutterstock/candastock (Alpen)

220009334

1 Wie die Maschinen denken lernen – Über künstliche Intelligenz informieren

Seite 13

1 **b** Mögliche Lösung:
besseres Sehen, Hören und Merken

2 **a** Mögliche Lösung:
Mähroboter, Handy, Apps, Online-Shopping, Online-Spiele, Kommunikation, Homeoffice, Fließbandarbeit, zum Beispiel in der Autoindustrie

b Mögliche Lösung:
selbstfahrende Autos; Arbeitsbereiche, die niemand erledigen möchte: Müllentsorgung, Erntearbeiten; hochtechnische Aufgaben, die erhöhte Genauigkeit erfordern, zum Beispiel bei der Erstellung künstlicher Gelenke

3 im Internet, auf Messen, im TV, bei Fachleuten

Seite 14

1 **a** Mögliche Lösung:
Abbildung 2: Zwei Roboter reden hinter einer Imbiss-Theke miteinander.

b Sie verkaufen Burger, was für viele Menschen eine zu eintönige Arbeit ist.

2 Mögliche Lösung:
Mein Wunschroboter sähe aus wie ein echter Hund. Er hätte richtiges Fell und warme, braune Augen. Ich würde viel mit ihm toben und spielen und ihn überall mit hinnehmen. Aber er würde kein Futter brauchen, nicht krank werden oder keine Flöhe bekommen und nicht Gassi gehen müssen. Wenn ich einmal keine Zeit hätte, würde es ihm nichts ausmachen.

Seite 15

4 **b** In dem Text auf Seite 15 wird mehr erklärt. In dem Text auf Seite 14 wird mehr beschrieben.

c Mögliche Lösung
Ein Satz mit einer Erklärung ist zum Beispiel: Doch das eigenständige Dazulernen bringt Programme dazu, immer besser zu werden, zum Beispiel Redewendungen sicher zu übersetzen oder beim Einparken zu helfen. (Seite 15, Zeilen 14 bis 15)
Ein Satz mit einer Beschreibung ist zum Beispiel: Die Fitness-App informiert Lisa darüber, dass ihr Schlaf zu kurz war. (Seite 14, Zeilen 2 bis 3)

5 **a** Mögliche Lösung:
Wecker, Gesichtserkennung/Geräteentsperrung, Fitness-App, Sprachübersetzer, Sprachassistent/Onlineshop aufrufen, Onlineeinkauf, Zeitplan

b das Smartphone: ein Handy mit vielen Funktionen
die Gesichtserkennung: eine Person kann durch ein Bild erkannt werden
die Fitness-App: versorgt uns mit sportlichen Trainingsplänen
der Sprachassistent: beantwortet Fragen der Benutzerinnen und Benutzer
technische Systeme: sind Apparate, Maschinen und Geräte
die Hochleistungs-KI (künstliche Intelligenz): kann selbstständig Aufgaben erkennen und sich hierfür selbstständig Wissen erarbeiten, untersucht Probleme, um zu einer Lösung zu kommen

Seite 16

1 **b** Überschrift, Einleitung, Hauptteil, Schluss

2 **b** Folgende Textstelle hast du markiert:
eine Wissenschaft: Biologische und technische Systeme werden mit der Kybernetik gesteuert und geregelt.

c Wenn ein Körperteil oder Organ beschädigt ist, kann ihm mit künstlicher Intelligenz die alte Funktion zurückgegeben werden.

Seite 18

4 **b** Folgende Textstelle hast du unterstrichen:
Bodyhackende lassen sich freiwillig und ganz ohne medizinischen Grund Technikimplantate, wie zum Beispiel Mikrochips, unter die Haut pflanzen. Sie wollen so ihrem Körper neue, zusätzliche Fähigkeiten verleihen.

c M 1, M 3, M 4

d M 1, M 3

e Folgende Sätze hast du unterstrichen:
Wenn ein Körperteil oder Organ beschädigt ist, kann ihm mit künstlicher Intelligenz die alte Funktion zurückgegeben werden. (M1, Zeilen 11 bis 14)
Solche Eingriffe können Leben verlängern, Beschwerden verringern oder für eine bessere Lebensqualität sorgen. (M3, Zeilen 4 bis 5)

Seite 19

5 **b** In der Umfrage geht es um Gründe, warum man sich keinen Mikrochip einpflanzen lässt.

c 1. Angst vor Nebenwirkungen, 2. zu teuer, 3. keine Fremdkörper im eigenen Körper,
4. Ausspionieren persönlicher Daten möglich, 5. keine persönlichen Vorteile

d Die Jugendlichen waren im Alter von 14 bis 18 Jahren.

e 14 Prozent

Seite 22

1 **a** Folgende Antworten hast du der Reihe nach eingesetzt:
Menschen sich künstliche Organe, Gliedmaßen, Prothesen oder Technik-Implantate einsetzen lassen / ihm mit künstlicher Intelligenz die alte Funktion zurückgegeben werden / Implantat / Hörprothese / die Hörhilfen, der Herzschrittmacher, die künstlichen Augen, die künstlichen Gliedmaßen / Bodyhackende / haben Angst vor Nebenwirkungen / zu teuer

Seite 29

1 **b** Folgende Textstelle hast du markiert:
Sie soll herausfinden, ob sich die Roboter in Zukunft als Partner für Menschen eignen.

2 Folgende Textstellen hast du unterstrichen:
Frage 1: Wenn du den Sitz etwa 15 Zentimeter höher stelltest und deine Sitzposition etwas aufrechter wäre, [...] würde sich die Wahrscheinlichkeit für einen Unfall um 27 Prozent verringern.
Frage 2: Alma hört sich das genervt an. Tom sieht sie an. Tom: Ich bemerke eine Abneigung. Alma antwortet nicht. Sie schaut auf die Straße. [...]

Textstellen aus: Schomburg, Jan / Schrader, Maria: Ich bin dein Mensch (Filmdialog) aus: Ich bin dein Mensch. Deutsche Drehbücher. Hrsg. von der Deutschen Filmakademie 2020.

Seite 30

3 **b** Folgende Textstellen hast du markiert:
Alma ist sehr genervt./Aber wenn du so weitermachst, halte ich das keine drei Wochen aus […].
Ich werde wahnsinnig./Ich schlag vor, du lässt mich in Ruhe und ich lass dich in Ruhe.
Textstellen aus: Schomburg, Jan/Schrader, Maria: Ich bin dein Mensch (Filmdialog) aus: Ich bin dein Mensch. Deutsche Drehbücher. Hrsg. von der Deutschen Filmakademie 2020.

c nach Farben

4 **a** Tom ist sehr freundlich zu Alma.

b Folgende Textstellen hast du unterstrichen:
du bist als möglicher Partner programmiert/Meine Programmierung ist darauf eingestellt, dich glücklich zu machen.
Textstellen aus: Schomburg, Jan/Schrader, Maria: Ich bin dein Mensch (Filmdialog) aus: Ich bin dein Mensch. Deutsche Drehbücher. Hrsg. von der Deutschen Filmakademie 2020.

c Mögliche Lösung:
Nein. Wenn ein Mensch sehr unfreundlich ist, reagiert der andere Mensch meistens nicht weiterhin so freundlich. Man würde auch nicht von „Programmierung" und „Programm" sprechen.

Seite 31

5 **b** Mögliche Lösung:
Alma spricht von Programmieren und Funktionieren und davon, dass Tom keine Gefühle haben kann und Empfindungen nur vortäuscht, weil er zu wirklichen Gefühlen gar nicht fähig ist. So spricht man nur über Maschinen und nicht über Menschen. Menschen kann man nicht programmieren. Jeder Mensch hat Gefühle, auch wenn er sie noch so gut verbirgt.

Seite 32

2 eine Art Liebeskomödie zwischen Mensch und Roboter und keine Geschichte über fiese Kampfroboter

3 Die Regisseurin stellt sich die Frage: Was wäre, wenn Roboter die besseren Menschen werden würden? Was würde passieren, wenn Roboter uns sogar in den besonders menschlichen Eigenschaften überholen: beim Einfühlungsvermögen, bei Tugendhaftigkeit und Uneigennützigkeit?

2 Einfach ich oder besser? – Diskutieren und argumentieren

Seite 37

1 **b** Folgende Wörter hast du markiert:
die glatte Haut, der Glanz, die vollen Lippen, der Lippenstift, die langen Wimpern, der Lidschatten, die helle Haut, die Wimperntusche

c Mögliche Lösung:
Bild A gefällt mir besser, weil das Mädchen natürlich aussieht, so wie sie wirklich ist.
Bild B gefällt mir besser, weil sie sehr hübsch/perfekt aussieht.

2 Mögliche Lösung:
Erwartungen von anderen erfüllen wollen (Eltern, Freunden, Schule, …), den perfekten Beispielen in den Medien nacheifern

Seite 38

1 **b** Der Junge auf dem Foto A trainiert mit zwei Hanteln. Der Junge auf Foto A möchte kräftiger und sportlicher werden. Das Mädchen auf dem Foto B sitzt vor einem Spiegel und hat Schminke in der Hand. Das Mädchen auf dem Foto B möchte ihr Aussehen verbessern. Auf dem Foto C sieht man einen Planer mit vielen Post-its, Textmarker und eine Person, die einen Textmarker hält. Auf dem Foto C geht es darum, seinen Alltag besser zu planen. Foto D zeigt einen Jungen, der Obst in einem Mixer zubereitet. Der Junge auf dem Foto D hat das Ziel, sich gesünder zu ernähren.

2

	dafür	**dagegen**
Sport	hält den Körper fit	kostet Zeit
Ernährung	hält den Körper fit	schmeckt nicht gut
Schule	bessere Chancen auf einen Ausbildungsplatz	kostet Zeit
Aussehen	sieht gut aus	ist teuer

Seite 39

4 **b** Mara spricht sich für eine Selbstoptimierung aus. Ihr Argument dafür ist, dass sie das Beste aus sich herausholen möchte. Bene ist gegen eine Selbstoptimierung, weil es stressig ist und er sich so mag, wie er ist. Kira ist gegen eine Selbstoptimierung. Sie findet, dass die Forderungen der Gesellschaft, immer besser in allem sein zu müssen, übertrieben sind.

Seite 40

1 **b** Die Autoren kritisieren, dass die Zuschauerinnen und Zuschauer angeregt werden, die Produkte zu kaufen, und dass der Körper zum Projekt erklärt wird, an dem immer gearbeitet werden muss, um mithalten zu können. Es werden perfekte Körper der Leistungsgesellschaft gezeigt. Alles muss perfekt sein, nichts darf irritieren, stören oder uneben sein.

2 **b** Jugendliche zwischen 16 und 24 Jahren verbringen die meiste Zeit damit und kaufen die meisten Produkte.

Seite 41

3 **b** A +, B –, C +, D +

c Du hast die Buchstaben in folgender Reihenfolge von oben nach unten eingetragen: B, C, D, A

4 **dafür**: ideale Vorbilder, hilfreiche Tipps und Ideen, geben Motivation
dagegen: haben großen Einfluss auf die Follower, verleiten zum Kauf von Produkten, vermitteln den Eindruck, dass alles perfekt sein muss

Seite 44

2 **b** Der Autor begründet es damit, dass es wichtig für die Gesundheit und eine Grundlage für die Leistungssteigerung ist.

c Er läuft einfach los und überwacht es nicht mehr. So kann er alles um sich herum besser wahrnehmen.

3 **Pro**: intensiver Sport ist wichtig für die Gesundheit; man kann eine Leistungssteigerung dokumentieren; es ist motivierend, wenn man sieht, dass man sich verbessert hat
Kontra: Überwachung verringert den Spaß beim Sport; es kann demotivieren, wenn man sich nicht steigert; man konzentriert sich weniger auf den eigenen Körper

Seite 45

4 **b** [X] Der Jugendliche möchte Protein-Shakes zum Muskelaufbau trinken, aber die Eltern erlauben es nicht.

c Er möchte seine Muskeln aufbauen.

d Mögliche Lösung:
Die Eltern fürchten, dass die Shakes ungesund sein könnten.

5 **a** Manche Mittel belasten den Stoffwechsel. – sich über Risiken informieren, den Konsum …
Der gewünschte Effekt ist gering. – sich von Experten beraten lassen
Mittel aus dem Internet enthalten oft schädliche Substanzen. – sich mit den Inhaltsstoffen auseinandersetzen

b Mögliche Lösung:
Er könnte sich von einem Experten zusammen mit seinen Eltern beraten lassen und ein Produkt kaufen, das empfohlen wird.

Seite 51

1 **b** **Pro-Argumente:** mehr Jungen als Mädchen wählen technische Berufe; Mädchen halten sich im naturwissenschaftlichen Unterricht zurück; haben weniger Selbstbewusstsein; die Motivation leidet; beteiligen sich bei getrenntem Unterricht aktiver am naturwissenschaftlichen Unterricht; bessere Noten; mehr Interesse an Physik und Chemie
Kontra-Argumente: kein Nachweis des Erfolgs in Studien; kann dazu führen, dass Mädchen sich nur noch im „geschützten Raum" äußern; bekommen weniger Möglichkeiten, sich vor Jungen zu behaupten

Seite 52

2 **b** 1. Lehrerin, 2. Ärztin, 3. Erzieherin, 4. Psychologin/Krankenschwester, 5. Architektin, 6. Polizistin, 7. Büroangestellte, 8. Designerin, 9. Anwältin

c 1. IT-Spezialist, 2. Maschinenschlosser, 3. Automechaniker, 4. Polizist, 5. Lehrer/Wissenschaftler, 6. Arzt, 7. Ingenieur, 8. Architekt, 9. Sportler

d Folgende Wörter hast du ergänzt:
IT-Spezialist, Maschinenschlosser, Automechaniker oder Wissenschaftler,
Ärztin, Lehrerin, Erzieherin, Psychologin, Krankenschwester und Büroangestellte

Seite 53

4 Es wird oft darüber diskutiert, Schülerinnen und Schüler in naturwissenschaftlichen Fächern getrennt zu unterrichten. Ich bin der Meinung, dass dies umgesetzt werden sollte.
Gegen diesen Standpunkt spricht vor allem, dass in Studien nie zweifelsfrei nachgewiesen wurde, dass der getrennte Unterricht zum Erfolg führt. Weiter ist anzuführen, dass die Trennung den Nachteil hat, dass sich die Mädchen nur noch im geschützten Raum äußern. Auch dagegen spricht, dass Mädchen weniger Möglichkeiten bekommen, sich vor Jungen zu behaupten.
Es gibt aber auch einige Argumente, die dafürsprechen. Ich finde eine Trennung sinnvoll, da Berufe mit technischem oder naturwissenschaftlichem Hintergrund hauptsächlich von Jungen gewählt werden. Es kommt hinzu, dass Mädchen sich im naturwissenschaftlichen Unterricht zurückhalten und die Motivation dadurch sinkt.
Besonders hervorheben möchte ich den Vorteil, dass Mädchen sich bei getrenntem Unterricht aktiver am naturwissenschaftlichen Unterricht beteiligen, das führt zu besseren Noten und zu mehr Interesse an Physik und Chemie
Auch wenn es gute Gründe gibt, die gegen eine Trennung in naturwissenschaftlichem Unterricht sprechen, denke ich, überwiegen die Vorteile des getrennten Unterrichts. Zumindest in einzelnen Fächern könnte man dies umsetzen und ausprobieren.

3 Was will ich werden? – Berufe erkunden

Seite 59

1 Mögliche Lösung:
- Die zwei Jugendlichen machen sich Gedanken über ihre berufliche Zukunft.
- Sie informieren sich über Berufe, die sie interessieren.

2 Mögliche Lösung:
Ich könnte mir vorstellen, mit Menschen zu arbeiten. Spannend würde ich einen Beruf in der Pflege finden. Nicht so gern würde ich einen Beruf am Computer ausüben. Das passt nicht zu mir.

3 Mögliche Lösung:
- Ich kenne jemanden, der in einem Pflegeheim arbeitet. Er hat mir schon oft von seiner Arbeit erzählt.
- Ich habe mich bereits bei Bekannten und Verwandten nach ihren Berufen erkundigt und mir ein gutes Bild machen können.
- Aus dem Praktikum weiß ich, dass mir die Arbeit mit Menschen liegt und Spaß macht.

Seite 60

1 c Ömer hat ein gutes technisches Verständnis und ist zuverlässig.
Nafia hat ein naturwissenschaftliches Verständnis. Sie arbeitet genau und strukturiert.
Oscar ist sportlich und teamfähig. Außerdem ist er ein Organisationstalent.
Idil hat handwerkliches Geschick und ist tierlieb.
Mia ist verantwortungsbewusst und hat Einfühlungsvermögen.

2 Mögliche Lösung:
- Ich habe ein gutes handwerkliches Geschick.
- Am liebsten arbeite ich mit Holz.
- Ich arbeite gewissenhaft und bin teamfähig.
- Außerdem interessiere ich mich für Tätigkeiten, die technisches Verständnis erfordern.
- Weniger gut bin ich in kreativen Tätigkeiten. Das liegt mir nicht.

Seite 62

1 b 1 Berufe – das zentrale Thema, 2 Umwelt – der Oberbegriff, 3 Fachkraft für Wasserwirtschaft – der Unterbegriff

c Mögliche Lösung:
Das Berufsfeld gibt eine grobe Vorauswahl der Berufe vor, die zu mir passen könnten. Es grenzt die Suche nach dem passenden Beruf ein. So spart man Zeit bei der Recherche.

Seite 64

1 b M3 – der Erfahrungsbericht, M1 – die Stellenanzeige, M2 – die Berufsbeschreibung

c Mögliche Lösungen:
Die Überschrift in M1 verrät bereits, dass eine Firma neue Mitarbeiter sucht.
Die Internetadresse in M2 weist darauf hin, dass dort Informationen zu Berufen zu finden sind.
Der Text in M3 ist in der Ich-Form geschrieben und gibt einen persönlichen Einblick in die Erfahrungen der Person während der Ausbildung.

2 Mögliche Lösung:
Wunschberuf: Notfallsanitäter/in
Tätigkeitsbereiche: bei Rettungs- und Krankentransportdiensten, bei Blutspendediensten, bei Feuerwehren
Arbeitsabläufe: Beurteilen des Gesundheitszustandes von kranken/verletzten Personen, Durchführen der medizinischen Erstversorgung bis zum Eintreffen des Arztes / der Ärztin
Voraussetzungen: Entscheidungsfähigkeit, Reaktionsgeschwindigkeit, Sorgfalt, Verantwortungsbewusstsein, Einfühlungsvermögen, psychische Stabilität, gute körperliche Konstitution
Schulabschluss: mittlerer Bildungsabschluss
Gehalt: von 1191 bis 1353 Euro
Aus: Informationen zum Beruf: Notfallsanitäter/in – planet-beruf.de, https://planet-beruf.de/fileadmin/assets/PDF/BKB/122462.pdf

Seite 69

1 **b** Mögliche Lösung:
Das Handout bietet den Zuhörerinnen und Zuhörern eine gute Übersicht über die Inhalte des Vortrages. Außerdem kann man sich darauf Notizen machen.

2 Mögliche Lösung:
Referentin/Referent: Maja Meier
Fach: Deutsch
Beruf: Notfallsanitäter/in
1 Was sind typische Tätigkeiten?
Beurteilen des Gesundheitszustandes von kranken/verletzten Personen, Durchführen der medizinischen Erstversorgung bis zum Eintreffen des Arztes / der Ärztin
2 Welche Anforderungen gibt es?
Entscheidungsfähigkeit, Reaktionsgeschwindigkeit, Sorgfalt, Verantwortungsbewusstsein, Einfühlungsvermögen, psychische Stabilität, gute körperliche Konstitution
2.1 benötigter Schulabschluss: mind. mittlere Schulreife
2.2 schulische Kenntnisse: Chemie, Biologie, Physik, Deutsch, Mathematik
3 Gehalt: Im 1. Ausbildungsjahr verdient man 1191 Euro, im 2. Jahr 1252 Euro, im 3. Lehrjahr 1353 Euro.
4 Unser Fazit: Für diesen Beruf muss man gemacht sein, da er sehr anspruchsvoll ist und belastend sein kann.
5 Quellen: planet-beruf.de
Aus: Informationen zum Beruf: Notfallsanitäter/in – planet-beruf.de, https://planet-beruf.de/fileadmin/assets/PDF/BKB/122462.pdf

Seite 73

1 **b** Mögliche Lösung:
Es geht um ein Praktikum in einem Mode-Einzelhandel. Dazu muss man mindestens 14 Jahre alt sein und Interesse an Mode haben. Außerdem sollte man kreativ, kommunikativ und serviceorientiert sein sowie gern im Team arbeiten. In dem Praktikum lernt man, Mode gut zu präsentieren und Kunden zu beraten. Man muss sich dafür mit einem Bewerbungsschreiben, einem Lebenslauf und Zeugnis unter der aufgeführten E-Mail-Adresse bewerben.

c Mögliche Lösung:
Ich würde wahrscheinlich lernen, wie ich auf Kunden zugehe und sie richtig berate. Außerdem würde ich viel über die ansprechende Präsentation der Ware im Laden lernen.

2 Das Unternehmen sucht Personen, die **serviceorientiert** sind. – Das bedeutet, dass man den Kunden hilft und sie berät.
Es wird erwartet, dass man **kommunikativ** ist. – Das heißt, dass man offen auf Menschen zugeht.
Eine **kreative** Person wird gesucht. – Das heißt, dass man eigene Ideen mit einbringt.

Seite 74

1 b 11 der Anhang, 4 die Anrede, 2 der Betreff, 5 die Einleitung, 6 die Motivation, 7 die Interessen und Erfahrungen, 8 der Bezug zur Firma, 9 der Schluss, 10 die Grußformel, 3 der Anlagenhinweis, 1 die E-Mail-Adresse des Empfängers

Seite 77

1 b Der Lebenslauf ist übersichtlich gestaltet. Er ist in die vier Bereiche eingeteilt: persönliche Daten, Schulbildung, praktische Erfahrungen, weitere Kenntnisse.
Auf der linken Seite stehen die Oberbegriffe. Auf der rechten Seite werden dazu die persönlichen Angaben stichpunktartig eingetragen.

Seite 78

1 b Der Praktikumstag im Modegeschäft war insgesamt sehr interessant. Teilweise war es aber auch anstrengend.

c Ich habe mit dem Azubi Regale kontrolliert und falsch sortierte Waren umgehängt. Das fand ich sehr interessant.
Ich habe mit Frau Weber Waren sortiert. Das war eine interessante Tätigkeit.
Ich habe mit dem Azubi Waren ausgepackt und sortiert. Das war ziemlich anstrengend und mein Rücken tat sogar weh.
Ich habe mit Frau Weber und Herrn Burre die neue Auswahl von T-Shirts gesichtet. Das war eine super seltene und besondere Gelegenheit für mich.
Ich habe mit dem Azubi Pullover und T-Shirts gefaltet und einsortiert. Das ist eine der langweiligen Aufgaben gewesen.

d Der Praktikumstag fing um 9 Uhr an. Als Erstes ging ich in den Verkaufsraum, um mit dem Azubi Regale zu kontrollieren und falsch sortierte Waren umzuhängen. Das war sehr interessant und ich bekam einen guten Überblick. Um 10 Uhr sortierte ich mit der Abteilungsleiterin Frau Weber die Waren. Ich fand es interessant, was man dabei beachten muss.
Um 11:30 Uhr packte ich im Lager mit dem Azubi Waren aus und sortierte diese. Das war so anstrengend, dass mir der Rücken wehtat. Um 13 Uhr holte ich reklamierte Waren aus dem Verkaufsraum. Um 14:30 Uhr durfte ich sogar mit Frau Weber und Herrn Burre, dem Einkaufsleiter, die neue Auswahl an T-Shirts sichten. Das war super. Zum Schluss (um 16 Uhr) sollte ich noch mit dem Azubi Pullover und T-Shirts falten und sortieren. Das war eine recht langweilige Tätigkeit.

Seite 79

1 Für die **Praktikantin oder den Praktikanten** ist sie wichtig, weil sie oder er alle Erfahrungen ordnen und festhalten kann.
Für die **Lehrperson** ist sie wichtig, um einen Eindruck zu bekommen, was im Praktikum gemacht wurde.
Für den **Betrieb** ist sie wichtig, um die Sicht der Praktikantin oder des Praktikanten auf das Praktikum in ihrem Betrieb zu erfahren.

4 „So sprechen wir!" – Sprachgebrauch und Sprachwandel untersuchen

Seite 83

1 a Mögliche Lösung:
Die Abbildung zeigt einen Kopf, der aus Puzzleteilen, beschrieben mit verschiedenen Sprachen, besteht.

b Mögliche Lösung:
Wenn ich die Abbildung sehe, denke ich an meine Muttersprache.

Seite 84

1 **b** Die Schülerinnen und Schüler sprechen 8 Sprachen (Russisch, Arabisch, Deutsch, Englisch, Französisch, Türkisch, Italienisch, Hindi).

2 die Schadenfreude – Freude, wenn anderen Menschen etwas Schlechtes passiert
das Abendbrot – Abendessen, meist ein Essen aus Brot mit Käse und Wurst
der Brückentag – freier Tag zwischen einem Feiertag und einem Wochenende
die Erklärungsnot – Problem, etwas nicht erklären zu können
das Fingerspitzengefühl – vorsichtig und sensibel sein
die Geborgenheit – Sicherheit, Gemütlichkeit, Wärme, Schutz
die Geschmacksverirrung – Person, die eigentlich einen guten Geschmack hat, trägt etwas Geschmackloses
der innere Schweinehund – etwas, was uns mit Ausreden von ungeliebten Aufgaben abhält
das Kopfkino – ein Fantasiefilm im eigenen Kopf, viele Gedanken
der Kummerspeck – wenn man unglücklich ist, deshalb zu viel isst und davon dick wird
die Vorfreude – sich auf etwas freuen, was noch kommt

Seite 85

3 die Standardsprache – mit Fremden oder Respektsperson sprechen
die Bildungssprache – im Unterricht
die Umgangssprache – mit Freunden, Bekannten und Familie sprechen
die Jugendsprache – im Gespräch unter Jugendlichen
der Dialekt – in der Region sprechen

Seite 86

1 **b** **Mutter** Muttersprache: Russisch, weitere Sprachen: Deutsch, Englisch; (spricht mit den Kindern) Russisch
Kinder Muttersprache: Deutsch, weitere Sprachen: Russisch, Arabisch
Vater Muttersprache: Arabisch, weitere Sprachen: Deutsch, Englisch; (spricht mit den Kindern) Arabisch

2 **a, b** Chancen: Umschreibungen hilfreich, Kinderbücher in vielen Sprachen, verstehen drei Sprachen
Probleme: viel Arbeit, viel Hilfe notwendig, Vokabeln und Sätze müssen übersetzt werden

c Mögliche Lösung:
Chancen: Geheimsprache, Gespräche mit Verwandten und Freunden, verschiedene Kulturen kennen
Probleme: Sprachen verwechseln, keine Familiensprache

Seite 89

1 weitere mögliche Stichworte: Liebe, rot, gebrochenes Herz, Liebeskummer, …

2 **b** Mögliche Lösung:
A Er gab ihr ein Marzipanstück in einer besonderen Form.
B Sie hatte ein warmes und gutes Gefühl.
C Er war aufgeregt.
D Ich liebe Berlin.

3 **b** Die Grundbedeutung (Denotation) des Wortes „Herz" ist ein Organ im Körper.

c Mögliche Lösung:
Liebe, Schmerz, warmes Gefühl, Herzschmerz, ein rotes Herz, ein Luftballon in Herzform

Seite 90

1 **b** Der Rapper und Sänger Danger Dan tritt alleine oder mit seiner Band „Antilopen Gang" auf.
Er macht Hip-Hop-Musik und Rap-Musik.
In seinen Texten kritisiert er die Gesellschaft, spricht über Liebe und hat Humor.
2021 hat Danger Dan ein neues Album veröffentlicht.

2/3 A Vorstellung eines Rappers in der Schulzeitung – Standardsprache
B Analyse des Songtexts im Unterricht – Bildungssprache
C Gespräch mit einem Mitschüler auf dem Pausenhof – Jugendsprache
D Gespräch mit einem Familienmitglied – Umgangssprache

Seite 92

1 **b** A – 4, B – 3, C – 5, D – 1, E – 2

c C – Bairisch, E – Berlinerisch, B – Hamburgisch, D – Kölsch, A – Schwäbisch

2 **b** Die deutschen Dialekte sind aus den Sprachen der germanischen Stämme entstanden.
Die Dialekte unterscheiden sich in den vier Bereichen Wortschatz, Aussprache, Grammatik und Redewendungen.

Seite 93

1 **b** Die Schülerin schreibt in A an eine Freundin, da sie die Umgangssprache und Emojis verwendet.
In B schreibt die Schülerin einer Lehrerin oder anderen Erwachsenen, da sie die E-Mail in Standardsprache schreibt und höfliche Anreden nutzt.

2 privater Sprachgebrauch (grün): keine Anrede, Abkürzungen, Umgangssprache, du
öffentlicher Sprachgebrauch (gelb): höfliche Anrede, Sie

3 **Privater Sprachgebrauch**: Klassenchat, Diskussion mit Freunden, Urlaubskarte an die Großeltern
Öffentlicher Sprachgebrauch: Beschwerde bei der Klassenleitung, Bewerbungsschreiben, Bericht für die Schulwebsite

Seite 94

1 **b** Folgende Wörter und Wortgruppen hast du markiert:
neue Wörter, seltener verwendet, Vergessenheit, Wörter aus anderen Sprachen, Bedeutung verschlechtert

2 **b** linkes Schreibfeld: dumm, verwirrt, unsinnig
rechts 1. erstaunlich, großartig
rechts 2. verrückt, wahnsinnig

Seite 96/99

1 **b** Folgende Wörter hast du markiert:
Influencer, Eyecatcher, Boom, Binge-Watching, Shitstorm

c A – 2, B – 4, C – 5, D – 3, E – 1

2 **b** Antwort C ist richtig.

5 „Ich möchte hinter den Büchern bleiben“ – Eine Autorin kennen lernen

Seite 104

1 Mögliche Lösung:
Das Cover des Buches „Der Zopf meiner Großmutter“ fällt mir zuerst ins Auge, weil die Schrift sehr groß und deutlich ist. Außerdem gefällt mir das Bild. Die sanften Farben bilden einen interessanten Kontrast zur Schrift. Das Bild der Frau erinnert mich an meine Urgroßmutter. Sie hatte auch so einen Zopf.

2 **a** Mögliche Lösung:
Zu dem Titel „Und du kommst auch drin vor“: Vielleicht erzählt das Buch die Geschichte von jemandem in unserem Alter, vielleicht mit den gleichen oder ähnlichen Problemen und Ideen, wie wir sie haben.

b Mögliche Lösung:
Schwierigkeiten in der Schule, Verliebtheit, Ärger mit den Eltern, mit anderen über eigene Probleme chatten, coole Ferien, Freundschaften

Seite 105

3 Den Titel, die Autorin oder den Autor finde ich auf dem Buchcover und dem Buchrücken.
Den Verlag kann ich auf dem Buchcover nachlesen. Der Klappentext steht auf der Umschlagrückseite.
Den Strichcode und den Preis findet man auch auf der Umschlagrückseite.
Auf den Buchseiten steht der Text zum Beispiel eines Romans.

Seite 107

1 **b** Mögliche Lösung:
Ich würde Sascha gern kennen lernen, weil sie interessant und klug ist.
Ich würde Sascha aus dem Weg gehen, denn sie ist zwar klug, aber arrogant und überheblich.

2 **Name:** Alexandra, genannt Sascha Naimann
Geschlecht: weiblich
Alter: 17 Jahre,
Wohnort: in der Nähe von Frankfurt am Main
Herkunft: Russland
Familie: Mutter lebt nicht mehr
Freunde: Anna
Eigenschaften: kann gut denken und lernen und Dinge verstehen (intelligent), kann gut Mathe (mathematisch begabt)

Seite 108

1 **b** Folgende Wortgruppen hast du markiert:
Künstlernamen Alina Bronsky, russischen Industriestadt Jekaterinburg geboren, östlich vom Uralgebirge, Eltern sind Naturwissenschaftler, erschien 2008 ihr erster Roman „Scherbenpark“, 2013 verfilmt, heute lebt Alina Bronsky in Berlin

d

1978
in der russischen Industriestadt Jekaterinburg geboren

1992
nach Deutschland gekommen

Abitur

studierte Medizin

arbeitete als Werbetexterin und Journalistin

Mutter von drei Kindern, begann zu schreiben

2008
erster Roman „Scherbengarten“ erschien

2013
Roman wurde verfilmt

Seite 109

2 **b** andere Aufgabe (macht etwas anderes), schreibt irgendwelche Szenen auf

c Folgende Wortgruppen hast du markiert:
Lesen und Zuhören, aber auch aktiv schreiben und reden, daran geht beim Lernen kein Weg vorbei. Und immer neugierig bleiben, wenn man mal was nicht weiß – nachschlagen oder fragen, anstatt sich zu ärgern.
Wortgruppen aus: Interview mit der Autorin Alina Bronsky

Seite 112

d A interessante Überschriften finden
B Informationen in Stichpunkten sammeln
C aussagekräftige Bilder heraussuchen
D ansprechend und übersichtlich anordnen

Seite 114

4 **a** Mögliche Lösung:
Liebe Mitschüler und Mitschülerinnen der ______________________________ Schule!
In unserer Ausstellung informieren wir euch über das Leben und das Werk der Autorin Alina Bronsky. Wir eröffnen die Ausstellung am 10. Oktober um 15 Uhr. Ihr könnt sie bis zum 10. Dezember anschauen. Die Ausstellung befindet sich in Raum 7 im Erdgeschoss unserer Schule. Hier begegnen euch Figuren, die auch in unsere Schule gehen könnten. Nehmt Lesetipps für die nächsten Ferien mit! Lernt Bücher kennen, die auch ohne Wörterbuch verständlich sind.

Seite 115

1 **a** A – an eine Person
B – an mehrere Gleichaltrige
C – an Erwachsene

2

Aufforderung Singular (Einzahl)	**Aufforderung Plural** (Mehrzahl)	**Höflichkeitsform**
Lies Romanauszüge!	Lest Romanauszüge!	Lesen Sie Romanauszüge!
Finde Lieblingsbücher!	Findet Lieblingsbücher!	Finden Sie Lieblingsbücher!
Rede über Autoren!	Redet über Autoren!	Reden Sie über Autoren!
Entdecke Romane!	Entdeckt Romane!	Entdecken Sie Romane!
Beachte die Plakate!	Beachtet die Plakate!	Beachten Sie die Plakate!

3 Bitte fasst die Computer und Beamer nicht an. Bewegt euch bitte leise im Raum. Nehmt bitte keine Bücher mit. Bitte im Raum nichts essen oder trinken.

Seite 117

1 **b** Mögliche Lösung:
B

2 Aber dann ging ich ohne zu grüßen an ihm vorbei und begann, mich auszuziehen. Unter dem T-Shirt und der Jeans hatte ich nur meine Unterwäsche an. Ich drehte mich nicht zu ihm um, ließ meine Sachen auf den Steg fallen und sprang ins Wasser. Ich würde extra lange schwimmen, beschloss ich.

6 Aus dem Leben gegriffen – Kurze Geschichten erschließen

Seite 127

1 **a** Mögliche Lösung:
1. Bild oben links: Ein Mann blickt in einen geöffneten Karton und hat den Mund weit aufgerissen. Er blickt entsetzt oder negativ überrascht in den Karton.

b Mögliche Lösung:
Der Mann könnte etwas bestellt haben und stellt nun beim Öffnen des Kartons fest, dass es zerbrochen ist.

2 Mögliche Lösung:
Der Mann blickt in einen geöffneten Karton. Er hat eine kostbare Skulptur bestellt und sieht nun, dass sie zerbrochen ist. Er denkt: „Das darf doch wohl nicht wahr sein. Wieso wurde die Figur nicht bruchsicher verpackt?“ Er ist verärgert, denn er hatte sich schon sehr auf den kleinen Kunstgegenstand gefreut. Nun muss er alles zurückschicken und hat nichts als Ärger.

Seite 128

1 **b** In folgender Reihenfolge hast du die Ziffern eingetragen:
1 Sie waren ..., 6 „Nein“, ... 4 „Da“, schrie ..., 2 Der Mann ..., 3 In dem Karton ..., 5 Meine Liebe ...

c Mögliche Lösung:
Ich finde, die Geschichte zeigt, dass man eine Beziehung und Gefühle nicht einfach ungeschehen machen kann. Man kann sie nicht einfach in einen Karton packen und wegwerfen. Mir fällt auf, dass die Frau ruhig bleibt und der Mann herumschreit. Die Reihenfolge kann man feststellen, indem man auf den Inhalt achtet. Was der Mann denkt und fühlt, wird daran deutlich, wie er zu schimpfen beginnt und wie er mit den Dingen umgeht, die sie ihm im Laufe der Jahre geschenkt hat. Der Titel der Geschichte weist darauf hin, dass die Beziehung zu Ende ist. Der Schluss ist offen und unerwartet und regt zum Nachdenken an.

2 Die Frau – fühlt sich traurig, aber verlässt ihren Mann dennoch
Der Mann – ist gekränkt, weil die Frau ihn verlassen will – stopft alle schönen Erinnerungen in einen Karton, wirft ihn ihr vor die Füße – schreit sie an

Seite 129

3 **a** Er ist gekränkt und stopft alle Geschenke von seiner Frau in einen Karton. Dann wirft er ihr den Karton ärgerlich vor die Füße.

b kleine Zettel mit Liebesgedichten, ihre Briefe, einen Kieselstein vom Ostseestrand, eine bemalte Tasse, gebastelte Lampions und andere schöne Dinge

4 der Mann – die Frau, fortgehen – bleiben, sich erinnern – vergessen, ruhig – aufgebracht, die Beziehung – die Trennung, vernünftig – trotzig

5 Es sind normale Menschen in ihrem Alltag. Die Geschichte hat keine Einleitung. Sie beginnt mitten im Geschehen. Der Schluss ist offen und regt zum Nachdenken an. In der Handlung gibt es einen Wendepunkt, der überraschend kommt. Die Geschichte ist in Alltagssprache geschrieben, in kurzen, einfachen Sätzen und mit umgangssprachlichen Ausdrücken. Also ist es eine Kurzgeschichte.

Seite 131

1 **b** Mögliche Lösung:
Die Geschichte hört sich unglaubwürdig an. Es ist selten, dass man so viel Glück hat. Der Nachtfalter war ein Schutzengel.

c 2 A, 4 B

d Meiner Meinung nach ist die Hauptaussage der Geschichte, dass man durch Zufall Glück haben kann.

2 2. Absatz: Orte: auf dem Gleis, vor dem Zug, die Strecke auf den Schienen, Stimmung: unheimlich, nebelig, neugierig, fröstelnd
3. Absatz: Orte: Brücke, nächste Ortschaft, Stimmung: atemlos keuchend, erbleichend
4. Absatz: Orte: Londoner Bahnhof, auf der Scheinwerferlampe, Stimmung: klebte ein mächtiger, toter Nachtfalte, wild schlagende Flügel, Schatten riesengroß, glücksbringend
5. Absatz: Orte: Britisches Museum in London, Stimmung: hängt aufgespießt an der Wand, Rettungstat

3 A – Text ganz unten, B – Text in der Mitte, C – Text ganz oben

Seite 133

4 der Lokomotivführer
Er sieht: Zeile 4: Nacht, Nebel/Er handelt: Zeile 7: verlangsamte die Geschwindigkeit
Er sieht: Zeile 8: große schwarze Gestalt/Er handelt: Zeile 11: hielt den Zug an/Er hört: schleifend und knirschend
Er handelt: Zeile 12: rief in den Nebel/Er hört: Zeile 13: keine Antwort

5 der Lokomotivführer

6 Folgende Eigenschaften hast du markiert:
die Einschätzungsgabe/das Gespür, der wache Verstand, die Tatkraft

Seite 136

1 b Mögliche Lösung:
Eine Frau sieht durch ihr Fenster im Haus gegenüber einen Mann am Fenster herumfuchteln. Sie weiß nicht, ob er sie meint. Als die Frau plötzlich nur noch seine Beine sieht, ruft sie die Polizei.

c Mögliche Lösung:
Der Mann am Fenster hat einen Herzinfarkt bekommen und wird von einem Rettungswagen ins Krankenhaus gebracht.

Seite 137

2 a Die Frau könnte überrascht sein und sich fragen, ob der Mann am Fenster ihr ein Zeichen gibt. Der Mann könnte denken: Ich brauche Hilfe, mir geht es nicht gut. Warum versteht die Frau da drüben am Fenster das nicht?

3 a [X] von außen

b aus der Sicht der Frau am Fenster

c 4, 5, 6, 7

4 Gestaltung von Panel 7:
die Farben/die Kontraste: Weiß, Grau, Schwarz, deutliche Kontraste
die Lichteffekte: Frau sehr dunkel, Fenster des Mannes und seine Beine hell ausgeleuchtet
die Einstellungsgröße: Man sieht fast nichts von der Umgebung.

Seite 145

1 b Sachebene: Der Sohn sagt, dass er dann friert und nicht der Vater.
Beziehungsebene: Er möchte dem Vater klarmachen, dass er selbst über sich entscheiden will.

Seite 147/1

1 b Die Eltern wollen, dass sich der Sohn seinen Parka überzieht, wenn es draußen kalt ist.

c Der Junge erkennt nicht, dass der Vater verhindern will, dass der Sohn stirbt.

2 a Sohn: Futter ist zu warm, Kapuze ist lästig, hat keine coole Farbe
Eltern: viel Angst, Arzt kam jeden Tag, fast gestorben

b Er geht noch mal in sein Zimmer, lässt den Parka auf dem Bett liegen, lenkt seine Mutter ab und verschwindet.

Seite 147/2

3 a „Tricks", „Ich gehe noch mal [...]." Zeilen 9 bis 11 ausweichend, kein offener Widerspruch
„Lass mich los! [...] Ich komme zu spät!" Zeile 19 schiebt Schule vor/Zeitdruck
„Meine Güte! Was für ein [...]" Zeile 25 verständnislos/viel Wirbel um Nichts
„Warum habt ihr mir das nicht gesagt?" Zeilen 44 bis 45 betroffen, erschrocken
„Dann ziehe ich den Parka eben an." Zeile 55 verständnisvoll, einsichtig
Zitate aus: Hanisch, Hanna: Vorlesebuch Religion 3. Hrsg. von Steinwerde, D. und Ruprecht, S. Gemeinschaftsverlag Ernst Kaufmann, Lahr und Vandenhoeck & Ruprecht, Göttingen, Benziger, Zürich/Köln und Theologischer Verlag, Zürich 1976.

b wie ein Riese – groß und übermächtig, wie etwas Fremdes – unwirklich und fremd,
wie im Film – nichts mit mir zu tun

4 packt den Sohn am Hals, schüttelt ihn am Kragen, schreit, brüllt, zieht Sohn in den Hausflur, treibt ihn die Treppe hoch, Zitterstimme

7 Zwischen Glück und Leid – Liebesgedichte untersuchen und vergleichen

Seite 153

2 Das Gedicht hat 3 Strophen mit je 4 Versen. Die Verse sind kurz. Manche Worte wiederholen sich.

Seite 154

1 a A „Auf Wolke sieben schweben" bedeutet, sehr glücklich zu sein.
B Wenn man „durch eine rosarote Brille sieht", findet man etwas unrealistisch gut.
C „Sein Herz verschenkt" man, wenn man sich in jemanden verliebt.
D Wenn man „ein Herz und eine Seele" ist, versteht man sich sehr gut.
E Wenn jemand „ein Herz im Sturm erobert", macht er jemanden in sich verliebt.
F Von „Schmetterlingen im Bauch" spricht man, wenn man aufgeregt ist.
G Verliebt sich jemand schnell und ohne Nachdenken, dann verliebt er sich „Hals über Kopf".
H Wenn man „Feuer und Flamme" füreinander ist, dann ist man leidenschaftlich.
I Da „Liebe blind macht", sieht man den geliebten Menschen unkritisch, ohne Fehler.

b Mögliche Lösung:
die Sterne vom Himmel holen; jeder Topf findet seinen Deckel; Glück im Spiel, Pech in der Liebe; bis über beide Ohren verliebt sein

Seite 155

2 b Ob ich dich liebe, weiß ich nicht – Liebe bedeutet Glück
Spannung – Liebe bedeutet Schmerzen

3 Lösung für das Gedicht „Ob ich dich liebe, weiß ich nicht“:
Der Titel des Gedichts ist auffällig, weil es ein ganzer Satz ist. Es gibt eine Strophe. Interessant finde ich auch das Reimschema. Es ist ein Paarreim. Bei den Satzzeichen fällt auf, dass es welche gibt.
Lösung für das Gedicht „Spannung“:
Der Titel des Gedichts ist auffällig, weil es nur ein Wort ist. Es gibt eine Strophe. Interessant finde ich auch das Reimschema. Es ist kein Reim. Bei den Satzzeichen fällt auf, dass es keine gibt.

4 Annette Kast-Riedlinger (1995) – Spannung
Johann Wolfgang Goethe (1770) – Ob ich dich liebe, weiß ich nicht

Seite 157

2 **a** [X] das Ende der Welt, [X] eine Einladung zur Übernachtung

b 1 Bedenke, dass wir sterblich sind!, 2 Vorsicht vor falschen Propheten!
3 Alles in der Welt vergeht. 4 Das Leben ist schön. Genieße es!

3 Bild A zeigt zwei Papageien/zwei rote Aras, die miteinander kuscheln. Es weckt folgende Gefühle in mir: friedlich, geborgen und liebevoll. Dazu passt Vers 7 aus Strophe 1.

Seite 158

1 **c** Das ist die richtige Reihenfolge der Übersetzung:

1 Ach Liebste, lass uns beeilen,
die Zeit ist gekommen:
Das Warten schadet
uns beiden.

2 Das Geschenk der Schönheit
flieht Schritt für Schritt.
Da alles, was wir haben,
verschwinden muss.

3 Die Schönheit der Wangen vergeht,
das Haar wird grau,
das Feuer in den Augen verschwindet,
die Flamme wird zu Eis.

4 Der rosafarbene Mund
wird unförmig.
Die Hände werden kalt wie Schnee
und du wirst alt.

5 Darum lass uns jetzt
die Jugend genießen,
eh wir jedes Jahr
älter werden.

6 So wie du dich liebst,
so liebe mich.
Was du mir gibst,
gebe ich auch dir.

2 mögliche Überschrift: Ach meine Liebste, lass uns beeilen

3 Jugend und Schönheit verschwinden, alt und gebrechlich werden, Liebe

Seite 159

4 **b** Im 17. Jahrhundert war die Lebenssituation der Menschen schlecht, da es Kriege, Krankheiten und Hungersnöte gab.

5 **b** Die linke Seite zeigt eine Frau mit einem Blumenkranz.
Auf der rechten Seite ist ein Skelett zu sehen.

Seite 162

2 **a** In Reiner Kunzes Gedicht „Rudern zwei“ aus dem Jahre 1984 geht es um zwei Personen mit verschiedenem Wissen. Die unterschiedlichen Fähigkeiten sind das Wissen über Sterne und Stürme.
Die Reise über das Meer gelingt, weil sie erfolgreich zusammenarbeiten.
„Zwei Segel“ (1882) von Conrad Ferdinand Meyer beschreibt die Zusammenarbeit von zwei Segeln.
Die Reise über das Meer gelingt, weil beide gleich handeln. Die Segel sind eine Metapher für ein Liebespaar.

b Beide Gedichte thematisieren die gemeinsame Reise von zwei Personen übers blaue Meer in einem Boot.

3	Rudern zwei	Zwei Segel
die Anzahl der Strophen	1 Strophe	3 Strophen
die Anzahl der Verse	13 Verse	12 Verse
das Reimschema	kein Reim	Kreuzreim

4	Rudern zwei	Zwei Segel
die Wiederholung	der eine/der andere kundig der Sterne/kundig der Stürme → viele Wiederholungen	Titel wiederholt sich im ersten und dritten Vers.
die Farbadjektive	blau	tiefblau
die Verben der Bewegung	rudern, führn	wölbt, bewegt, hasten, rasten

Seite 167

1 **b** Das Gedicht „Mailied“ von Johann Wolfgang Goethe ist aus dem Jahr 1775.

c B [X] Das Gedicht zeigt den Vergleich des lyrischen Ichs: Es vergleicht die Schönheit der Geliebten mit der Schönheit der Natur.

2 Das Gedicht wirkt verliebt und hoffnungsvoll.

3 Mögliche Lösung:
Das lyrische Ich ist in der Natur und spricht seine Geliebte an. Es sieht die Schönheit der Natur, hört das Rauschen der Blätter und fühlt die Liebe. Am Ende des Gedichts fordert es auf, dass sie es ewig lieben soll.

4 In den ersten drei Strophen geht es um die Schönheit der Natur. In den Strophen vier und fünf spricht das lyrische Ich über die Schönheit der Geliebten. Die letzten Strophen vergleichen die Liebe in der Natur mit der Liebe zur Geliebten.

Seite 168

5 **a** Das Gedicht besteht aus 9 Strophen mit je 4 Versen.

b Du hast eingekreist: abcb

6 **b** „O Lieb, o Liebe“: die Wiederholung – Vers 13 – leidenschaftlich
„Wie lacht die Flur“: die Personifikation – Vers 4 – fröhlich
„So golden schön,/Wie Morgenwolken“: der Vergleich – Verse 14 bis 15 – schwärmerisch
„Wie lieb' ich dich!“: der Ausruf – Vers 22 – aufgeregt
Zitate aus: Goethe, Johann Wolfgang: Mailied: Wagner, Hans (Hrsg.): „Es schlug mein Herz“, Deutsche Liebeslyrik. Reclam, Stuttgart 2006, S. 127 ff.

c ARM, SKI, TAG, KUH

d Die Wiederholung „Oh Lieb, o Liebe“ (Vers 13) zeigt die leidenschaftlichen Gefühle des lyrischen Ichs.
Durch sprachliche Bilder wie „die Personifikation“ (Vers 4) erhält man den Eindruck, dass die Natur menschliche Eigenschaften hat.
Das sprachliche Mittel „der Vergleich“ in den Versen 14 bis 15 zeigt die Schönheit der Geliebten.
Der Ausruf „Wie lieb' ich dich!“ (Vers 22) betont die Leidenschaft seiner Worte.
Zitate aus: Goethe, Johann Wolfgang: Mailied: Wagner, Hans (Hrsg.): „Es schlug mein Herz“, Deutsche Liebeslyrik. Reclam, Stuttgart 2006, S. 127 ff.

e Bei der genauen Untersuchung des Gedichts hat sich gezeigt, dass es um die Liebe geht. Die Schönheit der Natur wird mit der Schönheit der Geliebten verglichen.

f Mögliche Lösung:
Das Gedicht „Mailied" von Johann Wolfgang Goethe ist aus dem Jahr 1775.
Das Gedicht zeigt den Vergleich des lyrischen Ichs: Es vergleicht die Schönheit der Geliebten mit der Schönheit der Natur. Das Gedicht wirkt verliebt und hoffnungsvoll. Das lyrische Ich ist in der Natur und spricht seine Geliebte an. Es sieht die Schönheit der Natur, hört das Rauschen der Blätter und fühlt die Liebe. Am Ende des Gedichts fordert es auf, dass sie es ewig lieben soll. In den ersten drei Strophen geht es um die Schönheit der Natur. In den Strophen vier und fünf spricht das lyrische Ich über die Schönheit der Geliebten. Die letzten Strophen vergleichen die Liebe in der Natur mit der Liebe zur Geliebten. Das Gedicht besteht aus 9 Strophen mit je 4 Versen.
Die Wiederholung „Oh Lieb, o Liebe" (Vers 13) zeigt die leidenschaftlichen Gefühle des lyrischen Ichs.
Durch sprachliche Bilder wie „die Personifikation" (Vers 4) erhält man den Eindruck, dass die Natur menschliche Eigenschaften hat. Das sprachliche Mittel „der Vergleich" in den Versen 14 bis 15 veranschaulicht die Schönheit der Geliebten. Der Ausruf „Wie lieb' ich dich!" (Vers 22) betont die Leidenschaft seiner Worte.
Bei der genauen Untersuchung des Gedichts hat sich gezeigt, dass es um die Liebe geht.
Der Autor verwendet viele Bilder aus der Natur, um seine Liebe zum Ausdruck zu bringen.

8 „Der Besuch der alten Dame" – Eine tragische Komödie untersuchen

Seite 175

1 **a** Mögliche Lösung:
Die alte Dame trägt einen schwarzen Mantel, eine schwarze Hose und schwarze Schuhe. Sie stützt sich auf einen Spazierstock. Die alte Dame hat rotbraune, hochgesteckte Haare. Besonders ist der strenge Blick.

b Mögliche Lösung:
Der Mann auf der Bank könnte tot sein. Vielleicht wurde er umgebracht.

2 **b** Mögliche Lösung:
Es könnte in dieser tragischen Komödie um eine außergewöhnliche, reiche Frau gehen, die zu Besuch in eine arme Stadt kommt. Vielleicht geschehen ungewöhnliche Dinge, die aber für manche Menschen in dieser Stadt auch leidvoll sein können.

Seite 176

1 Die sechs Figuren stehen auf einer Stufe im Vordergrund. Ein Bein auf der oberen Stufe und das andere Bein auf der unteren Stufe. Sie stehen alle hintereinander und blicken in dieselbe Richtung. Sie sind ordentlich angezogen und tragen alle einen Anzug in dunklen Farben (Schwarz, Grau, Braun). Sie blicken alle aufmerksam in eine Richtung, den Kopf hervorgehoben, als wenn sie jemanden erwarten. Einige haben ihre Hände in den Taschen, andere nicht. Oben im Bild sieht man einen großen, schwarzen Schriftzug auf einem weißen Plakat, der an einem Balkon befestigt ist und auf dem in großen Buchstaben „Willkommen Kläri" steht. Oberhalb des Banners sieht man eine Person, die dieses befestigt. Im Hintergrund sieht man ein Klavier aus Holz und dahinter ein Gebäude mit Fenstern und einer großen Eingangstür.

Seite 177

3 **b** Den Menschen in der Stadt geht es nicht gut. Sie sind arbeitslos und haben wenig Geld, sie müssen sich ihre Essen in der Suppenanstalt holen. Die Menschen dort bezeichnen ihr Leben eher als vegetieren oder krepieren. Die ganze Stadt ist verarmt und hat kein Geld, die Kassen sind leer.

c Folgende Wörter hast du der Reihe nach eingesetzt:
Arbeitslosenunterstützung, Suppenanstalt, leer, Steuern, Milliardärin

Seite 178

2 b Sie mustert die Einwohner und spricht herrisch und arrogant mit ihnen.

3 Mögliche Lösung:
Sie möchte vielleicht jemanden zum Tode verurteilen oder jemand soll getötet werden.

Seite 180

1 b Die Szene spielt in einem Wald. In der Mitte sitzen zwei Personen auf einer Holzbank, rechts und links davon befinden sich Bäume. Es sind Pilze zu sehen.

d, e Folgende Textstellen hast du markiert:
Liebespaar (eine Farbe): Das Herz mit deinem und meinem Namen, Alfred./Auf diesem Findling küßten wir uns.
kein Liebespaar (andere Farbe): Dann hast du Mathilde Blumhard geheiratet mit ihrem Kleinwarenladen und ich den alten Zachanassian mit seinen Milliarden aus Armenien. Er fand mich in einem Hamburger Bordell./Dir zuliebe habe ich Mathilde Blumhard geheiratet.
Textstellen aus: Dürrenmatt, Friedrich: Der Besuch der alten Dame. Eine tragische Komödie. Diogenes Verlag, Zürich 1985.

2 Folgende Textstellen hast du aufgeschrieben:
Ich lebe in einer Hölle, seit du von mir gegangen bist./Ich wollte dein Glück. Da mußte ich auf das meine verzichten./Hätte uns doch das Leben nicht getrennt./Dies, nur dies. Ich liebe dich doch!
Textstellen aus: Dürrenmatt, Friedrich: Der Besuch der alten Dame. Eine tragische Komödie. Diogenes Verlag, Zürich 1985.

3 [X] Sie antwortet kühl und in kurzen Aussagen. Das zeigt, dass sie Alfred die Vergangenheit übel nimmt …

Seite 182

2 [2] Der Butler erzählt die Geschichte von Claire.
[4] Sie nennt die Bedingung: Die Einwohner bekommen das Geld, wenn jemand Alfred tötet.
[1] Claire kündigt an, der Stadt und den Einwohnern eine Milliarde zu schenken.
[5] Der Bürgermeister lehnt ihm Namen der Stadt das Angebot ab.
[3] Durch zwei Falschaussagen erreicht Alfred, dass er für das Kind nicht aufkommen musste.

Seite 186

1 b [X] Er hat Angst.

c Die Einwohner gehen davon aus, dass jemand Alfred töten wird.

Seite 187

2 a Folgende Textstellen hast du markiert:
Ich verlange die Verhaftung der Claire Zachanassian./Anstiftung zum Mord./Der Vorschlag bedroht mich, Polizeiwachtmeister, […].
Textstellen aus: Dürrenmatt, Friedrich: Der Besuch der alten Dame. Eine tragische Komödie. Diogenes Verlag, Zürich 1985.

b Folgende Textstellen hast du markiert:
Hat sie was verbrochen?/Eine Anstiftung zum Mord liegt nur dann vor, wenn der Vorschlag, Sie zu ermorden, ernst gemeint ist./Nun kann der Vorschlag nicht ernst gemeint sein […]./Sie können nicht durch einen Vorschlag bedroht werden, [ ]
Textstellen aus: Dürrenmatt, Friedrich: Der Besuch der alten Dame. Eine tragische Komödie. Diogenes Verlag, Zürich 1985.

c wird nicht ernst genommen, keiner glaubt ihm

d leihen sich Geld, schreiben Waren an, erwarten das Geld von der alten Dame

Seite 192

1 Sie wollen ihn begleiten, um zu verhindern, dass er flieht.

Seite 193

3 Folgende Textstellen hast du rot markiert:
Hier sind Sie am sichersten/Niemand will Sie töten/Wir werden doch noch von dir Abschied nehmen dürfen/ Als alte Freunde. Ein schönes weiteres Leben/Und viel Glück in Australien!/Wir scharen uns doch gar nicht um Sie./Aber wir haben doch Platz gemacht/Unsinn. Sie brauchen nur in den Zug zu steigen, um zu sehen, dass dies Unsinn ist/Ich weiß nicht, was Sie wollen. Es ist an Ihnen, fortzugehen./Ihre Furcht ist einfach lächerlich./ Steigen Sie doch ein!/Besteigen Sie endlich den Zug, guter Mann
Textstellen aus: Dürrenmatt, Friedrich: Der Besuch der alten Dame. Eine tragische Komödie. Diogenes Verlag, Zürich 1985.

4 Folgende Textstellen hast du gelb markiert:
Am sichersten, am sichersten./Niemand, niemand./Niemand! Niemand!
Textstellen aus: Dürrenmatt, Friedrich: Der Besuch der alten Dame. Eine tragische Komödie. Diogenes Verlag, Zürich 1985.

5 Folgende Textstellen hast du grün markiert:
Ill fällt auf die Knie./Warum seid ihr so nah bei mir!/Ihr wollt mich zurückhalten/Ill leise: Einer wird mich zurückhalten, wenn ich den Zug besteige./Ich weiß es./Ich weiß es! Einer wird mich zurückhalten! Einer wird mich zurückhalten!/Ill bedeckt, zusammengebrochen, von den Güllenern umgeben, sein Gesicht mit den Händen./Alle verlassen den zusammengebrochenen Ill.
Textstellen aus: Dürrenmatt, Friedrich: Der Besuch der alten Dame. Eine tragische Komödie. Diogenes Verlag, Zürich 1985.

6 Alfred versucht, – die Stadt zu verlassen.
Er wird durch – die Güllener zum Bahnhof begleitet.
Sie zeigen ihre Absicht nicht offen, – sondern heucheln ihm Freundschaft vor.
Alfred weiß zunächst nicht, – was er von der ganzen Sache halten soll.
Dann erkennt er jedoch, – dass die Güllener ihn bedrohen.
Die Einwohner der Stadt – hindern Alfred daran, den Zug zu besteigen.

9 „Simpel" – Einen Roman und seine Verfilmung untersuchen

Seite 201

1 a Mögliche Lösung:
Das Buchcover hat einen gelben Hintergrund, der Schriftzug ist rot. Links sieht man einen Körperausschnitt eines Jungen, der einen Stoffhasen am Ohr festhält.

2 Auf dem rechten Buchcover werden unterschiedliche Farben verwendet. Nur der Schriftzug ist in einer ähnlichen Farbe. Während beim linken Buchcover der Hase groß zu sehen ist, ist er auf dem rechten Buchcover nur klein abgebildet. Auch erkennt man hier zwei Personen auf einem Moped, in den Wolken ist noch eine Frau zu erkennen. Der Hintergrund zeigt eine Straße.

Seite 202

1 a Auf der Illustration kann man eine U-Bahn in einer Haltestelle sehen. Die Türen sind geschlossen. Es warten verschiedene Personen auf dem Bahnsteig. Auch sieht man drei Personen sitzen, ein Hund liegt davor.

c Mögliche Lösung:
Die Jungen wirken seltsam und aufgeregt. Ich finde komisch, wie der Junge spricht.

Seite 203

3 b Die Mutter von Colbert und Simpel starb. Simpel ist mit einer geistigen Behinderung geboren und verhält sich wie ein Kind, auch wenn er 22 Jahre alt ist. Deshalb braucht er Hilfe. Sein Vater möchte ihn in ein Heim für Menschen mit Behinderungen bringen, doch sein Bruder Colbert kümmert sich um ihn. Die Brüder sind allein in Paris.

Seite 204

1 b **Name:** Simpel/Barnabé
Alter: 22
Familie: Vater: Monsieur Maluri, Bruder: Colbert (17), Mutter: gestorben
Eigenschaften: geistig behindert, fröhlich, lustig

Seite 207

1 b 4 – 2 – 1 – 3 – 5

Seite 208

1 c Colbert und sein Vater sprechen über Malicroix, ein Heim für Menschen mit Behinderung. Dort möchte der Vater Simpel wieder unterbringen. Colbert findet die Idee nicht gut, braucht aber Hilfe.

2 [X] Er-/Sie-Form

Seite 209

1 b Du hast das letzte Emoji eingekreist.

c Du hast das letzte Emoji eingekreist.

d Mir fällt auf, dass es beiden nicht gut geht.

Seite 212

1 b Mögliche Lösung:
Auf dem ersten Bild sieht man den suchenden Ben und eine alte Frau, die in eine Richtung zeigt. Auf dem zweiten Bild tanzt Simpel im Wattenmeer, er trägt Gummistiefel und unter der Winterjacke nur Unterwäsche. Auf dem Kopf sitzt eine Krone, neben ihm steht ein Eimer, in dem der Stoffhase sitzt.
Das dritte Bild zeigt eine nähere Aufnahme von Simpel, im Hintergrund sieht man das Polizeiauto.
Auf dem vierten Bild tanzen Simpel und Ben im Wattenmeer.

2 b
1 Ben fährt mit dem Moped heim.
2 Ben spricht mit kranker Mutter.
3 Ben bereitet das Abendessen vor und telefoniert.
4 Ben sucht Simpel.
5 Simpel zieht Monsieur Hasehase im Eimer übers Wattenmeer.
6 Ben diskutiert mit dem Polizisten.
7 Ben findet Simpel.
8 Ben tanzt mit Simpel.
9 Ben und Simpel gehen nach Hause.
10 Ben möchte der Mutter Essen bringen und stellt dabei ihren Tod fest.

Seite 213

1 c Weil Bens Antrag abgelehnt wurde, muss er eine andere Lösung finden. Er schlägt Simpel vor zu verschwinden. Ben und Simpel spielen Verstecken, als der Postbote einen Brief vom Vater bringt. Simpel spielt in der Küche mit Hasehase, während Ben die Koffer holt. Er muss Simpel überreden, in das Polizeiauto zu steigen. Simpel steigt allein ein und Ben bleibt da. Als das Auto losfährt, ist Simpel verzweifelt und ruft nach Ben. Dieser läuft dem Auto hinterher. Als das Auto anhält, wirft Ben den Polizisten aus dem Auto und fährt davon.

2 b [X] (Detail), [2] (Groß), [3] (Nah), [1] (Halbnah), [4] (Totale)

10 Wahr oder gelogen? – Sachtexte untersuchen

Seite 227

1 a Mögliche Lösung:
Auf dem Bild sehe ich einen Bildschirm mit einer Marionette. Sie sitzt an einem Tisch und hat Zettel vor sich liegen. An der rechten Seite steht „Fake News".

b Mögliche Lösung:
Die Marionette soll zeigen, dass die Figur im Bildschirm von anderen gesteuert wird.

c Mögliche Lösung:
Fake News sind Nachrichten, die nicht die Wahrheit wiedergeben.

Seite 228

1 Frage 1 – Text A / Frage 2 – Text D / Frage 3 – Text C / Frage 4 – Text B

2 a Plagiate sind Texte, die jemand von einem anderen „abgeschrieben" hat.

b Text A soll informieren. / Text B soll argumentieren. / Text C soll warnen. / Text D soll auffordern.

c Du hast folgende Textteile markiert:
Text A: Plagiate sind Texte, die jemand von einem anderen „abgeschrieben" hat.
Text B: Meiner Meinung nach
Text C: Achtung!
Text D: … musst du die Textquellen angeben. Formuliere … setze sie in Anführungszeichen.

Seite 229

3 a Welche Produkte werden am häufigsten gefälscht?

b das Kreisdiagramm

c [X] Das Diagramm zeigt, welche Produkte am häufigsten gefälscht werden.
[X] Am wenigsten werden Sportschuhe gefälscht.
[X] Den höchsten Wert im Diagramm findet man bei sonstigen Fälschungen.

d Mögliche Lösung:
Bekleidung wird häufiger gefälscht als Taschen und Geldbeutel.

Seite 230

1 b Fake Fotos sind Fotos, auf denen etwas am Model verändert wurde, wie zum Beispiel an der Haut oder der Größe.

c [X] In Norwegen müssen bearbeitete Fotos in Zukunft gekennzeichnet werden.

d Die Kinder und Jugendlichen sollen sich so akzeptieren, wie sie sind.

Seite 231

2 **b** Der Text wurde geschrieben, um ...
[X] über ein neues Gesetz zur Kennzeichnung bearbeiteter Bilder zu informieren.

3 A Fotos, auf denen etwas am Körper verändert wurde, müssen gekennzeichnet werden.
B 43 Prozent der Befragten stehen wegen ihres Aussehens unter Stress.
C Die Fotos sollen mit einem Logo markiert werden.

4 Ein Vorteil des Online-Artikel ist, dass eine schnelle Veröffentlichung möglich ist/dass er schnell geändert werden kann/dass er leichter abrufbar ist.
Ein Nachteil des Online-Artikels ist, dass er nur im Internet gelesen werden kann/dass lange Artikel schwerer lesbar sind.

Seite 232

2 **b** [X] In dem Artikel könnte es darum gehen, dass Lügen uns das Zusammenleben erleichtern.

c Mögliche Lösung:
Das Foto zeigt eine Frau mit einer sehr langen, spitzen Nase. Sie sieht sehr verwundert auf diese lange Nase.

Seite 233

3 **a** [5] Lügen erleichtern das Zusammenleben und Zusammenarbeiten
[1] Alle Menschen lügen und sagen öfter die Unwahrheit
[4] Beispiele für Alltagslügen
[2] Niemand gibt zu, dass er lügt
[3] Lügen – ein wichtiges Kommunikationsmittel

b Die Autorin möchte die Leserinnen und Leser von ihrer Meinung überzeugen, dass Lügen notwendig sind, damit die Menschen gut zusammenleben.

4 **a** Die Autorin stellt eine direkte Frage. → Wie oft waren Sie heute unehrlich?
Die Autorin nutzt die Umgangssprache. → Die muss im Spamordner gelandet sein.
Die Autorin verwendet eine Redewendung. → Wir alle verbiegen beim Lügen die Balken.
Beispiele der Autorin aus: Mayer, Claudia: Lob der Lüge: Warum wir ohne Lügen verloren wären: https://www.welt.de/wams_print/article1135091/Lob-der-Luege-Warum-wir-ohne-sie-verloren-waeren.html [20.01.23]

Seite 237

1 **b** Mögliche Lösung:
Ich denke, das ältere Menschen Fake News nicht besser erkennen als jüngere.

2 **a** In folgender Reihenfolge hast du die Wörter eingetragen:
Fake News, Altersgruppen, Säulendiagramm, Farben, Prozent, Mediennutzung

b [X] Die 18- bis 29-Jährigen sind mit 55 Prozent auf häufigsten auf Fake News getroffen.
[X] Je älter die Menschen sind, umso weniger begegnen sie Fake News.

Seite 238

2 **a**

	Nachricht A	Nachricht B
der Inhalt:	Messengerdienste, Mindestalter auf 16 Jahre angehoben	Messengerdienste rufen bei Eltern an
die Quellenangabe:	Presseagentur	keine Quelle
die Sprache:	sachlich	reißerisch
die Wirkung:	neutral	weckt Angst

b Mögliche Lösung:
Ich denke, Nachricht B ist die Fake News, weil keine Quelle angegeben wurde, die Sprache reißerisch ist und die Nachricht Angst auslöst.

Seite 241

1 **b** [X] Jugendliche sollen schon in der Schule lernen, Informationen im Internet nach ihrer Qualität beurteilen zu können.

Seite 242

2 In folgender Reihenfolge hast du die Wörter eingetragen:
nutzen, untersuchen, aufgebaut, arbeiten

3 A Das Internet ermöglicht es, dass Fakes und Verschwörungserzählungen so viele Menschen erreichen.
B Die beiden Autorinnen wünschen sich, dass bereits in Schulen kritisches Denken und Medienkompetenz gelehrt würden.

4 **b** In folgender Reihenfolge hast du die Wörter eingetragen:
Fakes und Verschwörungserzählungen, ein Millionenpublikum, Publikum, wenigen Klicks, Denken, Medienkompetenz, Informationsquelle für aktuelle Ereignisse, richtig zu bewerten, Fake News, Verschwörungserzählungen

Seite 243

5 Mögliche Lösung:
Im ersten Absatz berichten sie darüber, dass Fakes und Verschwörungserzählungen erst durch das Internet ein Millionenpublikum erreichen.
Im nächsten Absatz geht es darum, dass Faktenchecks und Richtigstellungen von falschen Aussagen über das Publikum ein viel größeres Publikum erreichen können.
Mit wenigen Klicks kann man heutzutage die wichtigsten Studien zu einem beliebigen Thema aufrufen.
Der dritte Absatz beginnt mit der Forderung, dass bereits in Schulen kritisches Denken und Medienkompetenz gelehrt würden.
Junge Menschen sollen befähigt werden, Informationen nach ihrer Qualität zu bewerten.
Im letzten Absatz fordern die Autorinnen, dass eine kritische Medienkompetenz an Schulen ausgebildet werden muss.

11 Texte rund ums Praktikum – Grammatiktraining

Seite 251

1 **a** Richtig sind die folgenden Formulierungen:
einen, Ihrem, befinden, zu einem persönlichen Gespräch

b 1. Auf Ihrer Webseite las ich, ich kann in Ihrem Betrieb die Tätigkeit einer Mechatronikerin kennen lernen.
2. Weil ich ziemlich gut in Mathematik und Physik bin, interessiere ich mich für diesen Beruf.

Seite 252

1 **a** 1 C, 2 E, 3 B, 4 F, 5 D, 6 A

b 1. In einem Betrieb für Maschinenbau kann man erfahren, wie aus verschiedenen Bauteilen Maschinen und Roboter gebaut werden.
2. In einer Kunststofffabrik kann man lernen, wie verschiedene Kunststoffe hergestellt werden.
3. In einem Bioladen kann man erfahren, wie Backwaren hergestellt und verkauft werden.

4. Als Maskenbildnerin in einem Theater kann man erleben, wie man jemanden mit Schminke, Perücken und Glanzfolie in einen anderen Menschen verwandeln kann.
5. In einem Optiker-Fachgeschäft kann man sehen, wie Brillengläser hergestellt werden.

c 1 Mechatronikerinnen/Mechatroniker, 2 Chemikant, 4 Maskenbildnerinnen/Maskenbildner, 5 Optikerin

Seite 253

2 1 – I, 2 – H, 3 – G, 4 – K, 5 – J, 6 – L

3 **a** Mechatronikerinnen und Mechatroniker bauen Maschinen und Roboter, die aus verschiedenen Bauteilen bestehen.

b Du hast eingefügt: 1. Satz: Relativpronomen, 2. Satz: Ende

Seite 254

1 **b** **Satz A**: „ohne einen", **Satz B** „zu einem"
Satz A steht im Akkusativ. **Satz B** steht im Dativ.

2 **b** A Brauche ich **für** ~~der Bewerbung~~/die Bewerbung **um** ~~einem Praktikumsplatz~~/einen Praktikumsplatz einen Lebenslauf?
B Was soll **in** dem Anschreiben/~~das Anschreiben~~ stehen?
C Muss ich **in** ~~dem Anschreiben~~/das Anschreiben hineinschreiben, in ~~welcher Schule~~/welche Schule ich gehe?
D Was muss ich **bei** meinem Bewerbungsfoto/~~mein Bewerbungsfoto~~ beachten?
E Kann ich **zu** einem Fotoautomaten/~~einen Fotoautomaten~~ gehen und das ausgedruckte Foto **auf** ~~dem Lebenslauf~~/den Lebenslauf kleben?
F Kann ich selbst ein Foto **mit** dem Handy/~~das Handy~~ machen und ausdrucken?
G Werde ich nur **aufgrund** des Fotos/~~dem Foto~~ ausgewählt und **zu** einem Gespräch/~~ein Gespräch~~ eingeladen?

c 1 A/2 D, E, F/3 G/4 B, C, E

Seite 255

1 **b** In **Satz A** wird nur der Singular (Einzahl) verwendet, in **Satz B** der Plural (Mehrzahl).

2 **b, c**
A Der Lebenslauf **und** das Anschreiben ~~gehört~~/gehören zu einer vollständigen Bewerbung. Merksatz 3
B Meine Kollegen **und** ich ~~empfehle~~/empfehlen, das Lieblingsfach anzugeben. Merksatz 3
C Die Angabe eines Hobbys ist/~~sind~~ auch wichtig. Merksatz 1
D Außerdem soll/~~sollen~~ die Bewerberin oder der Bewerber Ferienjobs erwähnen. Merksatz 1
E Erfahrungen ~~ist~~/sind für den Praktikumsgeber auch interessant. Merksatz 2
F Eine Aufgabe von Bewerberinnen und Bewerbern besteht/~~bestehen~~ darin, sich vor der Bewerbung gut über den Praktikumsbetrieb zu informieren. Merksatz 1

Seite 256

1 **b** **Satz A** hört sich nach Freiwilligkeit an, **Satz B** nach Zwang.

2 **a** Folgende Wörter hast du markiert:
A kann, B möchte, C will, D soll, E muss, F darf

b, c
A kann ausprobieren – können = die Möglichkeit haben
B möchte herstellen – möchten – den Wunsch, die Absicht haben
C will helfen – wollen = den Wunsch, die Absicht haben
D soll überziehen – sollen = die Aufgabe, die Vorschrift haben
E muss beachten – müssen = den Zwang, die Pflicht haben
F darf kosten – dürfen = die Erlaubnis haben

Seite 257/1 und 257/2

1 **b** A Präteritum B Plusquamperfekt und Präteritum

c Ein Ereignis findet vor einem anderen Ereignis in der Vergangenheit statt. Darum verwendet man für das frühere Ereignis das Plusquamperfekt, für das spätere Ereignis das Präteritum.

2 **a** verlief – Präteritum, eingetroffen war – Plusquamperfekt, gab – Präteritum, musste – Präteritum, erhielt – Präteritum, erklärte – Präteritum, geschnitzt hatte – Plusquamperfekt, lachte – Präteritum, frustrierte – Präteritum, beschloss – Präteritum

b Folgende Verben hast du eingekreist:
2 geschrieben hatte – fühlte, 3 überlegt hatte – fiel, 4 geschrieben hatte – ging, 5 abgeschickt hatte – telefonierte

3 **b** Folgende Verben hast du eingekreist:
verlief, gab, eingetroffen war, musste, erhielt, erklärte, geschnitzt hatte, lachte, hatte … frustriert, beschloss

Seite 260

1 **b** Satz B ist höflicher formuliert.

c Aussage B

2 A Hätten Sie Zeit, mein Bewerbungsschreiben zu korrigieren?
B Dürfte ich Sie um die Prüfung meines Lebenslaufes bitten?
C Ich müsste dem Praktikumsgeber bis Freitag zusagen.
D Ich hätte noch eine Bitte: Wäre es möglich, das Bewerbungsgespräch im Unterricht zu trainieren?
E Könnten Sie mir Tipps für das Telefonat geben?

Seite 262

1 **b** Bei Satz A erfährt man, wer den Ablauf des Praktikums vorgestellt hat.

2 **b, c** Die Passivformen sind hier unterstrichen:
2 wurden übergeben – P (Passiv)
3 wurden genannt – P
4 wurden gegeben – P
5 bin, finden soll – A (Aktiv)
6 wurde empfohlen – P
7 werden gesammelt, gestellt – P
8 unterstützt – A
9 danke – A

Seite 266

2 2 Dort lernte ich die medizinischen Fachangestellten Stella und Clara kennen.
4 Ich war erstaunt, wie viel sie zu tun hatten. 6 Ich sollte sie unbedingt einhalten. 9 Außerdem gaben wir nach der Behandlung die Rezepte aus. 10/11 Danach vereinbarten wir neue Termine und nahmen telefonische Anfragen entgegen. 13 Zuerst schrieb ich die Ziffern 1 bis 20 auf die Innenseite des Unterarms des Patienten. 14 Dann tropfte Clara 20 verschiedene Testlösungen auf die Haut und kratzte die Haut leicht an. 15 Nun musste der Patient 20 Minuten warten. 16 Danach prüften wir die Hautreaktionen. 17 Zum Schluss stellte die Ärztin anhand des Testergebnisses eine Katzenhaarallergie fest.

Seite 270/1

1 **a, b** Adverbialsatz, Konjunktionen, Prädikate, Kommas:
Kein Projekt ähnelt dem anderen, obwohl die Arbeitsweise meist ähnlich ist.
Und ich kann mir die Arbeitszeit frei einteilen, seitdem ich selbstständig bin.

2 Folgende Konjunktionen (Bindewörter) hast du eingesetzt:
bevor, indem, damit

3 **b** Ich bekomme mit Adverbialsätzen mehr Informationen.

Seite 270/2

4 Frage 3 Als ich ein Fotoshooting für Porsche machte, fuhr ich im Wagen eines Rennfahrers mit. Obwohl man mir die Strecke und alle Sicherheitsmaßnahmen erklärt hatte, war ich nervös.
Frage 4 Die Arbeit ist anstrengend, da ich unter Zeitdruck Kundenwünsche erfüllen muss. Außerdem arbeite ich oft zu ungewöhnlichen Zeiten, weil manche Orte nur dann frei sind.

Seite 271

1 **b** Bei Satz B wird in einem Satz alles genau erklärt. Der Relativsatz erklärt den 1. Teil des Satzes genauer. In Satz A stehen in zwei Sätzen die Informationen.

2 **a, b, c, d** Relativpronomen, Relativsatz, die erklärten Wörter:
1 Am dritten Tag meines Praktikums bauten wir eine moderne Fußbodenheizung, die Energie einspart und für ein gutes Raumklima sorgt. **2** Beim Anbringen des Dämmstreifens, der an der Zimmerwand befestigt wurde, durfte ich alles festtackern. **3** Die Drahtklammern, die ich in geringem Abstand antackerte, gingen problemlos durch die Wand. **4** Danach war ich zuständig für die Reinigung des Fußbodens, der sauber sein musste. **5** Helfen durfte ich auch beim Verlegen der Dämmplatten, die auf dem gesamten Fußboden verteilt wurden. **6** Dazu berechnete ich die Abstände, die für das Auslegen der Platten nötig waren.

12 Rechtschreibung – Fehler vermeiden, Strategien sicher anwenden

Seite 279

1 Mögliche Lösung:
Frage 1: An unserer Schule können wir nachmittags an einer Schach-AG teilnehmen. Außerdem führen wir alle zwei Jahre ein Musical auf.
Alle Freiwilligen können nachmittags bei den verschiedensten Vorbereitungen mithelfen.
Frage 2: Außerhalb der Schule interessiert mich mein Training im Fußballverein. Ich helfe gerne im Altenheim mit. Da lese ich alten Menschen vor, rede oder spiele mit ihnen Brettspiele.
Frage 3: Ich habe schon mal am Schlagzeug gesessen. Das hat sehr viel Spaß gemacht, ist aber gar nicht so leicht.

2 Mögliche Lösung:
bet**ä**tigen – die Tat → Regel 4: Die Laute ä und e sowie äu und eu können gleich klingen. Man muss diese Wörter von verwandten Wörtern ableiten.
Naturschutzbun**d** – Naturschutzbün**d**e → Regel 2: Bei einigen Wörtern kann man nicht hören, ob man p oder b, k oder g, d oder t schreiben muss. Diese Wörter muss man verlängern.
mit der **Graffiti**-AG – Graf-fi-ti → Regel 1: Beim Schwingen spricht man deutlich die einzelnen Laute, um die Silben zu erkennen.

Seite 280

1 **b** Freitagmorgen – Strategie 3, Sanitätern, Seitenlage – Strategie 1, trainiert, Vitalfunktion – Strategie 5, Verband – Strategie 2, Notfälle – Strategie 4

c 1 Schwingen (ω) 2 Verlängern (↪) 3 Zerlegen (⊕) 4 Ableiten (ϟ) 5 Merkwörter (M)

Seite 281

2 **a, b, c** Rettungskräfte, Fähigkeit, Blutungen, Hand, erfolgreich, Krankenhäuser

d Hand (↪) Fähigkeit (ω) erfolgreich (↪) Rettungskräfte (ϟ) Krankenhäuser (ϟ) Blutungen (M)

3 Man erkennt, ob man ein Wort mit b oder p, g oder k, d oder t schreiben muss, wenn man es verlängert.

Seite 282

1 **b, c, d** der Rand – die Ränder, es klingt – (wir) klingen, wütend – wütender, das Sieb – die Siebe, er befand sich – (wir) befinden (uns), klug – klüger, der Anlass – die Anlässe, gesund – gesünder, der Abschluss – die Abschlüsse, der Ausflug – die Ausflüge, der Bass – die Bässe

2 **a, b** der Schlag – einschlagen, bauen – das Gebäude, anders – ändern, klar – die Klärung, der Haufen – häufig, säubern – sauber, nächste – nahe, das Rätsel – raten, aufräumen – der Raum, die Wähler – die Wahl

3 **a** säubern (⚡) Dreck (M) Tag (↪) freiwillig (M) Mitglied (↪) Wettbewerb (↪) Erfolg (↪)

Seite 283

4 **b** Sie haben typische Nomenendungen (-schaft, -tum, -nis, -keit, -heit, -ung).
Mit gleichen Farben hast du jeweils die folgenden Wortpaare markiert:
(-schaft) die gute Nachbarschaft – die schlechte Eigenschaft
(-tum) der große Irrtum – das Eigentum
(-nis) das Zeugnis – ein aufregendes Erlebnis
(-keit) eine kleine Gemeinsamkeit – die Fröhlichkeit
(-heit) die Zufriedenheit – die beste Gesundheit
(-ung) die aktuelle Zeitung – die Verurteilung

c gute, große, das, kleine, aufregendes, die, aktuelle, die, das, schlechte, die, beste

d ein Belgischer Schäferhund, das Brandenburger Tor: sind Eigennamen, darum werden die Adjektive (Eigenschaftswörter) ebenfalls großgeschrieben
die schwedische Nachbarin, der brasilianische Kaffee: sind keine Eigennamen, die Adjektive (Eigenschaftswörter) werden darum nicht großgeschrieben

5 **b, c** typische Nomenendungen, Adjektive, Artikel, Zahlwörter:
1 DIE 9. KLASSEN HELFEN IN DER DIREKTEN NACHBARSCHAFT.
2 OFT WIRD ETWAS UNTERSTÜTZUNG BEI DER KINDERBETREUUNG BENÖTIGT.
3 DIE HILFE BRAUCHT KEINE VORBEREITUNG.
4 VIELE ÄLTERE MENSCHEN FREUEN SICH ÜBER DIE HILFE DER JUGENDLICHEN.
5 DIE REGELMÄẞIGEN BESUCHE SIND EINE SCHÖNE ABWECHSLUNG.

d 1 Die 9. Klassen helfen in der direkten Nachbarschaft.
2 Oft wird etwas Unterstützung bei der Kinderbetreuung benötigt.
3 Die Hilfe braucht keine Vorbereitung.
4 Viele ältere Menschen freuen sich über die Hilfe der Jugendlichen.
5 Die regelmäßigen Besuche sind eine schöne Abwechslung.

Seite 284

1 **b** Folgende Wörter hast du markiert:
Schlimmste, Fremdes, Kleinen, Großes, Umsetzen, Umdenken, Handeln

c aufs Schlimmste, nichts Fremdes, im Kleinen, etwas Großes, das Umsetzen, ein Umdenken, schnelles Handeln

d **Nominalisierte Verben:** das Umsetzen, ein Umdenken, schnelles Handeln
Nominalisierte Adjektive: aufs Schlimmste, nichts Fremdes, im Kleinen, etwas Großes

Seite 285

1 b, c großgeschriebene Zeitangaben, kleingeschriebene Zeitangaben, Begleitwörter:
Die Umwelt-AG trifft sich seit Schuljahresbeginn jeden zweiten Mittwoch. Sie plant verschiedene Projekte zum Thema „Unsere Schule für die Umwelt". Alle Interessierten treffen sich bis zum Schuljahresende regelmäßig nachmittags. Die Teilnehmenden setzen sich jedoch auch vormittags im Unterricht für Nachhaltigkeit ein. An den Montagnachmittagen steht das Aufsammeln des Mülls im Vordergrund. Außerdem wird montags das Baumprojekt vorbereitet. Das findet immer dienstags statt.

d **Großschreibung:** (jeden) zweiten Mittwoch, zum Schuljahresende, den Montagnachmittagen
Kleinschreibung: nachmittags, vormittags, montags, dienstags

2 b Das Schulprojekt „Gemüsegarten" findet immer DIENSTAGS statt. Oft arbeiten dort alle fleißig BIS ZUM ABEND. LETZTEN DIENSTAG konnten die Jugendlichen den ersten Salat ernten, den sie VOR FÜNF WOCHEN angepflanzt hatten.

c dienstags, bis zum Abend, letzten Dienstag, vor fünf Wochen

Seite 286

1 b Auch der Chemiekurs beschäftigte sich mit dem Thema der Nachhaltigkeit.

2 b, c die Stadtteilschule: die Stadt, der Teil, die Schule
eine Sommerschau: der Sommer, die Schau
die Kunstwerke: die Kunst, die Werke
das Strandgut: der Strand, das Gut
die Gartenreste: der Garten, die Reste
das Ausstellungspublikum: die Ausstellung, das Publikum

3 Mögliche Lösung:
Der Sonnenuntergang ist wunderschön. Mein kleiner Bruder ist saufrech.

Seite 287

4 c Auf dem linken Bild geht es um die Farbe Blau. Das Verb heißt „machen".
Auf dem rechten Bild ist mit dem Verb „blaumachen" gemeint, dass man zum Beispiel die Schule schwänzt.

5 b leichtfallen – keine Schwierigkeiten machen; schwerfallen – Kummer bereiten
richtigstellen – erklären, wie es richtig ist; zusammenschreiben – in einem Wort schreiben

c Der Abschied kann dir schwerfallen. – Kummer bereiten
Auf der Treppe kann man schwer fallen. – sich stark verletzen
Diese Aussage möchte ich richtigstellen. – erklären, wie es richtig ist
Du musst die Stühle richtig stellen. – ordentlich hinstellen
Die Geschichte wollen wir zusammen schreiben. – gemeinsam schreiben
Dieses Nomen musst du zusammenschreiben. – in einem Wort schreiben

Seite 288

1 c das System – die Gliederung/der Aufbau nach bestimmten Regeln
die Diskussion – die lebhafte Gesprächsrunde
die Prozesse – die Gerichtsverhandlungen, fair – gerecht
die Konsequenzen – die Folgen, die Demonstration – die Kundgebung
live – lebendig, persönlich, existieren – vorhanden sein

d Mögliche Lösung:
Wir waren letzte Woche mit der ganzen Klasse bei einem Prozess dabei. Unsere Lehrerin ist streng, aber fair.

Seite 294

1 **b** A [√], B [√], C [√], D [√]

c gebeugtes Verb, Konjunktion, Komma:
Schülerinnen und Schüler aus den 9. Klassen verbringen Zeit in einem Seniorenheim, da sie sich sozial betätigen möchten.

d [X] Der Satz ist ein Satzgefüge.

2 **b, c, d** gebeugtes Verb, Konjunktion, Komma:
Es war die Idee der 9. Klassen, dass Jugendliche ältere Menschen ihre Zeit schenken. Sie organisieren Aktivitäten, damit ältere Menschen Abwechslung im Alltag haben. Außerdem haben sie die Hoffnung, dass sie etwas von den Seniorinnen und Senioren lernen können.
Während Alt und Jung beim letzten Besuch gemeinsam Plätzchen backten, erzählten die Seniorinnen und Senioren aus ihrem Leben. Sie freuten sich, dass sie ihre Erfahrungen teilen konnten.

Seite 295

1 **b, c, d** gebeugtes Verb, das oder dass, Komma:

C Nach dem Kaffeetrinken startet diese Woche ein neues Projekt, das sich die Seniorinnen und Senioren gewünscht haben. Sie möchten Frühlingsbilder malen.

D Für die Jugendlichen ist es selbstverständlich, dass sie die Organisation übernehmen.

E Voller Schwung verteilen die Schülerinnen und Schüler das Material, das sie zuvor im Gemeinschaftsraum bereitgelegt haben.

2 **b, c, d**

G Die Jugendlichen merken, dass/~~das~~ sie gemeinsam etwas bewegen können.

H Es ist ein weiterer Vorteil dieser Arbeit, dass/~~das~~ die Schülerinnen und Schüler verschiedene soziale Berufe kennen lernen.

I Es ist ein Vorteil des Ehrenamtes, dass/~~das~~ man es oft auch nach der Schulzeit weiterführen kann.

Seite 296

1 **b, c**

A Schülerinnen und Schüler der 9. Klassen hatten die Möglichkeit, ganz legal ihren Schulhof mit Graffiti **zu** verschönern.

B Sie nahmen die heiße Sonne in Kauf, um die Mauern besprühen **zu** können.

C Im Kunstunterricht entstand die Idee, Graffitis **zu** entwickeln.

D Sie stimmten ab, um sich auf ein Thema **zu** einigen.

2 **b, c, d, e** hinweisende Wörter, einleitende Wörter, **zu**, gesamte Infinitivgruppe, Komma:
Statt nur ein Graffiti **zu** zeichnen, wollten die Jugendlichen ihre gesamten Ideen verbinden. Sie trafen sich mehrfach, um alles **zu** planen. Es ging auch darum, die Mauer **zu** reinigen und hellgraue Farbe auf**zu**tragen. Außerdem dachte man daran, alle geplanten Ideen **zu** berücksichtigen. Dann arbeiteten alle an ihrem Graffiti, ohne das Gesamtbild aus dem Blick **zu** verlieren. Sie brauchten nur wenige Stunden, um das Kunstwerk fertig**zu**stellen.

Seite 297

3 **b, c, d, e** hinweisende Wörter, einleitende Wörter, **zu**, gesamte Infinitivgruppe, Komma:
Beim bundesweiten Kunstwettbewerb ging es darum, Schülerinnen und Schüler die Möglichkeit zur Gestaltung verschiedener Kunstprojekte zum Thema „Schule der Zukunft" **zu** geben. „Es geht darum, eigene Vorstellungen von einer Zukunftsschule dar**zu**stellen", meinte die Juryvorsitzende. So konnten die Lernenden beispielsweise Collagen oder Modelle entwickeln. Die Lernenden erhielten eine kurze Einweisung, um verschiedene klassische und digitale Gestaltungsmittel nutzen **zu** können. Bei dem Projekt geht es darum, die Lernenden an**zu**regen, sich Gedanken **zu** machen. Viele Projektgruppen haben intensiv an ihren Entwürfen für eine Schule der Zukunft gearbeitet, anstatt den Kunstunterricht nur gelangweilt ab**zu**sitzen. So ging die Jury daran, mehr als nur die geplanten drei Besten mit Preisen aus**zu**zeichnen.

4 **b, c**

A Die Jugendlichen erkundeten die Umgebung, um in öffentlichen Bereichen nach Gestaltungsmöglichkeiten für Graffitis zu suchen.

B Man benötigt eine Genehmigung der Stadt, um Wände an öffentlichen Plätzen besprühen zu dürfen.

C Die Schülerinnen und Schüler fragten in einem Brief an den Bürgermeister nach einer Erlaubnis, um die Mauern im Park bemalen zu dürfen.

D Die Jugendlichen trafen sich mit dem Bürgermeister, um ihre Ideen zu präsentieren.

Seite 298

1 **b** Sie dienen der Erklärung.

2 **b**
1 Am Donnerstag fand das erste Treffen der AG „Action Minigolf" in der Rundturnhalle statt, also in der Sporthalle der benachbarten Grundschule.
2 Die Teilnehmenden waren gespannt, was sie in der AG erwartete, vor allem die Schülerinnen und Schüler der Klasse 9 a.
3 Die AG-Leiterin hatte für die Jugendlichen bereits einige Dinge bereitgelegt, nämlich verschiedene Bälle und Materialien.
4 Ziel der AG sollte sein, Minigolf mit Ideen aus dem Frisbeegolf und dem Fußballgolf aufzupeppen, das heißt mit Variationen des Golfspiels.
5 Gemeinsam sollten die Schülerinnen und Schüler diesen Parcours, also eine festgelegte Strecke mit verschiedenen Hindernissen, entwerfen.
6 Dafür konnten sie verschiedene Werkzeuge und Materialien nutzen, zum Beispiel Holz, Pappe und Stoff.

Seite 299

3 **b, c, d** Wörter, mit denen die nachgestellten Erklärungen beginnen, Komma:
Frau Hoffmann teilte die Jugendlichen in Gruppen ein, nämlich in Gruppen zu je vier Schülerinnen und Schüler. Jede Station des Parcours sollte etwas Besonderes werden, das heißt vielfältig und interessant. Zuerst erstellten die Gruppen Skizzen, also Zeichnungen mit ihren Ideen und Vorschlägen. Mit Hilfe ihrer Skizzen wählten die Jugendlichen geeignete Materialien, nämlich Holz, Pappe und Stoff. Die erste Gruppe hatte sich eine Station mit verschiedenen Elementen überlegt. Aus einem Papierkorb, einem Landkartenständer und kegelförmigen Hütchen bauten sie eine Wurfbahn, das heißt eine genau gekennzeichnete Strecke. Diese Wurfbahn ließ sich mit verschiedenen Wurfgeräten bespielen, zum Beispiel mit Frisbees und Tennisbällen.

4 **b** Beim Sportfest der 9. Klassen standen dieses Jahr nicht die üblichen Sportarten, zum Beispiel Fußball, Tischtennis oder Turnen im Mittelpunkt, sondern ungewöhnliche Sportarten, nämlich Fingerhakeln und Tamburello. Beim Tamburello spielen zwei Teams gegeneinander, also ist diese Sportart eine Mannschaftssportart. Die Mannschaften versuchen, einen bestimmten Ball in das gegnerische Feld zu schlagen, nämlich eine Art Tennisball. Gewonnen hat die Mannschaft, die zuerst dreizehn Spiele für sich entscheiden kann. Fingerhakeln wird von zwei Personen an einem Tisch gespielt. Bei diesem Sport wird viel Kraft benötigt, also gehört Fingerhakeln zu den Kraftsportarten. Die Personen versuchen, sich gegenseitig mit dem eingehakten Finger zu besiegen, also sich mit dem Finger über den Tisch zu ziehen.